VERLAG ANTJE
KUNSTMANN

George V. Higgins

ICH TÖTE LIEBER SANFT

Roman

Aus dem Englischen von
Dirk van Gunsteren

Verlag Antje Kunstmann

Die Originalausgabe erschien unter dem Titel »Cogan's Trade«, New York 1974
Diese Ausgabe basiert auf der Ausgabe von ORION BOOKS, London 2012.
Umschlaggestaltung: Heidi Sorg & Christof Leistl, München
Typografie und Satz: www.frese-werkstatt.de
Druck und Bindung: CPI – Clausen und Bosse, Leck
ISBN 978-3-88897-865-4

1

In einem grauen Anzug mit dunkelroten Streifen, einem rosaroten Oxfordhemd mit seinen Initialen auf der linken Umschlagmanschette und einer dunkelrot und goldgelb gestreiften Krawatte saß Amato an seinem nierenförmigen, mit Walnussholz furnierten Schreibtisch und starrte sie an. »Ihr seid ja ein tolles Pärchen, das muss man euch lassen«, sagte er. »Ihr kommt ungefähr vier Stunden zu spät, ihr seht aus wie Scheiße, und ihr stinkt. Herrgott, ihr seht aus, als kämt ihr direkt aus dem Knast oder so.«

»Seine Schuld«, sagte der eine. »Er ist zu spät gekommen. Ich hab rumgestanden und auf ihn gewartet.«

Beide hatten schwarze Stiefel mit roten Wildledereinsätzen. Der erste trug einen armeegrünen Parka, einen ausgefransten grauen Pullover und verwaschene Bluejeans. Er hatte schmutzig blondes langes Haar und lange Koteletten. Der andere trug einen armeegrünen Parka, ein graues Sweatshirt und schmutzige weiße Jeans. Er hatte schulterlanges schwarzes Haar und einen dunklen Bartschatten.

»Ich musste noch die Hunde reinholen«, sagte der andere. »Ich hab vierzehn Stück. Das dauert eine Weile. Ich kann nicht einfach irgendwohin gehen und die Viecher draußen rumrennen lassen.«

»Und du bist von oben bis unten voller Haare«, sagte Amato. »Man sieht gleich, dass du deine Köter richtig lieb hast.«

»Nein, das kommt vom Wichsen, Squirrel«, sagte der andere. »Als ich rauskam, hatte ichs nicht so gut wie du, mit einem schönen kleinen Betrieb, der auf mich wartet, und dem ganzen Scheiß. Ich muss sehen, wo ich bleibe.«

»›Johnny‹ heißt das hier«, sagte Amato. »Du darfst mich ›Johnny‹ nennen. Die meisten hier nennen mich ›Mister‹, aber du darfst ›Johnny‹ sagen. Schon in Ordnung.«

»Ich versuchs mir zu merken, Squirrel, versprochen«, sagte der andere. »Du musst das entschuldigen. Ich bin gerade erst raus aus dem Scheißknast, und in meinem Kopf ist immer noch alles durcheinander. Ich muss mich erst mal wieder eingliedern in die Gesellschaft, wenn du verstehst, was ich meine.«

»Einen anderen hast du nicht kriegen können?« fragte Amato den Ersten. »Der Kerl sieht aus wie Scheiße, und er hat keine Manieren. Muss ich mir das von so einem Sack anhören?«

»Hätte ich vielleicht«, sagte der Erste, »aber du hast mir gesagt, ich soll einen auftreiben, der in Ordnung ist. Und Russell hier ist vielleicht ein Klugscheißer, aber wenn mans aushält, ist er ganz in Ordnung.«

»Ja«, sagte Russell, »und einer wie du, der was erledigt haben will, aber nicht die Eier hat, es selber zu erledigen, sollte sich ein bisschen anstrengen, das auszuhalten, finde ich.«

»Ich mag diesen Sack wirklich nicht«, sagte Amato zu dem Ersten. »Hat eine etwas zu dicke Lippe für meinen Geschmack. Wie wärs, wenn du losziehst und mir einen schönen knallharten Nigger anschleppst? Ich glaube, ich kann diesen Schwanzlutscher nicht mal so lange aushalten, wie ich brauche, um ihm zu sagen, was ich von ihm will.«

»Okay, Russell«, sagte der Erste, »würdest du also bitte mal das Maul halten und aufhören, dem Mann auf die Zehen zu treten? Er will uns einen Gefallen tun.«

»Oh, das wusste ich ja noch gar nicht«, sagte Russell. »Ich dachte, er will, dass wir ihm einen Gefallen tun. Ist das echt wahr, Squirrel? Du willst mir einen Gefallen tun?«

»Verpiss dich«, sagte Amato.

»Moment mal«, sagte Russell, »was ist das denn für eine Ausdrucksweise? Ich denk, du hast eine Scheißfahrschule – redest du mit deinen Kunden auch so?«

»Bei der Sache, die ich vorhabe«, sagte Amato, »springen für die beiden, die sie erledigen, ungefähr dreißig raus. Dreißig Riesen. Aber Scheißer wie den da, Frankie, krieg ich für achtzig Cent das Dutzend, und einen umsonst obendrauf. Bring mir einen anderen, Frankie. Mit solchen Vögeln muss ich mich nicht abgeben.«

»Kannst du dich an unsere Haftprüfung erinnern?« fragte Frankie.

»Haftprüfung?« sagte Amato. »Was für eine Haftprüfung? Ich hatte ungefähr neunhundert Haftprüfungen. Kaum drehe ich mich um, da steht schon wieder irgendein Affe da und hält mir was zum Unterschreiben hin. Also, was für eine Haftprüfung?«

»Die, für die sie uns in die Stadt verlegt haben«, sagte Frankie. »Die vor dem Bundesgericht.«

»Die mit der Gegenüberstellung«, sagte Amato, »ja. Als dieser Riesennigger auf mich losgegangen ist.

»Long Tall Sally«, sagte Frankie.

»Keine Ahnung, wie der Typ hieß«, sagte Amato. »Wir haben uns nicht nett unterhalten. Er wollte mir die Hose runterziehen, und ich wollte ihn daran hindern, mir die Hose runterzuziehen, das war alles. ›Halt mal kurz still, mein Süßer, dann schieb ich dir meine ganze Pracht und Herrlichkeit in deinen weißen Zuckerarsch.‹ Der Schwanzlutscher. Er hatte weißen Lippenstift aufgetragen.«

»Am nächsten Abend war er nicht mehr da«, sagte Frankie.

»Am nächsten Abend war ich nicht mehr da«, sagte Amato. »Und wenn ich noch da gewesen wäre, dann wäre dieser Scheißnigger nicht mehr da gewesen, das kann ich dir sagen. Ich hab Billy Dunn ein Stecheisen besorgt, und wenn ich noch da gewesen wäre, hätte er ihm auf dem Hof eins verpasst. Man kann sich eben nicht drauf verlassen, dass die bescheuerten Wärter zur Stelle sind, wenn man sie braucht, und wenn einer nicht aufpasst, lernt er es eben auf die harte Tour.«

»Da warst du schon in Norfolk«, sagte Frankie.

»Da war ich schon in Norfolk«, sagte Amato. »Ich hab den lieben langen Tag dagesessen und zugehört, wie irgendein Jüngelchen meinen verdammten Anwalt in der Luft auseinandergenommen hat, und die ganze Zeit daran gedacht, was Billy wohl mit dem Nigger anstellen wird, wenn ich wieder zurück bin, aber dann stellt sich raus, dass ich nach Norfolk komme. Und das einzige, was ich an dem Abend zu sehen gekriegt hab, war eine Nonne in einem grauen Kleid, die wissen wollte, ob ich vielleicht Gitarre lernen will.«

»Die kenne ich«, sagte Russell. »Die ist überall. In Concord war die auch mal. Ich hab zu ihr gesagt: ›Schwester, wenn ich Gitarre spielen wollte, hätte ich mir eine verdammte Gitarre geklaut.‹ Von da an hat sie mich in Ruhe gelassen. Aber eine Menge von den anderen fanden sie sehr in Ordnung.«

»An dem Abend war der Nigger in der Krankenabteilung«, sagte Frankie.

»Gut«, sagte Amato. »Ich hoffe, da ist er dann krepiert.«

»Nein«, sagte Frankie. »Aber ich hab ihn gesehen. Dem hat mindestens ein Meter Kopfhaut gefehlt.«

»Ach ja?« sagte Amato.

»Das war er«, sagte Frankie und nickte in Richtung Russell.

»Ist nicht wahr«, sagte Amato.

»Hat den Scheißer geschält wie eine Orange«, sagte Frankie.

»War eher, als würde man die Rinde von einem Baum schälen«, sagte Russell. »Eine Haut hatte der, so was hab ich noch nie gesehen.«

»Er wollte was von dir?« fragte Amato.

»Sah so aus«, sagte Russell. »Sah so aus, als wäre er der größte schwarze Schwanzträger auf der Welt und als würde er was von mir wollen. Aber ich hatte eine Klinge, von einem Typen, den ich unterwegs kennengelernt hab, der hat gesagt, für einen Hunderter könnte er mir eine besorgen, und die könnte ich wahrscheinlich gut gebrauchen. Ich war noch keine zehn Minuten drin, da kam schon dieser Nigger und wollte was von mir. Allerdings nur dieses eine Mal.«

»So war das«, sagte Frankie. »Er reißt das Maul zwar ziemlich weit auf, aber er weiß, wie so was geht.«

»Ist er clean?« fragte Amato. »Seid ihr beide clean?«

»*Frankie*«, sagte Russell, »hast du etwa was *genommen*?«

»Sei mal kurz still, Russell«, sagte Frankie. »Ja. Seit ich raus bin, hab ich bloß mal hin und wieder was getrunken. Meistens keine harten Sachen. Meistens Bier. Wenn ich wieder Geld hab, kauf ich mir ein paar Flaschen Whiskey und so.«

»Du bist auf Tabletten«, sagte Amato. »Als du drin warst, warst du auf Tabletten. Vergiss nicht, ich hab dich gesehen. Du hast die gelben Dinger gefressen wie Bonbons.«

»John«, sagte Frankie, »die gelben Dinger waren eben da. Bier hab ich da drin keins gesehen. Ich hab genommen, was ich kriegen konnte. Seit ich draußen bin, hab ich das Zeug nicht mehr angefasst.«

»Und was ist mit dem da?« sagte Amato.

»Mensch, Squirrel«, sagte Russell, »*ich* doch nicht. Ich hab vielleicht ein paar Flaschen Wein getrunken und ein bisschen Gras geraucht, und vielleicht hab ich mir mal ein, zwei Briefchen gekauft, aber ich schnupfe es ja nur. Ist ja nicht so, als wär ich ein Junkie. Wusstest du, dass ich bei den Pfadfindern bin? Die kümmern sich um einen, und man lernt alle möglichen Knoten und so.«

»Briefchen«, sagte Amato und sah Frankie an. Der zuckte die Schultern. »Ich sage dir, dass du einen auftreiben sollst und dass ich was vorhabe. Ich muss es nur noch tun, und für jeden von uns springt dabei ein hübsches Sümmchen raus. Ich brauche bloß zwei Leute, die ein einigermaßen einfaches Ding durchziehen können, ohne irgendwas in den Sand zu setzen, und das Beste, was du mir anbieten kannst, ist ein Scheißjunkie? Und du denkst, ich lasse euch zwei da reingehen, damit ihr es von A bis Z vermasselt – eine Gelegenheit, die in einer Million Jahren nicht wiederkommt? Ich will bei dieser Sache nicht eine Menge *Spaß* haben, bloß weil ich einen angeheuert hab, der irgendwie ganz in Ordnung aussah, aber als es dann ernst wurde, ist er leider eingepennt oder so. Ich will das Geld. *Das* will ich.«

»Squirrel«, sagte Russell, »als ich noch klein war, hab ich immer Hustensaft getrunken und hatte nie irgendwelche Probleme damit. Später hab ich für unseren Onkel gearbeitet und musste immer in diese Löcher kriechen. Ich hatte schwarze Schmiere im Gesicht und eine Fünfundvierziger in der Hand und ein Messer zwischen den Zähnen, und dann bin ich in diese Tunnel gekrochen. Jeden verdammten Tag bin ich in diese Scheißtunnel gekrochen. Und wenn da unten nichts war, wars ein guter Tag. An nicht so guten Tagen war da unten vielleicht bloß eine große Schlange oder irgendwas, das einen fressen wollte. An ziemlich miesen Tagen irgendein schlitzäugiges

Bürschchen mit einer Kanone, der einen umbringen wollte. Und die richtig miesen Tage waren die, wo es dem Bürschchen gelungen ist oder wo man diesen dünnen Draht, der da gespannt war, einfach nicht bemerkt hat, weil man mit den Gedanken irgendwo anders war oder so, und dieser Draht ist dann mit irgendwas verbunden, das ziemlich schnell explodiert. Oder vielleicht steckt da auch bloß ein angespitzter Bambusstock in der Erde, wo du dich mit der Hand abstützt, und der ist ganz mit Schlitzaugenscheiße beschmiert, damit du extraschnell eine Blutvergiftung kriegst.

Richtig miese Tage hab ich keine erlebt«, sagte Russell. »Ich bin fast zwei Jahre in diesen Tunneln rumgekrochen und hab keinen einzigen richtig miesen Tag erlebt. Ich hab mir keine Mustangs zugelegt und dummen kleinen Scheißern das Autofahren beigebracht, aber ich hab immerhin keinen einzigen richtig miesen Tag erlebt.

Aber worauf ich rauswill, *Squirrel*: Als ich diese Tage erlebt hab, wusste ich ja nie, wie der nächste sein würde. Am Anfang hab ich gedacht: Man muss nur die Eier haben, das ist alles. Ich will ja nicht deine Gefühle verletzen oder so, aber ich hab immer ziemlich große Eier gehabt. Und darum gings mir ziemlich gut, weil ich dachte, es ist alles bloß eine Frage von Eier oder nicht Eier, und Eier hab ich, also ist alles in Butter. Und dann sehe ich, wie sie ein paar von den Jungs rausziehen, die in Tunnel gekrochen sind, und sie in die grünen Säcke packen. Und stell dir vor, ein paar von denen hatten gar keine Eier mehr, weil sie nämlich kein Glück hatten, als sie reingekrochen sind. Schwänze hatten sie übrigens auch nicht mehr, und diese schwarze Schmiere schützt einen kein bisschen, eine Sprengfalle geht da durch wie nichts.

Da hab ich dann angefangen nachzudenken. Ich bin nicht

besonders gut im Denken, aber da hab ich dann doch mal nachgedacht. Ich sitze in der Scheiße, da ist nicht dran zu rütteln, und ich kann nichts daran ändern. Ich muss Eier *und* Glück haben, aber das Einzige, womit ich mich auskenne, sind Eier. Ich darf einfach keinen richtig miesen Tag erleben. Das Blöde ist nur: Ich weiß nicht, wie ich das machen soll. Ich krieche aus irgendeinem Tunnel raus und weiß, dass ich morgen in den nächsten reinkriechen werde, und das Einzige, was mir dazu einfällt, ist, dass ich einen weiteren Tag hinter mich gebracht habe. Sonst nichts. Also rauche ich was. Und es hilft.

Dann sehe ich mir die anderen an. Ich seh sie mir an, und ich denke immer noch nach, und alle oder jedenfalls die meisten rauchen mindestens Gras. Und du weißt, was passiert, wenn man Gras raucht. Diese Jungs haben ziemlich viel geraucht, und dann sind sie mit der Zeit immer langsamer geworden. Ich habs gesehen. Ich habs bei ihnen gesehen, aber auch bei mir selber. Bei mir wars nur ein kleines bisschen, aber ich hab kapiert, was da passierte: Bei den anderen wars am Anfang wahrscheinlich auch bloß ein kleines bisschen. Und dann wird man vergesslich. Und es ist einem alles egal. Ziemlich komisch. Ein paar von den älteren haben richtig gesoffen und waren bald richtig kaputt. Und das ist schlecht, denn dann zittern einem die Hände und man passt nicht gut genug auf. Und wenn man da reingeht und an den Draht kommt oder ein Schlitzauge trifft, tja, dann hat man entweder sehr viel Zeit, über solche Sachen nachzudenken, oder gar keine. Man darf nicht langsamer werden.

Also hab ich es mit Harry probiert. Irgendwas muss man haben. Ich hab mir was von dem schönen weißen Pulver besorgt, aber genommen hab ich es immer nur, wenn ich wieder draußen war. Verstehst du: *Danach*. Wenn ich wusste, heute muss ich nicht mehr rein. Anfangs hab ich es durch die Nase gezogen. Ein paarmal hab ich es auch auf die harte Tour genommen, aber meistens hab ich es reingezogen. Ich hab es genommen. Und es hat mir gefallen.

Und es ist so: Es macht, dass man sich unheimlich gut fühlt, aber es verändert eigentlich nichts. Es beschützt einen kein bisschen, wenn man da drin ist. Aber wenn man drin war und wieder draußen ist und weiß, dass man wieder reinmuss, aber man will nicht darüber nachdenken, dass man beim nächsten Mal vielleicht nicht wieder rauskommt, damit man, wenn man wieder reinmuss, nicht sein ganzes Glück mit Denken verbraucht hat, dann ist das Zeug verdammt gut. Es macht einen nicht langsamer. Es macht nur, dass man sich gut fühlt, und das wars, was ich wollte.«

»Genau«, sagte Amato. »Und genau das wirst du machen, bevor du losziehst, um die Sache zu erledigen, die ihr für mich erledigen sollt: Du wirst dir was reinziehen, du wirst total im Tran sein, und irgendein Blödmann wird anfangen herumzuschreien oder so, und du wirst ihn über den Haufen schießen, und ein schönes Ding, das kein normaler Fünfzehnjähriger vermasseln könnte, wird den Bach runtergehen. Und das ist genau das, was ich nicht will.«

»Er kriegt das hin, John«, sagte Frankie.

»*Vielleicht* kriegt er es hin«, sagte Amato, »vielleicht aber auch nicht. Vielleicht kriegst *du* es auch nicht hin. Ich will nicht, dass bei dieser Sache irgendeinem was passiert. Es gibt nichts, es gibt keinen Grund, warum irgendwem irgendwas passieren sollte. Weder denen, die da reingehen, noch denen, die drin sind, wenn sie reingehen. Hier gehts um Geld, bloß Geld, sonst nichts. Ich will keinen *Scheiß*, ich will nicht, dass irgendwas passiert, was alle auf die Palme bringt. Wenn es um ein

Ding gehen würde, das man immer wieder mal drehen könnte, wäre es mir vielleicht egal. Dann würde ich vielleicht ein paar Typen anheuern, bei denen ich denke: Kann sein, sie vermasseln es, aber ich will ihnen mal glauben, dass sie es hinkriegen. Und dann gehen sie da rein und vermasseln es. Und okay, wenn es eine Bank oder irgendwas wäre, was nächste Woche immer noch da ist, damit zwei fähigere Typen was draus machen – aber so was ist es nicht. Ganz und gar nicht. Wenn ihr dieses Ding in den Sand setzt, dann ist es weg für immer. Ich muss mir das überlegen. Ich muss auf Nummer sicher gehen. Ich muss mit ein paar Leuten reden. Ich werde mir mit dieser Sache noch ein bisschen Zeit lassen, jedenfalls so viel Zeit, wie ich habe.«

»John«, sagte Frankie, »ich brauch das Geld. Ich war lange im Knast und hab noch nichts gefunden. Du kannst mich jetzt nicht so hinhalten.«

»Mein Freund«, sagte Amato, »du kennst doch Connie, meine Frau? Macht einen fantastischen Schweinebraten. Einen *gefüllten* Schweinebraten. Wirklich unheimlich gut. Neulich abend hat sie einen gemacht, zum ersten Mal, seit ich wieder draußen war. Und ich konnte nichts davon essen. Ich hab gesagt: ›Connie, mach nie wieder Schweinebraten.‹ Dabei hab ich ihn immer geliebt, ich hab immer gesagt, es gibt nichts, was sie so gut macht wie Schweinebraten, und sie ist eine gute Köchin. Ich meine, eine wirklich gute Köchin. Darum ist sie auch so dick: Sie isst gern, und sie kocht gern. Sie kocht verdammt gut, und dann isst sie es. ›Speck‹, sage ich, ›Schinken – von mir aus. Ist mir egal, ob es vom Schwein kommt. Aber mach mir keinen Schweinebraten mehr. Von mir aus gebackene Bohnen. Aber ohne Schweinefleisch. Die Bohnen werd ich essen, das Schweinefleisch nicht.‹ Und dann bin ich zu der Scheißimbissbude gefahren und hab in meinem Wagen Muscheln gegessen. Das war vor einem Monat. Ich hatte fast sieben Jahre nicht mehr mit meiner Familie gegessen, und trotzdem bin ich zur Imbissbude gefahren. Alles nur, weil einmal was schiefgegangen ist. Ich hab den falschen Typen ausgesucht, alles musste schnell-schnell gehen, wir mussten das schleunigst durchziehen, wir brauchten die Kohle und so weiter, und es hieß: ›Der kriegt das schon hin.‹ Und ich, ich war blöder als ihr beiden jetzt. Also haben wir den Typen ins Boot geholt, und dabei wusste ich, dass mit dem Kerl was nicht stimmte. Ich wusste nicht, was es war, ich wusste bloß, es war der falsche Typ für den Job. Aber ich hab ihn trotzdem mitmachen lassen. Und er war tatsächlich der falsche Typ, und darum musste ich fast sieben Jahre lang jeden verdammten Tag, so kams mir vor, dieses fette eklige Schweinefleisch fressen. Meine Kinder wurden größer, mein Geschäft lief so lala, jedenfalls nicht so gut, wie es hätte laufen können, und ich saß im Knast. Und für diese Zeit gibts keinen Ausgleich, verstehst du? Darum kann ich mein Lieblingsessen jetzt nicht mehr essen, weil es mich immer daran erinnert. Also lasse ich mir von jetzt an Zeit, und mehr gibt es dazu nicht zu sagen. Es ist mir egal, was du davon hältst und was dir im Genick sitzt. Wir können was machen – also gut, dann machen wir es. Aber nur, wenn wir es sicher über die Bühne bringen und nicht eine gute Sache in den Sand setzen und uns wieder in die Scheiße reiten. Ich werde nie mehr Schweinefleisch fressen. Ich werde mir nie mehr was vermasseln lassen. Ruf mich Donnerstag an. Donnerstag weiß ich Bescheid. Dann erfährst du mehr.«

2

Auf dem zweiten Bahnsteig der U-Bahnstation Park Street blieb Russell zwei Schritte vor Frankie stehen. »Na gut«, sagte er. »Und jetzt? Gehen wir da rauf oder was?«

Frankie lehnte sich an einen der rot-weißen Pfeiler. »Kommt drauf an«, sagte er.

»Aber nicht auf mich«, sagte Russell. »Ich bin seit Viertel vor fünf auf den Beinen und total kaputt. Und außerdem, wenn ich jetzt nicht da raufgehe, kann ich vielleicht eine schöne Nummer schieben.«

»Macht man das eigentlich nicht mehr abends?« sagte Frankie. »Meine Schwester, Sandy – früher hätte man die fesseln müssen, damit sie abends zu Hause bleibt, und jetzt ist sie jeden Dienstag- und Mittwochnachmittag weg. Ich wohne seit fünf Wochen bei ihr, aber dienstags und mittwochs ist sie nie da.«

»Wahrscheinlich ein Feuerwehrmann von der Nachtschicht«, sagte Russell. »Und am Wochenende bleibt sie zu Hause – also ist er wohl eher noch jung.«

»Oder ein Scheißbulle«, sagte Frankie. »Bei einem Bullen wärs genauso. Ich hab ihr gesagt: ›Es geht mich zwar nichts an, Sandy, aber ich hoffe doch sehr, dass du nicht mit einem Bullen in die Kiste springst.‹ Sie sieht mich an. ›Wieso? Was habt ihr denn schon, das Bullen nicht auch haben?‹ Tut mir echt leid, die Kleine.«

»Du solltest dir lieber selber leidtun«, sagte Russell.

»Tu ich ja«, sagte Frankie. »Aber sie hat nie eine echte Chance gehabt. Sie ist immer ganz gut zurechtgekommen, das meine ich nicht. Aber eine echte Chance hatte sie nie.«

»Keiner hat je eine echte Chance«, sagte Russell. »War doch schon immer so. Ich hab letztens eine kennengelernt, und sie hat gesagt, ich soll doch heute Nachmittag mal vorbeikommen. Ich hab gesagt: ›Da hab ich was zu erledigen – wie wärs mit abends?‹ Geht nicht, sie muss arbeiten, Spätschicht. Macht nichts, sage ich, ich kann lange aufbleiben. Sie ist Krankenschwester. Weißt du, was sie sagt? ›Pass auf‹, sagt sie, ›ich wasche den ganzen Tag alten Männern die Ärsche und so weiter, und danach bin ich stehend k.o. Glaubst du, dass ich danach noch vögeln will? Glaubst du das wirklich? Ich nicht.‹«

»Na, da hast du ja eine echte Perle aufgerissen«, sagte Frankie. »Ich seh sie geradezu vor mir, wie eine Reklame für Badeanzüge. Wunderschön. Pass bloß auf, dass da nicht irgendwo eine Handvoll Scherben versteckt ist.«

»Du darfst nicht vergessen, ich war fast vier Jahre im Trockendock«, sagte Russell. »Ich hätte eine Schlange gevögelt, wenn sie einer festgehalten hätte. Diese Bräute, ich weiß schon, man will nicht gleich über sie herfallen, kaum dass man sie sieht, aber sie haben alles, was nötig ist.«

Jenseits der Gleise, auf dem Bahnsteig für die Züge in südlicher Richtung, erschien mit schwankenden Schritten ein stämmiger Mann. Er trug einen weißen Overall und hatte einen blauen Eimer in der Hand. Er wandte ihnen den Rücken zu und musterte die gekachelte Wand. Er stellte den Eimer ab. Er stemmte die Hände in die Hüften. Auf die Wand waren mit roter Farbe halbmetergroße krakelige Buchstaben gesprüht: SOUTHIE BLÄST JEDEN. Er bückte sich und nahm eine Drahtbürste und eine Dose Verdünner aus dem Eimer.

»Wär schön, wenn ich das auch so sehen könnte«, sagte Frankie. »Irgendwie kann ich mich auf nichts konzentrieren. Ich dachte immer: Mann, wenn ich aus diesem Scheißknast rauskomme, müsst ihr alle Frauen aus der Stadt schaffen. Aber weißt du, was ich mache? Ich schlafe. Ich hab das Gefühl, wenn man mich einfach in Ruhe lassen würde, würde ich genau das tun: einfach schlafen, schlafen, schlafen. Und darum, dieses Ding – ich weiß nicht, was er vorhat, und ich gebe zu, er ist ein ziemlich schräger Scheißer, aber immerhin hat er was vor, verstehst du? Und ich nicht. Er ist rausgekommen und hat sich gleich umgetan. Und ich, ich denke immer nur: Verdammt, wenn ich bloß irgendwie an Geld kommen könnte. Wenn ich rausgehen und wie ein normaler Mensch leben könnte. Aber ich kann nicht, weil mir nichts einfällt, weil ich keine Ahnung hab, wie ich an Geld kommen könnte. Dean, mein Schwager, ist eigentlich ganz in Ordnung. Redet nicht viel. Weißt du, was er macht? Er liest Kataloge. Das Zeug, das mit der Post kommt. Der Typ arbeitet von mittags bis halb neun in der Tankstelle. Wenn er nach Hause kommt, liest er Kataloge. Sogar diese idiotischen Elektronik-Kataloge. Er schuftet also in der Tankstelle, bis zum Arsch im Öl und so, und sie ist unterwegs und lässt sich von irgendeinem Kerl vögeln. Ich schlafe auf Deans Sofa und trinke sein Bier. Er kennt mich nicht, er ist aus Malden. Woher soll er mich auch kennen? Als die beiden geheiratet haben, war ich im Knast. Aber trotzdem kommt er und sagt: ›Pass auf, erzähl Sandy nichts davon, okay? Wenn du es ihr erzählst, fragt sie sich nämlich, woher ich so was überhaupt weiß. Ich schätze, du willst dir mal die Leitungen durchblasen lassen, und ich kenne da so eine. Sie arbeitet, und ihr Alter denkt wahrscheinlich, ihre Schicht geht bis Mitternacht, dabei hat sie um zehn Feierabend.‹ Und ich sag ihm nicht, wenn ich ganz schnell ein paar

Namen brauche, frage ich lieber Sandy – das ist nicht die Art von Gefallen, die ich ihm tun möchte. Also sage ich, das ist sehr nett von ihm, aber wo soll ich mit ihr hingehen? Ich hab keinen Wagen. Ich hab nicht mal dreißig Scheine. Ich meine, was soll ich machen?

Also sagt er, dass er und Sandy eben ausgehen werden, dann kann ich sie mitnehmen in die Wohnung. Ja, und wahrscheinlich wird auch keins von den Kindern aufwachen und mal nachsehen, warum ich auf dem Sofa so einen Krach mache. Das wird einfach nicht funktionieren. Ich muss einfach ein bisschen Geld auftreiben, aber ich weiß nicht, wie. Dieses Ding, das John durchziehen will, ist im Augenblick das Einzige, was sich anbietet. Ich muss mir anhören, was er hat.«

»Dann hörs dir an«, sagte Russell. »Würde ich ja auch tun, aber als ich da war, wollte er nicht, dass ich irgendwas höre. Der Sack mag mich nicht. Na gut. Aber ich werde mich nicht auf irgendwas einlassen, solange ich nicht weiß, um was es geht. Das hab ich schon mal getan, und das werde ich nicht mehr tun. Mit dem kleinen Business, das ich laufen habe, komme ich klar. Wird wahrscheinlich ein bisschen länger dauern, bis ich hab, was ich will, aber das ist okay. Von jetzt an suche ich mir aus, wo ich mitmache. Von Typen wie Squirrel brauche ich mir keinen Scheiß anzuhören.«

»Na gut«, sagte Frankie, »dann sag ich es mal so: Du kannst mitmachen oder du kannst es lassen – ist beides okay. Ich wollte, ich könnte das für mich auch sagen, kann ich aber nicht. Bei der Sache sind für jeden mindestens zehn Riesen drin. Wenn du die nicht willst – okay. Aber ich will sie. Und mir fällt nichts anderes ein, wie ich an zehn Riesen kommen könnte. Dir schon.«

»So viel sinds nicht«, sagte Russell. »Zehn werden dabei

nicht für mich rausspringen, eher so fünf bis sieben. Keine zehn. Gib mir zehn Riesen, und ich bin so schnell weg, dass du denkst, ich wäre nie da gewesen. Ich weiß genau, was ich damit machen würde. Aber dafür brauche ich nicht unbedingt das Ding, das er drehen will. Auf meine Tour wirds zwar ein bisschen länger dauern, aber ich krieg die Knete auch mit dem Zeug zusammen, das ich sowieso mache, und dafür braucht man Eier, verstehst du? Eier. Es ist was, das mir selber eingefallen ist. Der Typ mag mich nicht? Okay, aber ich muss ihm nicht in den Arsch kriechen, wenn ich nicht will. Er kann mich mal. Also überlegt es euch, ihr beiden. Überlegt es euch. Wenn ihr mich dabeihaben wollt, bin ich dabei. Er ist der Mann mit dem großen Plan. Prima. Wenn ihr einen anderen finden wollt – auch in Ordnung. Ist mir persönlich völlig egal.«

Ein blau-weißer Zug aus Cambridge fuhr ein. Die Türen öffneten sich. Ein älterer Betrunkener stand schwankend auf, ignorierte die Tür in seinem Rücken und taumelte auf die Tür vor Frankie und Russell zu. Er trug eine schwarze Hose, ein weißes Hemd und ein irgendwie grün kariertes Jackett. Er hatte sich seit Tagen nicht rasiert. Auf seiner linken Wange war ein großer roter Bluterguss, und an seinem linken Ohr klebte Blut. Die schwarzen Schuhe waren entlang der Sohlennaht aufgeplatzt, sodass die nackten Fußballen zu sehen waren. Er schaffte es fast durch den ganzen Wagen, bevor die Türen sich schlossen. Er beugte sich vor und stützte sich mit der linken Hand auf die orangerote Rückenlehne eines Sitzes. Die Knöchel waren aufgeschrammt und blutig. Er ließ sich rückwärts auf den Sitz fallen. Die Türen schlossen sich, und der Zug fuhr weiter in Richtung Dorchester.

»Muss Spaß gemacht haben«, sagte Russell. »Ich würd gern mal den anderen sehen.«

»Nein, der ist hingefallen«, sagte Frankie. »Mein Vater ist öfters so nach Hause gekommen. Das war ein seltsamer Typ. Der Zahltag war überhaupt kein Problem – er hat den ganzen Tag gearbeitet, dann hat er seinen Scheck abgeholt, ist nach Hause gekommen und hat ihn meiner Mutter gegeben, und dann sind sie ausgegangen, einkaufen und so. Sie sind zurückgekommen und haben ferngesehen, und er hat vielleicht ein, zwei Flaschen Bier getrunken. Höchstens zwei. Wenn ich morgens runterkam, stand oft noch ein Glas mit abgestandenem Bier auf dem Tisch neben seinem Sessel. Ich weiß noch, wie ich es mal probiert hab. Ich hab gedacht: Wie kann man so was Ekliges bloß trinken? Und dann ist er zur Arbeit gegangen. Manchmal gabs aber keine Arbeit. Oft sogar. Und dann ist er meistens einfach nach Hause gekommen und hat gelesen oder so. Hat nie viel geredet. Aber hin und wieder, ohne dass irgendwas gewesen wäre, verstehst du, man hat ihm gar nichts angemerkt, ist er eben nicht nach Hause gekommen, nicht immer, aber hin und wieder. Und er hat jedes Mal gewusst, dass er das tun würde. Denn wenn er nicht nach Hause kam, wenn er überfällig war, fing meine Mutter an, sich Sorgen zu machen und hin und her zu gehen und Ave Marias aufzusagen, und wenn er um halb acht noch immer nicht da war, ist sie zum Küchenschrank gegangen. Da haben sie das Geld aufbewahrt, das sie nicht zum Einkaufen gebraucht haben. In einem Erdnussbutterglas. Und wenn er nicht nach Hause kam, war das Glas immer leer. Immer. Und dann blieb er mindestens drei Tage weg, und wenn er dann wiederkam, sah er aus wie der Typ eben. Er ist immer hingefallen.

Ich weiß noch«, sagte Frankie, »wie ich ihn das letzte Mal auf der Farm besucht hab. Ich musste ihn dahin bringen, weil … na ja, es war eigentlich hauptsächlich die Idee von meiner Mutter. Sie hat gesagt: ›Du bist jetzt zwanzig. Kümmer dich um ihn. Ich würds ja tun, aber ich hab die Nase voll. Kümmer du dich um ihn.‹ Also hab ich ihn rausgefahren zu Drop-Kicks. Du weißt schon, Dr. P.K. Murphys Farm. Ich liefere ihn also da ab, und er ist voll wie eine Strandhaubitze. Ach ja, und er hatte gerade ein neues Gebiss gekriegt. Er will mir was sagen, und ich kapiere auch, was er mir sagen will, nämlich, dass ich sein Gebiss nehmen soll. Das Ding hatte ihn zweihundertsechzig Dollar gekostet. Aber was soll ich mit dem Gebiss von dem Alten? Ich würds wahrscheinlich selber verlieren. Also sage ich zu einem von den Pflegern, dass mein Alter sich das wahrscheinlich wieder anders überlegen wird, und darum sollen die das Ding in Verwahrung nehmen. Sie haben das Gebiss in einem Kasten eingeschlossen. Ich habs mit eigenen Augen gesehen.

Eine Woche später hab ich ihn besucht«, sagte Frankie. »Ich meine, ich mochte den Alten. Er hat nie zugeschlagen. Wie Sandy sich rumgetrieben hat, das hat ihn schier verrückt gemacht, aber er konnte nichts machen. Er war kein schlechter Kerl. Also bin ich rausgefahren und hab ihn besucht.

Sie haben alle im hinteren Saal herumgesessen«, sagte Frankie. »Da hatten sie Tische und einen Fernseher, und es sah aus wie eine verdammte Bar. Ich weiß nicht, vielleicht sollte das so sein. Sie kriegten morgens um neun einen Drink, den nächsten gabs mittags, und um sechs am Abend noch einen. Aber manche von denen … Mann, da waren überall … der ganze Wald drumrum war voller Flaschen. Man lässt sich einweisen, aber vorher sagt man ein paar Kumpels Bescheid, damit sie jeden Tag hinfahren und eine Flasche an einer Stelle deponieren, die man ihnen gesagt hat. Einer von den Pflegern hat mir erzählt, dass sie mal einen hatten, der immer im Tee war, ohne dass er je in den Wald gegangen wäre. Aber die Pfleger haben das eben gemerkt, und darum fingen sie an, ihn zu beobachten. Der Typ war mit seinem Wagen gekommen, und wenn er dachte, es sieht keiner, ist er zum Parkplatz gegangen und hat sich mit einem Becher oder so unter den Wagen gelegt, weil er nämlich den Kühler mit Wodka gefüllt hatte. Die dachten, er säuft Frostschutzmittel. Da gabs welche, die haben das Zeug in Infusionsbeuteln reingeschmuggelt. Nachts sind die Pfleger herumgelaufen und haben die Wassertanks der Klos kontrolliert – da waren immer Flaschen gebunkert.

Ich geh also da rein«, sagte Frankie, »und da sitzt mein Alter und hat einen Freund gefunden. Einen, mit dem er mal gearbeitet hat. Beide sind voll auf Paraldehyd. Jeder hat ein Glas da stehen, und ab und zu kommt einer von den Pflegern mit einem Krug und einer Pipette vorbei, gibt ein paar Tropfen in die Gläser und füllt mit Wasser auf. Die sitzen also da und nippen und stieren auf den Fernseher, irgendeine Quizshow oder so, aber sie haben keinen blassen Dunst, um was es da geht. Sie sitzen da und rauchen, und die Zigaretten brennen runter bis auf die Finger, man kann die verbrannte Haut riechen, und erst wenn man es ihnen sagt, kriegen sie es überhaupt mit. Man sagt was, und dann kucken sie hin und sagen: ›Ach ja‹ und legen die Zigaretten weg, sehen sich ihre Finger an und klemmen sich die Scheißdinger wieder zwischen die Griffel. Die haben einfach nichts gespürt.

Der Typ hieß Burke«, sagte Frankie. »Der Freund von meinem Alten. Sie waren beide auf Paraldehyd und haben gestunken wie Füchse. Wie Stinktiere. Im Vergleich zu dem Zeug riecht Fusel wie Parfüm. Und mein Alter beschwert sich – er ist jetzt seit einer Woche da und fühlt sich schon viel besser, und er will sein Gebiss haben, aber der Pfleger findet es nicht mehr. Er hört und hört nicht auf: Ein nagelneues Gebiss, und die Idioten haben es verschlampt, wo ist sein Gebiss, es geht ihm schon viel besser, und er will was essen, aber wo ist sein Gebiss? Burke saß da und hat gepennt. Jedenfalls hab ich gedacht, er pennt. Er hatte die Augen zu, und tot war er nicht, das wusste ich.

Ich gehe also zu dem Pfleger und sage: ›Mein Vater will sein Gebiss. Er ist jetzt wieder ganz gut dabei und wird keinen beißen. Also, wo ist das Ding?‹ Und der Typ sagt dasselbe wie mein Alter. ›Ich weiß nicht, wo es ist. Ich hab das verdammte Ding in den Kasten gelegt, aber da ist es nicht mehr. Seit Ihr Vater hier ist, gehts zwischen ihm und Burke immer nur um dieses Gebiss. Ich weiß nicht, wo es ist. Wenn ich es nicht finde, bezahle ich ihm ein neues. Ich kann mir das einfach nicht erklären.‹

Also gehe ich wieder zurück zu den beiden«, sagte Frankie. »Burke ist inzwischen aufgewacht, jedenfalls sind seine Augen offen. Mein Alter regt sich auf und redet, so gut es ohne Zähne eben geht. ›Ein richtiger Scheißladen ist das – kaum ist man hier, schon verschlampen sie einem das Gebiss, die Scheißkerle‹, aber es hört sich alles an wie ›Wu-wu-wu‹ – er hat ja kein Gebiss. Burke sitzt gar nicht mehr so zusammengesackt da, und auf einmal fängt er an zu lachen. Und er hat zwei Reihen Zähne im Mund – seine eigenen und das Gebiss von meinem Alten. Er sah aus wie ein Haifisch. Mein Alter hat ihn angesehen, als würde er ihn am liebsten umbringen. Er hat sich sein Gebiss geschnappt, hats am Ärmel abgewischt und sich in den Mund gesteckt. Ich glaube, der alte Sack war beinah nüchtern. ›Siehst du?‹ hat er gesagt. ›Siehst du das, du kleiner Scheißer? Lass die Finger von der Flasche und mach was aus dir. Du siehst ja, was sonst passiert. Geh hin und mach dickes Geld und halt dich von Leuten wie Burke fern. Und jetzt zu dir, du Arsch!‹ Und dann wollte er sich auf Burke stürzen.

Und ich sag dir was: Ich glaube, er hatte recht«, sagte Frankie. »Ich hatte immer das Gefühl, er hatte recht.«

»Aber dann hast du dich schnappen lassen«, sagte Russell. »Wie dieser kleine dicke Scheißer. Und jetzt willst du hingehen und dich wieder schnappen lassen.«

»Aber dich hab ich auch nicht gerade auf dem Sportplatz kennengelernt«, sagte Frankie, »vergiss das nicht. Und du hast wieder was laufen und könntest auch wieder geschnappt werden.«

»Für das, was ich mache?«

»Spielt keine große Rolle«, sagte Frankie. »Wie viel hast du noch ausstehen?«

»Eineinhalb Jahre«, sagte Russell.

»Plus das, was du für das kriegst, was du machst«, sagte Frankie. »Und die Jungs da drinnen werden mit dir ihren Spaß haben – Hunde klauen, wo gibts denn so was?«

»Weißt du was?« sagte Russell. »Jede Wette, das würden sie nicht. Jede Wette, die würden mich nicht mal schief ansehen. Jede Wette. Und außerdem ist das so ziemlich das Leichteste, was man abziehen kann. Heute Morgen bin ich rausgefahren nach Sudbury. Diese Idioten. Sie stehen auf und gehen runter und lassen den Hund raus. Sie merken gar nicht, was sie da machen. Man sitzt einfach da, man könnte genauso gut in ihrer Einfahrt parken – die nehmen einen gar nicht wahr. Die machen die Tür auf und lassen vor deiner Nase einen Vierhundert-Dollar-Hund raus, wuff-wuff. Und dann wedelt man mit einem Stück Fleisch vor seiner Nase herum und sagt: ›Na komm, komm, mein Kleiner‹, und schwupp, springt er in den Wagen. Wenn er im Haus wäre und man würde da reingehen, würde er einem wahrscheinlich das Bein abreißen. Aber da draußen braucht man ihm nur ein Stück Fleisch für achtzig Cent zu zeigen. Dauert keine zwei Minuten. Heute hab ich einen Labrador erwischt. Wunderschönes Tier, hat sich auf das Fleisch gestürzt und alles vollgesabbert, noch bevor sie die Tür wieder zugemacht haben, und er wedelt mit seinem großen Schwanz, wumm-wumm-wumm, und freut sich, weil er was zu fressen kriegt und hinter den Ohren gekrault wird. Der Hund liebt mich. Und mit der Knete ist das so: Vor Samstag werden diese Idioten gar nicht merken, dass der Köter überhaupt weg ist, und nächste Woche verkauf ich ihn in Florida für zweihundert, ohne groß ins Schwitzen zu kommen. Dafür braucht man kein Köpfchen. Bloß Eier.«

»Zweihundert«, sagte Frankie. »Bei John sind es zehn Riesen für jeden.«

»Ja«, sagte Russell, »aber er hat nicht gesagt, was wir machen müssen, um die zu kriegen, oder dass er zu viel Muffe hat, um es selber zu machen, und dass er will, dass wir es machen, damit er auf seinem Arsch sitzen und seinen Anteil kassieren kann, ohne einen Finger krumm zu machen. Davon hab ich nichts gehört. Nein, er hat einfach beschlossen, angepisst zu sein, weil irgendwer vielleicht irgendwas genommen hat oder irgendwas macht, was ihm nicht passt.«

»Wenn er sagt, er hat was, dann hat er was«, sagte Frankie. »Und du musst … Ich meine, der Typ ist besorgt, er will eben nicht, dass die Sache den Bach runtergeht. Kann man ja verstehen. Er ist schon in Ordnung.«

»Ja«, sagte Russell, »ja. Er ist ja so wahnsinnig vorsichtig. Wie viel hast du das letzte Mal gekriegt, als er was für dich hatte? Fünfeinhalb Jahre, stimmts?«

»Stimmt«, sagte Frankie. »Aber das war nicht seine Schuld. Vergiss nicht, er hat auch dafür gesessen.«

»Ich vergess gar nichts«, sagte Russell. »Er war der Mann mit dem Plan. Und jetzt hat er schon wieder so eine wunderbare Idee. Aber ich und Kenny … Gib uns noch eine Woche, und wir haben zwanzig gute Hunde zusammen. Und ich garantiere dir: Das Koks wird da sein, und ich werde da sein, wo das Koks ist, und dann hab ich Geld, und von da an gehts nur noch *aufwärts*. In einem Monat hab ich eine Moto Guzzi und brauch mir von keinem mehr irgendeinen Scheiß anzuhören.«

Ein silbergrauer Zug fuhr ein. Auf dem roten Schild über der Fahrerkabine stand QUINCY. Der Zug verdeckte den stämmigen Mann, der gerade mit dem E in SOUTHIE fertig war und sich dem B in BLÄST zuwandte.

»Das heißt dann wohl, dass du nicht mitmachst«, sagte Frankie.

»Pass auf«, sagte Russell, »triff dich mit dem Typen. Vielleicht kannst du ihn dazu bringen, dass er dir ein bisschen mehr erzählt. Ich bin in der Gegend. Krieg raus, worum es geht und ob du immer noch Interesse hast – mir ist alles recht. Wenn du beschließt, dass du es machen willst, mach ich mit. Auch ohne zu wissen, worum es geht. Wenn er dabei bleibt, dass ich nicht mitmachen soll, mach ich nicht mit. Jedenfalls hab ich nicht vor, den ganzen Nachmittag damit zu verplempern. Ganz bestimmt nicht.«

3

»Er wollte eine Nummer schieben«, sagte Frankie. »Er hat gesagt, er könnte sich aussuchen, ob er mitkommt oder eine Nummer schiebt, und da hat er sich für die Nummer entschieden.«

»Kann man keinem verdenken«, sagte Amato. »Wenn ich so ein Angebot hätte, würde ich wahrscheinlich auch nicht hier sitzen. Ich nehme an, dass du noch immer dabei bist. Wen wollen wir dazuholen? Ist dir einer eingefallen?«

»Nein«, sagte Frankie. »Ich weiß nicht – er ist schon noch interessiert. Der einzige Grund, warum er nicht mitgekommen ist … Er sagt, wenn du willst, dass er mitmacht, macht er mit, wenn nicht, dann nicht. Nicht weiter schlimm, er kommt zurecht.«

Amato schwieg. Dann sagte er: »Ich mag ihn nicht, verstehst du, Frank? Ich mag ihn einfach nicht.«

»Er ist in Ordnung«, sagte Frankie. »Er kommt beim ersten Mal vielleicht ein bisschen hart rüber, aber im Grunde ist er ganz in Ordnung. Und man kann sich auf ihn verlassen.«

»Was, nach der Sache mit dem Doctor, natürlich ein Pluspunkt wäre«, sagte Amato.

»Ja«, sagte Frankie. »Der Scheißkerl soll mir noch mal über den Weg laufen.«

»Das wird wohl nicht passieren«, sagte Amato. »Soviel ich weiß, hat den Doctor schon seit einer Weile keiner mehr gesehen.«

»Ach ja?« sagte Frankie. »Wo könnte er denn sein?«

»Tja, schwer zu sagen. Bei seinem Wehrdienst war er in San Francisco stationiert. Er hat immer gesagt, dass er da wieder hin will. Er hat gesagt, die Gegend hier ist ihm zu kalt.«

»Dann ist er wohl nach San Francisco gegangen.«

»Ja«, sagte Amato. »Allerdings hab ich das von Dillon. Und der hat es von irgendwelchen anderen Leuten.«

»Aha«, sagte Frankie.

»Dillon sieht nicht gut aus«, sagte Amato. »Überhaupt nicht gut. Ich war in der Stadt und hab ihn gesehen. Er war ganz blass, regelrecht bleich. Ich hab nichts gesagt, aber er sah überhaupt nicht gut aus.«

»Dillon wird alt«, sagte Frankie.

»Werden wir alle«, sagte Amato. »Sieh mich an, wie ruhig ich sitzen geblieben bin, als dein Kumpel mit der dicken Lippe neulich hier war. Das wär mir früher nicht passiert. Und andauernd scheiße ich die Kinder zusammen. Sieben Jahre hab ich die Gören höchstens einmal im Monat zu sehen gekriegt, und jetzt bin ich endlich wieder zu Hause und scheiße sie andauernd zusammen. Und ich streite mich mit meiner Frau. Hab ich früher nie getan. Früher, wenn sie mir auf die Nerven gegangen ist, bin ich einfach ausgewichen, verstehst du? Jetzt nicht mehr. Ich werde alt. Und weißt du, was ich mir geschworen hab, als ich im Knast war? Ich hab mir geschworen, wenn ich wieder draußen bin, dann genieße ich für den Rest meines Lebens jede Minute. Wenn ich je wieder schlafen kann, ohne dass irgendein Arschloch seinen Schwanz durch die Gitterstäbe schiebt, ist alles gut. Mehr will ich gar nicht. Und? Genieße ich? Nein. Natürlich nicht. Ich bin genau dasselbe Arschloch wie früher.«

»Russell geht jedem erst mal auf den Sack«, sagte Frankie. »Er ist eben so.«

»Ja«, sagte Amato, »aber früher wärs mir egal gewesen, ob er jeden anpisst – mich hätte er jedenfalls nicht angepisst. Er wäre entweder der Richtige für den Job gewesen oder eben nicht – ich will ihn ja schließlich nicht heiraten. Die einzige Frage, die ich mir gestellt hätte, wäre gewesen: Ist er der Richtige für den Job oder nicht? Und wenn ich gefunden hätte, dass er der Richtige ist, hätte ich ihn mitmachen lassen.«

»Und?« sagte Frankie. »Siehst du das jetzt anders?«

»Ich weiß nicht«, sagte Amato. »Ich hab mich ein bisschen über ihn umgehört, bloß ein paar Leute gefragt – ich will ja nicht, dass es aussieht, als hätte ich was vor. Das kann ich nicht gebrauchen. Aber leider hab ich den Eindruck, als wäre er nicht die Art von Typ, die wir bei dieser Sache dabeihaben wollen. Man kann da leicht was falsch machen, und dann kriegt jemand was ab, und das will ich nicht. Dafür gibts überhaupt keinen Grund, verstehst du? Wenn einem was passiert, heißt das nicht, dass dafür mehr rausspringt. Es gibt einfach keinen Grund. Und darum muss man das mit Typen machen, die im entscheidenden Moment nicht durchdrehen oder so.

Diese Leute«, sagte Amato, »sind nicht wie die, die in einer Bank oder so herumstehen und geradezu damit *rechnen*, dass eines Tages einer reinkommt und den Laden ausraubt, und denen man gesagt hat, dass es nicht ihr Geld ist und wie sie sich verhalten sollen. Diese Leute sind nicht so.«

»Sie sind Helden«, sagte Frankie.

»Genau«, sagte Amato. »Diese Leute sind ganz anders. Manche von denen sind imstande und rasten aus und machen Ärger, und man weiß nie, wann das passiert, aber wenn es passiert, muss man ihnen eins verpassen. Manche von denen halten sich für ziemlich starke Typen. Und wenn einer da reingeht und nicht absolut cool ist, dann merken die sofort, dass er es nicht wirklich draufhat und sich von jedem, dem es gerade einfällt, auf den Kopf scheißen lässt, und dann ist alles ganz anders. Dann haben wir ein Problem.«

»Du kommst mir doch nicht schon wieder mit diesem Ding im North End, oder, John?« sagte Frankie.

»Die Würfelbude?« sagte Amato. »Nein, das ist was anderes. Obwohl ich sagen muss, man könnte das durchziehen. Man braucht bloß einen guten Plan und die richtigen Leute, die wissen, was sie tun. Nur ein paar. Eines Tages wird sich einer den Laden vornehmen, und dann hat er eine Menge Geld. Eine ziemliche Menge Geld.«

»Den würde ich dann gern mal kennenlernen«, sagte Frankie. »Danach. Wenn ichs mir recht überlege, würde ich ihn lieber möglichst bald kennenlernen. Das ist verdammt knifflig. Hast du dir das Ding mal angesehen? Da steht immer einer in der Telefonzelle an der Ecke. Komisch, dass die Telefongesellschaft die ausgerechnet da aufgestellt hat, nicht? Und immer sitzt einer am Fenster und behält den Typen in der Telefonzelle im Auge. Und wenns die kälteste Nacht des Jahres ist – du kannst sicher sein, dass da einer in der Telefonzelle steht. Der steht da und tut gar nichts. Vielleicht lebt er davon. Ich möchte seinen Job zwar nicht haben, aber immerhin scheints eine feste Anstellung zu sein. Kein Mensch unterwegs, aber er ist da, und dann ist da diese schmale Gasse, und drinnen sitzen bestimmt nicht mehr als fünfzehn harte Burschen mit entsicherten Kanonen.«

»Trotzdem, da ist eine Menge Geld zu holen«, sagte Amato.

»›So viel, dass sie manchmal vor lauter Scheinen die Würfel nicht finden‹«, sagte Frankie. »›Man geht da rein und holt sichs, und die könnens noch nicht mal anzeigen – keine Bullen, die einen durch die Weltgeschichte jagen. Man geht einfach bei

Billy's Fish die Gasse runter und die Treppe rauf und braucht nie mehr zu arbeiten.‹ Ja, aber du kannst drauf wetten, dass es Dillon dann ganz schnell besser geht, so schnell, das hast du noch nicht gesehen, und er hat ungefähr fünfzig Leute, die ihm helfen. Ich glaube, ich war vierzehn, als ich zum ersten Mal von dem Laden gehört hab«, sagte Frankie. »Die Sache ist nur: In der ganzen Zeit hat ihn nie einer hochgenommen. Wie kommt das bloß?«

»Meine Tochter ist vierzehn«, sagte Amato.

»Sag bloß«, sagte Frankie. »Kommt mir gar nicht so lang vor.«

»Doch«, sagte Amato. »Sie ist vierzehn. Und neulich hat sie ihre Tasche herumliegen lassen, und da ist so ein blaues Stück Pappe drin. Ich gehe hin und seh mir das an und – sie nimmt die Pille.«

»Na so was«, sagte Frankie.

»Ich konnte es nicht glauben«, sagte Amato. »Ich sage zu Connie: ›Würdest du mir bitte mal erklären, was hier los ist?‹ Und sie sagt: ›Na und? Die nehmen doch alle die Pille.‹ Und ich: ›Was soll das heißen – die nehmen doch alle die Pille? Wer ist denn alle? Und warum, verdammt, nimmt *sie* sie? Das ist das Einzige, was mich interessiert. Die anderen sind mir egal.‹ Damit bin ich automatisch das Arschloch. ›Dann willst du also, dass sie schwanger wird.‹ Ich konnte … ich konnte es einfach nicht glauben. ›Connie‹, sage ich, ›Herrgott, sie ist *vierzehn*. Vierzehn. Ich finde, das ist ein bisschen früh.‹«

»Finde ich auch«, sagte Frankie.

»Ja«, sagte Amato. »Und weißt du, was sie zu mir sagt? Sie sagt: ›Wie alt war Rosalie, als du mit ihr herumgezogen bist?‹«

»Und? Wie alt war sie?« sagte Frankie.

»Achtzehn«, sagte Amato, »und achtzehn ist ganz was anderes. Aber das konnte ich ihr natürlich nicht sagen. Immer, wenn sie mich das gefragt hat, hab ichs abgestritten. Rosalie hat auch nicht die Pille genommen. Jeden Monat … Und im Bett war sie auch nicht gerade eine Rakete.«

»Sie sah aber so aus«, sagte Frankie.

»War sie aber nicht«, sagte Amato. »Mann, Fort Knox wäre leichter zu knacken gewesen. Hätte auch mehr Spaß gemacht. Jedes Mal musste ich ihr was von wahrer, großer Liebe und dem ganzen Scheiß erzählen. Ich musste ein richtiges Arschloch sein. Und sie, sie hat eigentlich gar nichts gemacht. Es war, als würde man einen Baumstamm vögeln. Und sie hat auch nie was dafür getan, dass wirs machen konnten. Ich hab zu ihr gesagt: ›Rosalie, würdest du bitte mal was tun? Du willst doch nicht schwanger werden, oder?‹ Da fing sie an zu heulen. Eine Todsünde. Ich weiß nicht. Ich … ich dachte, ich wär ein echtes Arschloch, ich dachte, sie wärs wirklich wert. Jetzt weiß ich nicht mal mehr, warum ich das gemacht hab. Das, was ich tun musste, um es zu kriegen, wars jedenfalls nicht annähernd wert.«

»Aber sie sah verdammt gut aus«, sagte Frankie.

»Hast du neulich das Spiel gesehen?« sagte Amato. »Ich habs gesehen. Ich war zu Hause. Connie war endlich ins Bett gegangen, ihre Zunge war ganz erschöpft. Das ist das Schöne am Fernsehen: Man kann den Ton abstellen. Jedenfalls, irgendwann haben sie in Zeitlupe gezeigt, wie Snead hinter dem dicken Arsch von diesem Schweden auftaucht. Hast du das gesehen?«

»Ich war nicht zu Hause«, sagte Frankie.

»Also«, sagte Amato, »ich hab Rosalie vor Kurzem gesehen, in der Artery. Connie hat angerufen und gesagt, ich soll Brot mitbringen. Das ist auch so was. Ich weiß nicht, warum das so ist. Ich erwarte von ihr schließlich auch nicht, dass sie meine Arbeit erledigt – warum soll ich dann auf dem Heimweg anhalten und ihre erledigen? Na, egal, jedenfalls hab ich Rosalie gesehen, und ich schwöre, ihr Arsch ist inzwischen dicker als der von dem Schweden.«

»Sie sah wirklich verdammt gut aus«, sagte Frankie.

»Ach ja«, sagte Amato. »Sie hat geheiratet. Das wollte sie ja. Das war das Einzige, an was sie gedacht hat, wenn ich sie gevögelt hab. Ich hab mich gefragt, warum sie im Bett so eine Niete ist. Und sie hat sich gefragt, wie sie es hinkriegt, dass ich sie heirate, wo ich doch schon mit Connie verheiratet bin. Ich wollte nicht noch mal heiraten. Ich hab einmal geheiratet, und das reicht, wenn man noch alle Tassen im Schrank hat. Aber das wars, was sie wollte. Sie ist gerade schwanger. Ich schätze, es ist ihr viertes. Sie hat Beine, mit denen würde sie nicht mal in *meine* Hose passen, so dick ist sie geworden. Alles geht zum Teufel, man muss nur lange genug warten. Connie sagt also: ›Dir passt was nicht? Okay, dann rede mit ihr, du wunderbarer Vater, der sechs, sieben Jahre im Knast war, als sie ein Kind war. Rede mit ihr. Sag ihr, was für ein böses Mädchen sie ist.‹ Als ich gesessen hab, hat Connie sich natürlich nicht die Mühe gemacht, mir zu sagen, was los ist – woher soll ich es dann also wissen? Scheiße. Aber man kann sowieso nichts machen. Spielt auch keine Rolle. Aber es pisst mich an. Es pisst mich an.«

»Pass auf«, sagte Frankie, »das hat alles nichts zu sagen. Ist mir egal, wie angepisst du bist. Du hast wenigstens was laufen.«

»Du nicht, oder?« sagte Amato.

»Soll ich dir sagen, was ich gemacht hab?« sagte Frankie. »Ich bin zur Bewährung gegangen, als würde ich ihnen den Scheiß, den sie einem da erzählen, wirklich abkaufen. ›Hier, da haben wir was für Sie: In Holbrook brauchen sie einen für die

Fertigung. Hundertdreißig die Woche, vier Uhr bis Mitternacht. Ist was Festes, da kommen Sie nicht auf dumme Gedanken.‹

Super. Ich wohne aber in Somerville. Wie zum Teufel soll ich am Nachmittag nach Holbrook kommen? Ganz zu schweigen davon, dass ich mitten in der Nacht wieder zurückmuss. ›Kaufen Sie sich einen Wagen. Den brauchen Sie für diesen Job. Wir helfen Ihnen, damit Sie Ihren Führerschein zurückbekommen.‹

Und von was soll ich mir den Wagen kaufen? Ich hab kein Geld. Wovon soll ich einen Wagen bezahlen? Was glauben die eigentlich, warum ich einen Job brauche, wo ich doch bei meiner Schwester wohne und alles? Damit ichs schön warm hab? Ich hab kein Geld, ich hab keinen Wagen. ›Vielleicht können Sie eine Mitfahrgelegenheit kriegen‹, sagen sie. Genau. Ich hänge den ganzen Tag am Square rum, und vielleicht finde ich einen, der zufällig gerade nach Holbrook fährt. Um die richtige Uhrzeit. Arschlöcher.

›Dann ziehen Sie eben dorthin‹, sagen sie. Aber das ist dasselbe: Dafür hab ich kein Geld. Wenn ich das Geld hätte, um nach Holbrook zu ziehen, würde ich irgendwo anders hingehen. Dann würde ich gar nicht erst zu ihnen kommen. Tja, tut ihnen leid. Das ist alles, was sie im Moment haben, und sie sind ziemlich sicher, dass der zuständige Typ dort einen wie mich einstellen würde. Wahrscheinlich wärs am besten, ich würde mal beim Sozialamt vorbeischauen und mir von denen Geld holen. Der Typ hat einfach keine Lust mehr, sich mit mir zu befassen. Er will seinen Scheißkaffee trinken oder so. Tja, das wars dann. Danach hab ich mich mit Russell getroffen. Dem gehts prima. In ein paar Wochen oder so kauft er sich wahrscheinlich ein Hotel.«

»Aber nicht von dem Hundekram«, sagte Amato.

»Das ist ja nur für den Anfang«, sagte Frankie. »Er steigt bei was anderem ein, sobald er genug Geld zusammenhat. Das würde ich auch gern machen – ich hab auch schon was im Auge. Aber erst muss ich Geld haben.«

»Worum gehts da?« fragte Amato.

»Ich kenne da einen«, sagte Frankie. »Ich treffe ihn auf der Straße, er fragt, wie es mir geht, wir trinken ein paar Bier, die er bezahlt. Wir reden so, und dann sagt er, er muss jetzt irgendwohin, aber ich kann ja mitkommen, vielleicht krieg ich da was Schönes zu sehen.

Wir gehen also zu einer Wohnung, und da liegt Geld herum. Alles Zwanziger. Prima Arbeit. Ich hätte was von dem Zeug kaufen können. Für tausend hätte ich zwanzigtausend gekriegt. Und ich sage dir: prima Arbeit. Kann man gegens Licht halten und alles.«

»Ruf den Typen an«, sagte Amato, »und wünsch ihm gute Reise. Sie werden ihn schnappen. Er soll mit dem ersten Zwanziger in den nächsten Drugstore gehen und sich eine Zahnbürste kaufen. Die wird er nämlich brauchen.«

»Irrtum, John«, sagte Frankie. »Das Zeug ist richtig gut. Das Papier ist gut, die Tinte ist gut, die Farben sind gut. Ich sage dir, ich hab mir die Dinger genau angesehen. Der Typ, der die gemacht hat, sollte damit zur Regierung gehen. Die sind besser als die echten Scheine.«

»Der Typ ist Chubby Ryan«, sagte Amato.

»Kenn ich nicht«, sagte Frankie.

»Kannst du auch nicht«, sagte Amato. »Er ist in Atlanta und hat zehn Jahre für seine prima Arbeit kassiert. Ist das nicht witzig? Und soll ich dir mal was sagen? Du hast recht – es ist wirklich prima Arbeit. Beinah perfekt. Nur: Chubby versteht zwar eine Menge vom Drucken und so, aber er hat leider überhaupt kein Hirn im Kopf. Genau wie dein Freund, der seine Hunde knutscht. Er ist in Ordnung, er hat bloß keine Ahnung. Typen wie der, die Typen, mit denen du immer rumhängst, sind die Einzigen, die noch blöder sind als Chubby. Denn das Einzige, wozu das Zeug – abgesehen vom Arschabwischen – taugt, ist, es Leuten wie dir anzudrehen. Leuten, die es nicht besser wissen, die keine Ahnung haben, was passiert, wenn sie rausgehen und die Scheine unters Volk bringen. Darum ist es ja auch so billig.

Weißt du, was damit los ist?« sagte Amato. »Ich werds dir verraten. Chubby ist damit rausgefahren zum Wonderland. Er hat eben nichts im Hirn. Er dachte, das Zeug ist so gut, dass ers allein unters Volk bringen kann. Er war so stolz auf das Zeug, das er da gedruckt hat, dass er gedacht hat, er fährt raus zum Hunderennen und setzt eine ganze Partie um. Und das hat er dann auch gemacht. Er hat ungefähr zehntausend umgesetzt, ganz allein, an einem einzigen Abend. Fünfhundert von diesen verdammten wunderschönen Scheinen, und auf jedem davon stand dieselbe verdammte Nummer.

Und es ist ja so: Die Leute auf der Hunderennbahn, die sind natürlich allesamt komplett dämlich, stimmts? Wissen wir ja. Die sind so dumm, wie sie lang sind. Die sind noch nie auf die Idee gekommen, dass man auf so einer Hunderennbahn prima Geld waschen kann. Nie im Leben. Darum sagen sie den Kassierern in den Wettbüros auch nicht, dass sie auf Falschgeld achten sollen. Und darum fällt den Kassierern überhaupt nichts auf, als Chubby auftaucht und mit Zwanzigern um sich wirft wie ein Verrückter, überhaupt nichts. Und darum sind auch bloß ungefähr neunhundert Wachmänner und Bullen und Secret-Service-Typen da, als Chubby seine Wetten fürs achte Rennen platzieren will. Und weißt du, was er gesagt hat? Sie lesen ihm seine Rechte vor – dass er kein Wort sagen muss –, und wenn er das bis dahin nicht so wusste, wie er es hätte wissen sollen, dann weiß er es jetzt. Sie sagen ihm, dass er wegen Falschmünzerei dran ist. Und er sieht sie an und sagt: ›Scheiße, ich hab sie in Kaffee gewaschen. Die sehen doch überhaupt nicht mehr neu aus.‹

Und weißt du, was er dann gemacht hat? Er darf telefonieren, also ruft er Mike an. Und Mike sagt ihm, er soll die Klappe halten. Dann fährt er hin. Er kennt die Bullen, und als er reinkommt, lachen sie sich alle kaputt, und er ahnt schon so was. ›Was ist los?‹ fragt er, und sie zeigen ihm die Aussagen und Protokolle. Und dann geht Mike zu seinem Mandanten. Er geht in die Zelle und sieht Chubby an, und Chubby sagt: ›Mann, bin ich froh, dich zu sehen!‹ Und weißt du, was Mike sagt? Er sieht ihn an und sagt: ›Chubby, diesen juristischen Rat kriegst du umsonst: Du solltest dich schuldig bekennen.‹ Und dann geht er wieder raus.

Siehst du«, sagte Amato, »das ist das Problem, das man heutzutage hat. Man hat Leute, die was erledigen können, aber noch nicht mal wissen, dass sie kein Hirn im Kopf haben. Sie haben keine Fantasie. Sie sehen irgendwas, das irgendwie gut aussieht, und was anderes fällt ihnen dann nicht ein. Es ist aber leider so, dass das fünfhundert anderen Leuten auch schon eingefallen ist, sodass mittlerweile *jeder* weiß, was los ist, und das wiederum heißt: Wenn du da rausgehst und das Zeug unters Volk bringst, dann warten die schon. Die schnappen dich. Nein, entweder du hast eine andere Idee, irgendeine, die schon lange keiner mehr gehabt hat, oder du gehst nach Holbrook und arbeitest brav. Alles andere ist Zeitverschwendung und außerdem gefährlich, weil du nämlich im Bau landest.«

»Okay«, sagte Frankie, »du bist der Typ mit der Idee. Dann erzähl mir mal mehr davon. Aber sag mir nicht, es geht um die Würfelbude. Ich werd nicht eines Abends in diese Gasse hinter Billy's Fish gehen und später mit ein paar Kugeln im Kopf in Everett gefunden werden. Auf gar keinen Fall. Ich will Geld. Aber ich will dabei nicht draufgehen.«

»Hm«, sagte Amato. »Na ja, wir können ja mal darüber reden. Wir müssen ja nichts beschließen. Meinst du, dein Hundefreund kommt mit einer Pokerrunde zurecht?«

»Jederzeit«, sagte Frankie. »Ich meine, klar, wer nicht? Man muss nur erst mal eine finden, wo man reingehen kann, ohne dass mans gleich mit jeder Menge Blei zu tun kriegt. Und bei solchen Runden ist einfach verdammt viel weniger zu holen als in der Würfelbude. Außerdem sind die bewacht. So was kann man nur hochnehmen, wenn man so dämlich ist, dass es einem Spaß macht, wenn alle anderen einen ausknipsen wollen.«

»Aber es gibt eine, wo es geht«, sagte Amato.

»Ich weiß zehn, wo es geht«, sagte Frankie. »Ich weiß mindestens zehn, wo es geht. Aber danach sind mindestens zehn extragroße Gorillas auf mich angesetzt.«

»Mh-mh«, machte Amato. »Bei der hier nicht. Die werden nicht mal nach dir suchen.«

»Warum nicht?« fragte Frankie.

»Weil alle schon in dem Moment, wo es passiert, wissen, wer dahintersteckt.«

»Irgendwie finde ich das jetzt nicht gerade sehr beruhigend«, sagte Frankie.

»Wir jedenfalls nicht«, sagte Amato. »Vergiss nicht: Ich weiß, wie diese Leute ticken. Sie werden gar nicht auf die Idee kommen, dass wir oder sonst jemand dahintersteckt. Sie werden an einen ganz bestimmten Typen denken, und sie werden ihn sich vornehmen und durch die Mühle drehen, und das wars dann. Und du und ich und der kleine Wichser, wenn wir ihn mitmachen lassen, können uns vierzig-, fünfzigtausend Dollar teilen. Ohne dass wir ins Schwitzen kommen.«

»Ich bin nicht so dafür, einem was in die Schuhe zu schieben«, sagte Frankie.

»Du schiebst ihm ja gar nichts in die Schuhe«, sagte Amato. »Das macht er schon selber. Mark Trattman hat diese Runde organisiert, und er das macht das zum zweiten Mal. Die erste Runde wurde auch hochgenommen. Und zwar von Markie.«

»Aha«, sagte Frankie.

»Er wars«, sagte Amato, »und dann ist alle mögliche Scheiße passiert. Einer von denen, die ihr Geld verloren haben, war Arzt und hatte einen Bruder bei der State Police, und er war sauer wie nur was und hat damit gedroht, dass er dies oder jenes tut, und alle waren ganz aufgeregt. Schließlich mussten sie dem Typen, ich weiß nicht, drei- oder viertausend Dollar zurückgeben, damit er den Mund hält. Und dann haben sie mit Trattman geredet, und er hat eine große Show abgezogen. Und sie haben ihm geglaubt.

Für eine Weile haben alle Blut gepinkelt, wie das eben so ist, wenn die Kacke dampft. Ungefähr einen Monat lang ist gar nichts gelaufen. Alle halten die Hände still, keiner zieht ein Spielchen auf, bis schließlich einer – ich glaube, es war Tommy Balls – sagt: ›Scheiß drauf‹, und zehn Typen anheuert, die herumstehen und bedrohlich aussehen, und dann veranstaltet er eine Runde, und alles bleibt friedlich. Man sieht sich an, was da läuft, und noch immer ist alles friedlich, und nach einer Weile sind alle wieder im Geschäft, und alles ist gut.

Eines Abends sitzen die Jungs herum und quatschen und trinken was, und irgendwann sagt einer, es ist doch komisch, dass da dieser Überfall war, und alle sind für eine Weile auf Tauchstation gegangen, aber jetzt laufen alle Runden wieder, und keiner probiert es noch mal. Die Jungs von damals müssten doch noch im Umlauf sein, oder? Und Markie fängt an zu lachen. Er kann es sich einfach nicht verkneifen. Und er erzählt ihnen, dass er es selber war. Dass er zwei Leute angeheuert und es selber durchgezogen hat. Die beiden anderen waren zwei Hilfsgangster, die er kennt, und haben je fünftausend gekriegt, und für ihn blieben fast dreißigtausend.«

»Er kann von Glück sagen, dass sie ihn nicht versenkt haben«, sagte Frankie.

»Stimmt«, sagte Amato. »Aber du musst das verstehen. Alle mögen Markie. Er ist ein echt heißer Bursche. Und dann musst du bedenken, *wann* sie das rausgekriegt haben: als alles wieder normal lief. Wenn sie es rausgekriegt hätten, als alle auf Tauchstation waren und immer Schritte gehört haben und keiner was verdient hat, dann hätten sie ihn wohl versenkt. Aber da haben sie es nicht rausgekriegt. Und als sie es dann wussten, haben sie gesagt: Ach, scheiß drauf. Es war ja nicht ihr Geld, und solange es nicht noch mal passiert ... Denn die Kunden kommen natürlich nur, wenn sie denken, es ist sicher, und das ist es jetzt. Also scheiß drauf.«

»Aber ich wette, beim nächsten Mal siehts anders aus«, sagte Frankie.

»Das ist die ganze Idee«, sagte Amato.

»Und wie viel ist drin?« fragte Frankie.

»Das hat mich auch interessiert«, sagte Amato. »Seit ich draußen bin, war ich zweimal da. Eines Abends hab ich Markie getroffen. Ich war in der Stadt, mich umsehen und hören, was so läuft, und da treffe ich Markie. Wir trinken ein paar, und er sagt, er hat da diese Runde laufen, und ich soll doch mal vorbeikommen. Also bin ich hingefahren, beide Male an einem Mittwoch. Sie findet zweimal die Woche statt, mittwochs und freitags, und es gibt ein paar Leute, die an beiden Abenden kommen, aber eigentlich sind es zwei verschiedene Runden. Also, an den beiden Abenden, als ich da war, lagen ungefähr vierzigtausend auf dem Tisch. Da ist so ein Typ, der trägt Samthosen und hatte beide Male mindestens fünftausend dabei. Also vierzigtausend, mehr oder weniger. Und das ist bloß das, was ich gesehen hab. Die meisten, die bei so einem Spiel mitmachen, haben ein bisschen mehr dabei, als sie sehen lassen, für den Fall, dass sie eine Durststrecke durchstehen müssen. Wenn man da reingeht und jedem eine schöne Massage und so weiter verpasst, sind wahrscheinlich noch zehntausend mehr drin.«

»Nicht übel«, sagte Frankie.

»Als ich da war«, sagte Amato, »hab ich mitgekriegt, wie die anderen sich unterhalten haben. Markie hatte sich wieder mal scheiden lassen und anscheinend eine kleine Party veranstaltet. Er hat ein paar Nutten rangeschafft, die sich auf der Bühne übereinander hergemacht haben, und alle hatten jede Menge Spaß. Ein paar von den Typen am Tisch waren sauer, weil sie nicht eingeladen waren. ›Nur Freunde, keine Kunden‹, hat er gesagt. Aber sie waren immer noch sauer und wollten wissen, was mit den Freitagstypen ist, denn ein paar von denen saßen mit am Tisch – so haben die anderen ja überhaupt erst davon erfahren. ›Das sind gute Kunden‹, sagt Markie, ›und bei mir sind gute Kunden auch gute Freunde.‹ Woraus ich schließe, dass freitags mehr Geld da ist als mittwochs. Die Frage ist also, wann wir es machen sollen. Ich bin für Mittwoch. Freitags ist mehr Betrieb. Unter der Woche ist es ziemlich ruhig, aber freitags und samstags ist mehr los, es wird gesoffen und gevögelt. Das ist noch was, das man bedenken muss: jede Menge Leute, die sich amüsieren. Und ich glaube, ich weiß nicht, aber ich könnte mir vorstellen, dass freitags Leute da sind, die mittwochs nicht da sind und denen ich möglichst nicht auf die Zehen treten möchte. Mittwochs hab ich da keinen gesehen, der irgendwas draufhatte. Ich glaube, Mittwoch ist besser.«

»Wie teilen wirs auf?« fragte Frankie.

»Ein Drittel«, sagte Amato. »Ich kriege ein Drittel.«

»Das ist aber ziemlich viel, John«, sagte Frankie.

»Finde ich nicht«, sagte Amato. »Ich weiß, wo es stattfindet und was da los ist. Ein Drittel ist genau richtig. Was du tust, ist mir egal. Wenn dein wilder Mann oder irgendein anderer für fünf dabei ist, dann nimm ihn. Mir egal.«

»Der Typ, der das mit mir zusammen durchzieht, kriegt dasselbe wie ich«, sagte Frankie.

»Wie du meinst«, sagte Amato.

»Und du gehst nicht mit rein?« sagte Frankie.

»Auf keinen Fall. Die würden mich in null Komma nichts erkennen. Nein, an dem Abend werde ich schön weit weg sein, und dort werden mich viele Leute sehen. Darum hab ich ja an dich gedacht, verstehst du? Ich kann bloß einem zeigen, wo das Ding ist, aber ich kanns nicht selber durchziehen. Ich brauche einen, dem ich vertrauen kann und der mir nicht erzählt, dass sie dreißig eingesackt haben, wenns in Wirklichkeit fünfzig waren, und der mich nicht bescheißt, weil ichs nicht nachprüfen kann. Ich bin bei diesem Ding der Planer, und ich brauche zwei Leute, die es so durchziehen, wie ich es ihnen sage.«

»Na gut«, sagte Frankie, »ich bin dabei. Und was ist mit Russell?«

»Was soll mit ihm sein?« fragte Amato.

»Ich finde immer noch, er sollte der andere sein«, sagte Frankie. »Kannst du dich damit abfinden?«

»Mir scheißegal«, sagte Amato. »Von mir aus kannst du mit Tarzan und seiner gestreiften Unterhose da reinmarschieren. Ich will bloß, dass du einen nimmst, der weiß, wie so was geht. Es gibt nur zwei Bedingungen: Erstens muss er Eier haben, und die hat er ja, sagt er, und zweitens darf ihn keiner von den Padrones kennen.«

»Scheiße«, sagte Frankie, »China Tanzi kennt mich.«

»China zählt nicht«, sagte Amato. »China ist in Lewisburg, und zwar noch ein ganzes Weilchen. Da macht er Möbel oder so für die Regierung, und das ist auch ganz gut so, denn hier sind einige nicht sehr gut auf ihn zu sprechen. Die finden, er hätte vielleicht lieber fünfzehn bis zwanzig in Atlanta kassieren sollen wie alle anderen, die an der Sache beteiligt waren, anstatt die fünf, die er gekriegt hat, und die sitzt er noch nicht mal im selben Knast ab, und das bei seinem Vorstrafenregister – ich meine, da kommt man doch ins Grübeln, oder? Wie hat er das hingebogen? Eine Weile hieß es sogar, dass China nicht mal in Lewisburg ist. Dass sie ihn irgendwo untergebracht haben, wo seine Familie ihn besuchen kann und sie ihn mit Steaks füttern und mit ihm reden. Irgendeiner hat zwar gesagt, das stimmt nicht, aber ich weiß nicht. Jedenfalls hört keiner mehr hin, wenn China irgendwas sagt. Das hab ich schon bedacht.«

»Tja«, sagte Frankie. »Dann werde ich mal mit Russell reden. Ich glaube, den kennt keiner.«

»Weswegen war er im Bau?« fragte Amato.

»Ziemlich wilde Sache, glaube ich«, sagte Frankie. »Du weißt ja, wie es ist: Entweder einer sagt es oder er sagt es nicht. Er hats mir nicht gesagt. Aber so, wie ichs verstanden hab, haben er und ein anderer Typ einen Drugstore überfallen. So einen, der die ganze Nacht geöffnet hat. Aber auf den hatten es die Junkies schon immer abgesehen, und darum hatte der Typ da drinnen eine Waffe, und das Ganze ging granatenmäßig den Bach runter. Als sie das Geld eingesackt haben, fing er an zu schießen, und der Typ, den Russell dabeihatte ... na ja, ich weiß nicht. Die beiden hatten die gleichen Kanonen, und ich schätze, Russell hat sie ausgetauscht. Der Drugstorebesitzer war zwar hinüber, aber Russells Kumpel hat er noch mitgenommen. Jedenfalls, Russell kommt vor Gericht, und da ist es natürlich der andere, der an allem schuld ist und Russell zu der Tat verführt hat und so weiter. Russell ist bloß ein armer Trottel, der überhaupt nicht kapiert hat, in was er da reingezogen wird, und der Richter soll sich doch bloß mal seine Militärakte ansehen. Die war anscheinend ziemlich gut. Und so ist er besser davongekommen, als man meinen sollte.«

»Und du bist sicher, dass er dann nicht vollkommen zugedröhnt ist?« sagte Amato.

»Er ist nicht wirklich hart drauf«, sagte Frankie. »Du hast ihn doch gehört. Er ist ein sehr heller Bursche. Er weiß, was er tut. Und er weiß, was er kann. Er macht nichts, was er nicht hinkriegt.«

»Da solltest du mal lieber auf Nummer sicher gehen«, sagte Amato. »Typen, die Drugstores ausrauben, wollen nicht unbedingt bloß Geld. Manchmal gehts ihnen schlecht, und sie brauchen was und haben keine andere Möglichkeit, was zu kriegen. Aber sie brauchen was. Ein Typ wie der kann ohne so was nicht leben, wenn du verstehst, was ich meine.«

»Pass auf«, sagte Frankie, »Russell ist ein Motorradfreak, sonst nichts. Als ich ihn kennengelernt hab, hat er wochenlang nur gejammert, dass er seine Monstermaschine verkaufen musste. Er hatte so eine Münch Mammut und musste das Scheißding verkaufen, um seinen Anwalt zu bezahlen. Wenns bei der Sache irgendwie um ein Motorrad gehen würde, würde ich Russell nicht nehmen – der würde durchdrehen, wenn er das Ding bloß zu sehen kriegt. Er zieht sich eben ab und zu was von dem Zeug rein, sonst nichts. Er ist nicht süchtig oder so.«

»Denn was wir überhaupt nicht brauchen können«, sagte Amato, »ist ein Typ, der da reinmarschiert, irgendeinen Scheiß anfängt und einen über den Haufen ballert, denn dann müssen sie die Sache melden, und alle sind bis zu den Augenbrauen in der Scheiße. Markie hat das, wie gesagt, schon mal durchgezogen, und wenn er es noch mal durchziehen würde, dann würde er es ganz genauso vorsichtig machen wie letztes Mal und ein paar Typen anheuern, die wissen, wie man so was macht. Die Leute da sind seine Kunden. Er will bloß ihr Geld, nicht ihr Leben. Er will, dass sie wiederkommen, wenn ein bisschen Gras über die Sache gewachsen ist.«

»Russell kriegt das schon hin«, sagte Frankie.

»Ich hoffe, du hast recht«, sagte Amato. »Das andere ist: Wir sollten nicht mehr lange warten.«

»Ist mir sehr recht«, sagte Frankie. »Wenn nicht bald was passiert, muss ich hingehen und ans Tor klopfen und sagen: ›Lasst mich bitte wieder rein. Mir fällt nichts ein, und langsam wirds kalt.‹«

»Denn es ist nur eine Frage der Zeit«, sagte Amato, »bis irgendein anderer Scheißkerl dieselbe Idee hat, und dann haben wir die Gelegenheit verpasst, und die Kohle ist weg.«

»Keine Sorge«, sagte Frankie. »Russell muss mit seinen Kötern demnächst irgendwohin, und ich brauch dringend Geld. Wenn ich meinen Arsch nicht bald in Bewegung setze, kann ich mich gleich von ihm verabschieden. Hast du alles, was wir brauchen?«

»Ich hab einen Wagen«, sagte Amato. »Die meisten von den Burschen, mit denen Connie herumzieht, sind ziemlich dämlich, aber einer ist dabei, der würde bei Regen vielleicht auf die Idee kommen, sich unterzustellen. Ich weiß, wo ein schöner Chrysler steht, und ich glaube, der Typ kriegt es hin, ihn zu knacken, ohne sich die Finger zu klemmen. Und ich hab zwei 38er – die sollten wohl reichen. Um eure Skimasken müsst ihr euch selber kümmern.«

»Ich hätte gern eine abgesägte Schrotflinte«, sagte Frankie. »Irgendwas Großes, damit sie sich in die Hosen scheißen, wenn ich damit zur Tür reinkomme.«

»Dann besorg dir eine«, sagte Amato, »und halt sie ihnen unter die Nase. Nichts dagegen. Aber lass dir nicht zu viel Zeit. Wir sind schließlich nicht die einzigen hellen Jungs weit und breit.«

4

Der 300f schnurrte mit hundertzwanzig auf der Route 128 in Richtung Norden.

»Sie sah echt gut aus«, sagte Russell. »Ich meine, wirklich. Schöne große Titten, und gevögelt hat sie, als würds morgen verboten. Starker Wagen, oder? Ein bisschen, als wär man in seinem Schlafzimmer unterwegs, aber trotzdem – starker Wagen.«

»Weißt du, was ich mir manchmal wünsche?« sagte Frankie. »Manchmal wünsche ich mir, die würden solche Wagen heute noch bauen.«

»Dann behalt doch den hier«, sagte Russell.

»Das hat mir gerade noch gefehlt«, sagte Frankie, »so eine schön auffällige heiße Karre. Geht nicht. Und die Dinger, die man kriegen kann, sind so schlecht in Schuss, dass sichs nicht lohnt. Scheiße. Erzähl mir noch ein bisschen von ihr.«

»Du willst Kopfkino?« sagte Russell. »Noch immer nichts flachgelegt?«

»Morgen Abend«, sagte Frankie. »Wenn das hier klappt, ist das meine letzte Nacht als Katholik. Los, erzähl mir was. Um meinen Hormonspiegel kümmere ich mich selber.«

»Hast ja genug Übung gehabt«, sagte Russell.

»Und das sagt einer, der seinen Schwanz immer in diesen Ziegenarsch gesteckt hat. Du hast es gerade nötig.«

»Das ist Regel Nummer eins«, sagte Russell. »Such dir einen

alten Knacker, der sich täglich wäscht. Mösen hab ich da drinnen jedenfalls nicht gesehen.«

»Wer hat behauptet, dass Ziegenarsch sich täglich gewaschen hat?« fragte Frankie.

»Ich nicht«, sagte Russell. »Das ist die nächste Regel: Wenn kein sauberer alter Knacker da ist, nimm einen dreckigen.«

»Ich hätte ihnen sagen sollen, sie sollen dir eine Ziege geben«, sagte Frankie. »Ich hatte einen guten Draht zu den Wärtern. Ja, das hätte ich machen sollen. Wir hätten zusehen können. Bist du sicher, dass du nicht vielleicht doch deine Köter hernimmst, wie John gesagt hat?«

»Hunde beißen«, sagte Russell. »Ich kannte mal einen Jungen, der hatte einen Dackel, und der ... Ach, lassen wir das. Ich geb dir einen Rat, Frankie: Lass die Finger von Hunden. So ein Köter könnte dir glatt was abbeißen, und das tut weh, hab ich gehört. Halt dich lieber an Mösen. Wenn du eine finden kannst.«

»Soll ich dir was sagen? Ich weiß nicht mal, obs noch welche gibt«, sagte Frankie. »Ich meine, vielleicht ist das bei Mösen auch so. Vielleicht werden die einfach nicht mehr hergestellt. Man kriegt keine vernünftigen Karren mehr, weil irgendwer was gegen vernünftige Karren hat oder weil sie Sprit verbrauchen oder was weiß ich – würde mich nicht wundern, wenn Mösen jetzt auch nicht mehr hergestellt werden.«

»Doch, doch«, sagte Russell. »Mösen wirds immer geben. So wie uns. Wenn Squirrel will, dass wir was erledigen, weiß er, wo er uns findet. Wir marschieren rein, wir marschieren raus, und er sitzt irgendwo und genehmigt sich ein paar Drinks und kriegt denselben Anteil wie du und ich. Er weiß, wo er uns findet. Und mit den Bräuten ist es genauso. Die sind genauso bekloppt wie wir. Es geht immer nur darum, dass ein Scheißkerl den anderen ausnutzt. Das ist alles. Die Alte, die ich flachgelegt hab? Die ist verrückt. Schön, aber verrückt. Sie kann nichts dafür, dass sie so gut aussieht. Und dafür, dass sie nicht ganz richtig im Kopf ist, kann sie auch nichts. Aber genau das ist sie. Total durchgeknallt.

Sie wohnt oben in Hill. Ich geh hin, sie macht die Tür auf und ist nackt. Splitternackt. Hat mich ziemlich umgehauen. Sie sieht echt verdammt gut aus. Was ich bisher so hatte … also, ich will nicht sagen, das war alles nichts. Und ich war ja auch lange im Bau. Aber trotzdem: Die sieht schon verdammt gut aus. Ich stehe also da und starre sie an. Und sie sagt: ›Wir wollten doch ficken, oder? Also, was ist, willst du den ganzen Tag da rumstehen?‹ Ich geh also rein, und wir vögeln. Sehr gut. Und dann liegen wir da, und ich fummle ein bisschen an ihr herum, und sie hat richtig gutes Gras … alles, wie es sein soll. Nur dass sie total verrückt ist. Komplett verrückt.«

»Gib mir ihre Nummer«, sagte Frankie. »Und geh da nicht mehr hin. Ich will nicht, dass du zu einer total durchgeknallten Frau gehst. Gib mir einfach ihre Nummer. Ich werd hingehen und ihr die verdammte Bibel oder so vorlesen.«

»Ich hab nicht gesagt, dass ich da nicht mehr hingehe«, sagte Russell. »Ich hab gesagt, die Frau ist komplett verrückt.«

»Ich finde trotzdem, du solltest nicht mehr hingehen«, sagte Frankie. »Wenn ein aufstrebender junger Mann wie du sich mit verrückten Weibern einlässt, gibts nur Probleme. Reich sie an mich weiter. Ich werd ihr schon die richtige Behandlung verpassen, dann gehts ihr gleich viel besser.«

»Genau«, sagte Russell, »und dann macht sie das, wovon sie immer quatscht, und man wird dir die Schuld geben, und das wars dann, Cochise. Sie wird sich umbringen.«

»Das sagen sie alle«, sagte Frankie. »Bei vielen ist das das

Erste, was ihnen einfällt. Ich weiß auch nicht, warum. Wahrscheinlich, weil sie auf einer katholischen Schule waren oder so. Ist auch egal. Ich hatte mal eine, war eine Freundin von Sandy. Ihre Hose war praktisch zugelötet. Sie sah nicht mal schlecht aus, hatte so Hasenzähne und einen netten Hintern. Sie wollte heiraten, und ich, Herrgott, ich wusste gar nichts. Ich wollte nur vögeln. Heirate mich, geh in den Knast, säg dir den rechten Fuß ab – hätte ich alles gemacht. Ich war so verdammt geil, ich hätte alles gemacht. Ich weiß noch, ich bin – das muss man sich mal vorstellen –, ich bin mit der Braut zu *Parkplätzen* gefahren. Ich hab mir die Rostkarre von meinem Alten geschnappt, und dann sind wir gefahren und gefahren, bis sie sicher war, dass uns keiner sieht, den ihr Alter vielleicht kennt. Meistens in Richtung Chickatawbut, zum Speichersee. Ich war beinah zwanzig, und sie war wahrscheinlich so was wie siebzehn, und ich hab *stundenlang* versucht, meine nackte Hand an ihre nackten Titten zu bringen. Ich glaube, es hat fast ein Jahr gedauert. Ich bin mit ihr zu Drive-ins und zum Tanzen gefahren, ich hab sie abgefüllt, ich hab in ihr verdammtes Ohr gehaucht, aber ich durfte sie nur von außen befingern, durch Pullover und Bluse, und wenn sie ein bisschen beschickert war, konnte ich auch mal die Hand darunter schieben, und dann war da nur noch der BH. Und dann, an einem Abend, hab ichs endlich geschafft, die Hand *unter* den BH zu schieben. Ich hab ihn nicht aufgemacht oder so, bloß die Hand druntergeschoben. In dem Moment bin ich gekommen, voll in meine Hose.«

Russell lachte.

»Echt wahr«, sagte Frankie. »Und so musste ich dann auch nach Hause fahren – total verklebt. Damals hab ich viel unten im Howdy herumgehangen, und die Jungs dort haben mir von den Mädchen erzählt, die einen ranlassen. Das hab ich denen geglaubt. Die haben mir sogar ein paar Namen verraten. Und die haben auch gestimmt. Aber ich hab nichts gemacht. Damals hab ich für die Ölgesellschaft gearbeitet, als Reparaturtechniker, da geben sie dir deine eigene kleine Klapperkiste, du verdienst zehntausend im Jahr und musst um drei Uhr morgens raus in den verdammten Schneesturm, weil irgendwas kaputt ist – ein tolles Leben. Jedenfalls, damals hab ich gedacht: Ich will eine Frau, die ich achten kann. Ich will keine von diesen Huren. Kannst du dir das vorstellen? Wahre Liebe. Scheißwahre Liebe. Ich will keine Frau, die ficken will, ich will eine Frau, die nur *von mir* gefickt werden will. Und weißt du, was wir machen? Wir heiraten und leben glücklich bis an unser Lebensende. Ja, das machen wir.«

»Mit ungefähr neunhundert plärrenden Gören und einem Haus und dem ganzen Scheiß«, sagte Russell.

»Genau«, sagte Frankie. »Aber vorerst siehts so aus, dass ihr Alter sie nur an zwei Abenden die Woche mit mir ausgehen lässt. Freitag und Samstag. Mittwochs darf ich sie besuchen, aber dann hängt immer noch jemand im Hintergrund rum, und um zehn muss ich gehen, denn morgen hat sie ja wieder Schule.«

»Highschool?« fragte Russell.

»Highschool«, sagte Frankie. »Ich bin zwanzig, und die Braut, die mich um den Verstand bringt, ist auf der Highschool.«

»Du hast hoffentlich irgendwann aufgehört, dich wie ein Gehirnamputierter zu benehmen«, sagte Russell.

»Tja, ich weiß nicht«, sagte Frankie. »Ich hab sie dann immer nach Hause gebracht – freitags musste sie um halb zwölf zu Hause sein, samstags um zwölf. Einmal, als wir vor ihrem

Haus waren, war es zwei Uhr morgens. Ich weiß nicht mehr, ob es ein Freitag oder Samstag war. Wir sind immer zum Blue Hills Drive-in gefahren und haben geknutscht, und da war wahrscheinlich noch mindestens ein anderer Wagen mit einem Pärchen, und das alles machte mich wahnsinnig. Drei Mal die Woche dicke Eier. Ich liefere sie also zu Hause ab, und da steht ihr Alter und brüllt mich an: ›Und? Hast du es gemacht?‹ Ich stell mich dumm. ›Was denn?‹ Du hättest sein Gesicht sehen sollen. Ein Wunder, dass ihn nicht der Schlag getroffen hat. ›*Hast du sie gevögelt, du mieser kleiner Scheißer?*‹ Ich war völlig platt. Ich hab den Mund aufgemacht, aber kein Wort rausgebracht. Ich glaube, an dem Abend war ich wieder mal in meine Hose gekommen, aber ich hab nicht hingesehen, ob da vielleicht ein Fleck war, denn dann hätte er ja Bescheid gewusst. Und er schreit mich immer noch an. ›Meinst du, ich weiß nicht, was du vorhast, du kleines Arschgesicht? Du kleiner Schleimscheißer? Meinst du, ich *weiß* nicht, was da läuft?‹ Ich dachte, gleich bringt er mich um. Und sie, dieses kleine Miststück, lässt ihren Alten genauso abfahren wie mich. ›*Daddy*‹, sagt sie, ›was für *schmutzige* Wörter du gebrauchst!‹ Sie stapft nach oben in ihr Zimmer, wir stehen da und starren, und dann knallt der Alte die Tür zu.

Von da an durfte ich sie mittwochs nicht mehr besuchen. Nur noch an den Wochenenden, und ich sage dir: Jedes Mal, wenn ich da hingefahren bin, hab ich damit gerechnet, dass der Alte zu uns in den Wagen steigt. Tja, und dann hab ich mit den falschen Leuten rumgehangen und ein paar Leute kennengelernt, und einer von denen kannte Johnny. So hab ich dann Johnny kennengelernt und ein paar Sachen für ihn erledigt. Und weißt du was? Ich war immer noch verknallt in diese bescheuerte Braut. Ich hätte sie wahrscheinlich sogar geheiratet, obwohl ich nicht weiß, ob der Alte mir erlaubt hätte, sie zu vögeln, wenn wir verheiratet gewesen wären. Vielleicht nur freitags und samstags. Aber nur, wenn ich sie um Mitternacht wieder abliefere. Ich hatte von nichts eine Ahnung. Dann haben sie mich geschnappt und ich kam vor Gericht. Ich war die ganze Zeit in U-Haft. Alle kamen zur Verhandlung, auch er ab und zu. Und Sandy und meine Mutter und Janice und alle anderen. Zehn Jahre hab ich gekriegt. Was sind zehn Jahre? Ich wusste überhaupt nicht, was los war. Ich war noch nicht mal einundzwanzig, und jemand erzählt mir was von zehn Jahren. Was soll das heißen? Weißt du, was der Richter zu mir gesagt hat? ›Wenn Sie diesen Weg weiter beschreiten, junger Mann, werden Sie sehr bald in ernsthaften Schwierigkeiten sein.‹ Und dann schenkt er mir zehn Jahre ein. Ernsthafte Schwierigkeiten. Das ist wahrscheinlich, wenn sie einem die Eier abschneiden und in den Mund stopfen.

Dann bringt mich so ein alter Arsch von Deputy mit lauter Suppenflecken auf der Uniform raus, und alle heulen. Meine Mutter heult, Sandy heult, und Janice heult auch. Sie ist völlig aufgelöst. Ich hätte ihr sagen sollen: ›Geh in den Park und schmeiß mit Bällen – das hat mir immer geholfen, wenn du mich mal wieder nicht rangelassen hast. Ich kann jetzt jedenfalls nichts für dich tun.‹ Der Deputy wollte keinen mit mir reden lassen, und ich war noch immer so sauer, dass ich auf *seiner* Seite war. Ich hab gerade zehn Jahre kassiert, und die Braut hat mir noch nicht mal einen runtergeholt, und jetzt soll ich mir ihr Geheule anhören? Mann, war ich sauer. Ich hab zu ihm gesagt: ›Bring mich hier raus.‹ Und sie heult und jammert, dass sie alle Hebel in Bewegung setzen und Gott weiß was für mich tun wird. Es war einfach nur scheiße. Ich war ungefähr drei Monate im Bau, da kam Sandy, um mich zu besuchen, und hat mir gesagt, dass Janice geheiratet hat. Frauen quatschen viel, aber es hat überhaupt nichts zu sagen.«

»Heutzutage sind die Bräute anders«, sagte Russell. »Du warst einfach zu lange unter Verschluss. Die hier, die meint es ernst. Das merkt man. Irgendwann wird sie es tun, und dann wird der Typ, der mit ihr zusammen ist, eine Menge Fragen beantworten müssen, und ich hab nicht vor, dieser Typ zu sein. Und du auch nicht. Am besten, man kommt ihr nicht zu nah.«

»Da wäre ich auch selber draufgekommen«, sagte Frankie.

»Aber die hat mich nicht mal verschnaufen lassen«, sagte Russell. »›Wollen wirs noch mal machen?‹ Aber klar, Baby. Dauert nur einen Moment, bis er wieder steht. ›Ich mach das schon‹, sagt sie und fängt an, mir einen zu blasen. Und du weißt ja, ich bin noch nicht so lange draußen, mein Magazin ist noch ziemlich voll. Ich weiß, was passiert, sag aber nichts, und schwupp, hat sie die ganze Chose im Hals. Sie fängt natürlich an zu würgen, kommt hoch, wischt sich den Mund ab und sieht mich an. ›Na, vielen Dank auch, du Wichser!‹ sagt sie. Ich sage: ›Ich hatte keine Ahnung. Ich dachte, du weißt, was du tust.‹ ›Ja‹, sagt sie, ›und du dachtest wahrscheinlich auch, ich stehe auf den Geschmack.‹

Da hab ich ihr dann von Ziegenarsch erzählt. Der konnte gar nicht genug davon kriegen. Hat immer gesagt, das hält ihn jung. ›Ich persönlich fand das noch nie so lecker‹, sage ich zu ihr, ›aber er schon. Die Geschmäcker sind eben verschieden.‹ Sie sagt: ›Du Scheißkerl. Ihr seid doch allesamt Scheißkerle. Keiner, der nicht ein Scheißkerl ist.‹ Und schon geht das Theater los. Wir liegen da, es ist eine richtig nette Wohnung mit jeder Menge afrikanischer Masken an den Wänden und so, und sie nörgelt und zickt: Das erste Mal war auch nicht so toll, es ist eigentlich nie richtig toll, auch wenn sie es immer hofft, und so weiter. Und dann stellt sich raus, dass es nicht mal ihre Wohnung ist. Ich dachte, es wäre ihre Wohnung, aber in Wirklichkeit gehört sie dem Typen, mit dem sie zusammen ist. Gehört alles ihm – die Stereoanlage und der ganze Rest. Er ist auf einer Schule. Er will irgendeinen Abschluss machen, und dann hat er irgendwas vor, und das alles dauert ungefähr eine Million Jahre, und er besorgt es ihr nicht. Also ruft sie andere Typen an und gibt im *Phoenix* Anzeigen auf: ›Ex-Knacki mit großem Dödel für zärtliche Stunden gesucht.‹ Ich meine, so steht das natürlich nicht da. Aber das ist gemeint. Also sage ich: ›Lass den Scheiß. Willst du ficken? Dann komm her. Aber hör auf mit diesem Scheiß.‹ Sie reibt und fummelt an mir herum, und dann sagt sie: ›Er denkt, er hat Ahnung. Und er denkt, ich hab keine Ahnung, und er kann mich behandeln, wie er will. Aber das kann er nicht.‹ Und dann sagt sie, dass sie sich umbringen will. Ich sehe sie an und sehe, dass sie es ernst meint. Weißt du noch, wie Greenan ausgesehen hat, als es hieß, sie würden ihn ausknipsen, und er mit einem Brett unterm Hemd herumgelaufen ist? Weißt du noch?«

»Er hat gewusst, dass es ihm nichts nützen wird«, sagte Frankie.

»Und er hatte recht«, sagte Russell. »Weil man so ein Brett nicht mit in die Dusche nehmen kann. Jedenfalls, diese Braut sah genauso aus. Ganz im Ernst. Die sah so aus. Scheiße, das ist das Letzte, was ich brauche. Ich soll irgendeinem Scheißbullen erklären, was ich in der Wohnung von einem Typen zu suchen habe, den ich gar nicht kenne, und dass diese Braut sich umgebracht hat und ich keine Ahnung habe, warum? Für so was führen sie die Todesstrafe wieder ein. Also sage ich: ›Moment mal, das kann noch warten – lass uns noch mal vögeln, okay?‹ Das haben wir dann gemacht. Danach war ich fix und fertig. Die ist irgendwie gaga. Wenn ich du wäre, würde ich mich von ihr fernhalten, Frankie.«

»Ich überlegs mir«, sagte Frankie.

»Okay«, sagte Russell, »ich werds ihr ausrichten. Sie ruft mich an. Ich kann sie nicht anrufen, weil der Typ anscheinend manchmal da ist. Also muss sie mich anrufen. Das nächste Mal morgen. Eigentlich sollte sie mich heute anrufen, aber da war ich unterwegs. Mann, den Hund, den ich mir heute Morgen geschnappt hab, hättest du sehen sollen. Einen großen schwarzen Schäferhund.

Ein Typ, den ich kenne, hat mich angerufen. Gestern Abend. Er hat in Needham was ausbaldowert, ein Einfamilienhaus. Der Typ, dem die Hütte gehört, hat angeblich eine ziemlich schöne Münzsammlung. Du weißt schon, diese Medaillen, die man kaufen kann, aus Silber und so. ›Ich könnte da reingehen, als wenns mein Schlafzimmer wär‹, sagt der Typ. ›Die arbeiten alle beide, und Kinder haben sie nicht. Aber sie haben diesen verdammten *Hund* – sieht aus wie ein Scheißwolf oder so.‹ Und er sagt, wenn ich ihm den Köter aus dem Weg räume, kann ich ihn behalten und kriege zwanzig Prozent von dem, was er da rausholt.

Also fahre ich hin. Das Haus liegt ein bisschen ab von der Straße, und da sind viele Bäume und Büsche. Wunderbar. Wir gehen nach hinten zur Terrasse, und da springt der Köter im Haus herum und bellt und tobt, als würde er gleich durchdrehen. ›Okay‹, sage ich, ›lass ihn raus.‹ Ich hab nicht vor, da reinzugehen und mich von dem Monster zerlegen zu lassen. ›Ihn rauslassen?‹ sagt der Typ. ›Bist du verrückt? Der bringt uns beide um.‹ Aber dann schiebt er das Fenster hoch, und der Köter springt raus, als wär sein Arsch in Flammen. Ich hatte mir ein paar Wollhemden um den linken Arm gewickelt, und er stürzt sich mit einem Riesensatz auf mich und schmeißt mich um, aber ich reiße den Arm hoch, und er verbeißt sich in die Hemden. Er will loslassen, um woanders zuzubeißen, aber ich lass ihn nicht. Die ganze Zeit knurrt er wie verrückt. Ich stecke ihm einen Stock ins Maul. Jetzt beißt er nicht mehr auf den Hemden herum, und ich schiebe ihm sechs Schlaftabletten in den Hals und nehme den Stock raus, sodass er schlucken muss, und danach stecke ich den Stock wieder rein. Er hat den Scheißstock beinah durchgebissen, das muss man sich mal vorstellen, und dabei hatte ich ihm das Ding ganz hinten zwischen die Kiefer geschoben. Dann hole ich ein Seil raus, in das ich eine Schlinge gemacht habe, und binde ihm um den Stock herum die Schnauze zu. Der Typ hilft mir, dem Köter die Beine zu fesseln, und dann laden wir ihn in den Wagen. Ich hatte mir den von Kenny ausgeliehen. Ein Riesenvieh. Wenn ich den verkaufen will, muss ich einen finden, der einen Hund sucht, der für ihn Leute umbringt.«

»Und was hat der andere an Münzen und so rausgeholt?« sagte Frankie.

»Nichts«, sagte Russell. »Das Zeug hat die Bank.«

»Der hat dich verarscht«, sagte Frankie.

»Der hat mich nicht verarscht«, sagte Russell. »Ich kenne ihn. Er hat mir gezeigt, was er rausgeholt hat: ein paar Kameras, einen tragbaren Farbfernseher, ein bisschen Silberkram. Und er hat mir den Wisch gezeigt, den der Typ von der Bank gekriegt hat, als er seine Münzen abgegeben hat. Manche Leute nehmen Kredite auf. So was gibts.«

»Sollte ich auch mal machen«, sagte Frankie. »Ich sollte mal zur Bank gehen und einen Kredit aufnehmen. Die würden sich wahrscheinlich freuen. Das letzte Mal, dass ich das versucht hab, haben sie mich verknackt, weil ich denen meine Kanone gezeigt hab.«

Frankie nahm die Ausfahrt Bedford-Carlisle, bog an der Route 12 links ab und überquerte die Brücke über die Route 128. Dahinter war die Straße dunkel und unbefahren.

»Wenn sie erst mal sehen, was für ein netter Kerl du jetzt bist und so«, sagte Russell.

»Klar«, sagte Frankie. »Ich zeig ihnen einfach meine Papiere. Da stehts: total resozialisierter Scheißkerl. Na ja, jetzt wollen wir erst mal sehen, wie sich diese Sache hier entwickelt.«

Frankie nahm die fünfte Abzweigung nach rechts. Der Chrysler fuhr zwischen hohen, kahlen Eichen hindurch. An einer kleinen Kuppe machte die Straße eine Biegung nach rechts, und auf einem kleinen weißen Schild stand INNISHAVEN. Frankie bog nach rechts in die Auffahrt ein.

»Die haben hier einen schönen Golfplatz und so, oder?« sagte Russell.

»Die haben alles Mögliche«, sagte Frankie. »John hat mir erzählt, dass es einen Sportraum gibt und eine von diesen Saunas und so ein Massageding. Ich schätze, da wird man erst mal heißgemacht, und dann kriegt man einen geblasen.«

Frankie fuhr den Chrysler um das nördliche Ende des zweistöckigen Motels herum auf den dahinterliegenden und nur spärlich beleuchteten Parkplatz.

»Anstatt da reinzugehen und so«, sagte Russell, »könnten wir natürlich einfach hier warten und uns die Leute greifen, wenn sie rauskommen.«

»Ja«, sagte Frankie, »dann haben sie die Taschen leer, und wir kriegen jede Menge Kugelschreiber und Feuerzeuge. Nichts da.«

Frankie parkte den Chrysler so, dass die Schnauze zur Ausfahrt zeigte. Er schaltete die Scheinwerfer aus.

Russell drehte sich um und griff nach der Einkaufstasche

auf dem Rücksitz. Er nahm zwei blaue Skimasken aus Wolle heraus und gab Frankie eine. Die andere zog er sich über den Kopf. Dann holte er zwei Paar gelbe Gartenhandschuhe aus dickem Gummi hervor, warf Frankie das eine in den Schoß und streifte das andere über.

»Die Scheißdinger sind viel zu dick«, sagte Frankie.

»Man muss nehmen, was man kriegen kann«, sagte Russell. »Dünnere gabs nicht. Wenn die fetten Scheißer ihr Laub und so zusammenharken, wollen sie diese dicken Dinger. Wird schon irgendwie gehen. Willst du die abgesägte Flinte oder was?«

Russell holte eine doppelläufige Stevens aus der Tasche. Die Läufe waren weit hinter dem vorderen Ende des Schafts, der Kolben dagegen gleich hinter dem Griff abgesägt worden. Das Ganze war keine dreißig Zentimeter lang und mit zwei Patronen geladen, deren grüne Papphülsen einen halben Zentimeter aus den abgesägten Läufen ragten.

»Meine Fresse«, sagte Frankie.

»Du hast gesagt, du willst eine abgesägte Schrotflinte«, sagte Russell. »Also hab ich dem Typen gesagt: ›Mein Kumpel will was Abgesägtes.‹ Und er hat gesagt: ›Ich hab was Abgesägtes, so was hast du noch nie gesehen.‹ Nämlich das hier.«

»Was ist in den Patronen?« sagte Frankie. »Rehposten?«

»Früher mal«, sagte Russell. »Das ist noch so eine Spezialanfertigung. Die haben die Dinger aufgemacht und die Schrotladung rausgenommen. Dann haben sie 45er-Flachkopfgeschosse – das ist das Zeug, das die Bullen in L.A. verballern – der Länge nach halbiert, dann passen da nämlich sechs Stück rein. Mit der Munition kannst du einen Raum ziemlich schnell leer machen, würde ich sagen. Du oder ich?«

»Ich«, sagte Frankie. Er nahm die Flinte.

Russell zog eine 38er aus der Einkaufstasche, schob sie in den Hosenbund, machte den Reißverschluss seiner Jacke zu und stieg aus.

Frankie stieg ebenfalls aus und steckte den Pistolengriff der Flinte an der linken Seite in den Gürtel. Die an den Schnittstellen silbern glänzenden Läufe schmiegten sich an seinen Oberkörper. Er schloss den Reißverschluss der Jacke und schlug die Wagentür zu.

Frankie und Russell gingen mit ruhigen Schritten über den Parkplatz zu der Außentreppe, die zu der im ersten Stock gelegenen Veranda des Innishaven führte. Die Stufen waren aus Holz. Frankie und Russell machten kaum ein Geräusch.

Durch die Vorhänge der Zimmer fiel gedämpftes Licht auf die Veranda, bläulich bei den geraden und orangerot bei den ungeraden Zimmernummern. Vor jedem Zimmer standen je zwei Sessel aus Aluminium und Redwoodholz unter den Simsen der Panoramafenster.

»Das vierte«, flüsterte Frankie.

Die mit einer Jalousie versehene Verandatür von Nummer 26 stand einen Spaltbreit offen. Frankie zog die Flinte unter der Jacke hervor. Er hielt sie auf Hüfthöhe, den Pistolengriff in der Rechten und das, was vom Schaft übrig war, in der Linken.

Russell hatte die 38er in der Hand und strich den Saum der Skimaske an seinem Hals glatt.

Russell schob die Tür mit dem Fuß auf und trat rasch ein. Frankie kam direkt hinter ihm. Er schloss die Tür mit einem Fußtritt und baute sich davor auf. Russell stellte sich neben den Schreibtisch.

In dem Raum waren drei runde Tische, zwei Betten, ein Nachttisch, fünf Lampen, ein Farbfernseher auf einem verchromten Sockel, sechzehn Stühle und vierzehn Männer. Die Männer saßen reglos an den Tischen und hielten Karten in den Händen. Auf den Tischen lagen Häufchen von roten, weißen und blauen Chips. An einem saßen vier Männer, an den beiden anderen je fünf. Einige hatten ein Whiskeyglas vor sich.

Frankie nickte zu dem Waschbecken und der geschlossenen Tür, die sich direkt daneben befand. Russell bewegte sich lautlos dorthin.

Ein dünner Mann in einem roten Polyesterpullover, der am mittleren Tisch saß, nahm die Zigarre aus dem Mund und legte sie in den Aschenbecher. Dann legte er seine Karten sehr vorsichtig mit der Bildseite nach unten auf den Tisch. »Oh-oh«, sagte er.

Frankie schüttelte den Kopf.

Die Badezimmertür wurde geöffnet, und Mark Trattman trat heraus. Er war dabei, sich die Haare zu kämmen, hielt den Kopf nach rechts geneigt und hatte den Blick auf den blauen Teppich gesenkt. »Na gut, ihr –«

Russell hielt ihm die 38er unter die Nase. Langsam hob Trattman den Kopf. Die Muskeln in seinem Gesicht entspannten sich. Sein Blick ging an Russell und der 38er vorbei durch den Raum. Er sah Frankie. »Hmm«, sagte er. »Tja, ich hoffe, ihr wisst, was ihr tut. Ich werd es holen.«

Russell sah Frankie an. Frankie nickte. Russell ließ die 38er sinken. Trattman ging an Russell vorbei zum Wandschrank und öffnete die Lamellentür. Er nahm zwei Aktenkoffer, die auf dem Boden des Schranks lagen, trat einen Schritt zurück, drehte sich um und ging zu dem Bett, das dem Waschbecken am nächsten stand. Er legte die Koffer auf das Bett. Russell hielt die 38er die ganze Zeit auf ihn gerichtet.

»Kann ich mich jetzt setzen?« fragte Trattman. Er sah Russell an. Russell sah Frankie an. Frankie nickte. Russell sah Trattman an. Russell nickte. Trattman setzte sich auf das andere Bett und faltete die Hände zwischen den Beinen.

Russell ging zum Bett. Er nahm die 38er in die Linke und klappte mit der Rechten die Koffer auf. Beide waren voller Geldscheine. Er klappte den einen Koffer wieder zu, den anderen ließ er offen. Er richtete sich auf, trat einen Schritt zurück und nickte Frankie zu.

Frankie ging zu dem Tisch, der der Tür am nächsten stand. Bei dem ersten Spieler blieb er stehen. Der Mann trug einen hellblauen Rollkragenpullover. Er hatte graues, kurz geschnittenes Haar. Frankie hielt ihm die Schrotflinte dicht vor das Gesicht; die Patronen waren direkt vor seinen Augen. »*Nein*«, sagte der Mann.

Trattman sagte: »Tut das nicht. Ihr habt doch das Geld.«

Frankie sagte: »Was ihr in den Taschen habt – auf den Tisch damit.«

Trattman sagte: »Lass das arme Schwein doch in Ruhe.«

Mit zwei raschen Schritten stand Russell am Bett. Frankie trat einen Schritt von dem Mann im hellblauen Rollkragenpullover zurück.

»Dafür seid ihr fällig«, sagte Trattman.

Russell stand vor ihm. Er legte die Mündung der 38er an Trattmans Kinn. Die anderen Männer beobachteten ihn. Frankie beobachtete die anderen Männer. Russell drückte Trattmans Kopf mit der 38er in den Nacken, bis dessen Oberkörper sich rückwärts bog. Seine Augen traten vor. Er sagte nichts. Als er versuchte, sich hochzustemmen, nahm Russell die 38er weg. Trattman richtete sich auf. Er sagte: »Mir doch egal. Aber euch werden sie –« Mit einer hackenden Bewegung schlug Russell Trattman den Lauf der 38er kurz über dem Hemdkragen ins

Genick. Trattman stöhnte, doch es gelang ihm, aufrecht sitzen zu bleiben.

Frankie trat wieder an den Tisch. Er hielt dem Mann in dem hellblauen Rollkragenpullover die Schrotflinte vor das Gesicht. Der Mann beugte sich langsam zur Seite, zog die Brieftasche hervor, nahm die Scheine heraus und legte sie auf den Tisch.

Während der Mann mit dem hellblauen Rollkragenpullover damit beschäftigt war, zielte Frankie auf den nächsten. Dieser trug ein lindgrünes Polohemd. Auch er griff nach seiner Brieftasche.

»Es gibt zwei Möglichkeiten, das hier abzuwickeln«, sagte Frankie, »auf die sanfte oder auf die harte Tor. Die sanfte sieht so aus: Ihr macht jetzt alle das, was die beiden hier machen. Wenn ihrs lieber auf die harte Tour wollt, müssen wir rumgehen und uns das Geld abholen und so, und das macht mich nervös. Und seht ihn euch an«, sagte Frankie und wies mit der Flinte auf Russell. »So ist er drauf, wenns mir gut geht. Ihr solltet mal sehen, was er macht, wenn ich nervös bin. Aber das wollt ihr vielleicht gar nicht sehen. Jedenfalls nicht, solange er eine Kanone in der Hand hat. Und die hat er ja in der Hand. Also, was wir wollen, ist das, was ihr in euren Brieftaschen und Schuhen und Jackentaschen und so weiter habt. Und in diesen praktischen Gürteln mit dem Reißverschluss auf der Innenseite. Ihr könnt es entweder rausholen oder da sitzen bleiben und so tun, als hättet ihr nichts im Strumpf. Wenn alle damit fertig sind, das auf den Tisch zu legen, was sie auf den Tisch legen sollen, werden ich und mein nervöser Freund überprüfen, ob da auch wirklich alles liegt. Und diejenigen, die was vergessen haben, kriegen mindestens die Zähne ausgeschlagen. Einverstanden?«

Niemand sagte etwas.

»Gut«, sagte Frankie. »Ganz meine Meinung. Je weniger was abkriegen, desto besser. Also keine Heldentaten. Legt einfach alles auf den Tisch, verhaltet euch ruhig, und keinem passiert was. Es ist ja nur Geld.«

Die anderen Männer zogen die Brieftaschen hervor und legten Geld auf die Tische. Zwei zogen Schuhe mit Messingeinlagen aus, nahmen Geldscheine heraus und legten sie zu den anderen. Ein Mann in einem blau karierten Hemd zog den Gürtel aus, öffnete den Reißverschluss auf der Innenseite und holte vier längs gefaltete Fünfziger heraus. Er legte sie vor sich auf den Tisch.

Frankie ging wieder zur Verandatür, während Russell das Geld einsammelte. Er legte es in den geöffneten Aktenkoffer und klappte den Deckel zu. Dann steckte er die 38er in den Hosenbund und nahm in jede Hand einen der Koffer. Frankie trat zwei Schritte vor. Russell ging hinter ihm vorbei und blieb an der Verandatür stehen.

»Ich habs mir anders überlegt«, sagte Frankie. »Der Typ ist einfach zu nervös – mit dem geh ich lieber kein Risiko ein. Wir werden euch jetzt doch nicht mehr durchsuchen. Ihr seid sehr vernünftig. Seht zu, dass ihr es bleibt. Alle sind noch am Leben. Versucht nicht, uns zu folgen.«

Russell öffnete die Tür und schlüpfte hindurch und ging mit schnellen Schritten zur Treppe. Er stellte den rechten Koffer ab, zog die Skimaske aus und steckte sie in die Tasche. Dann nahm er den Koffer wieder auf und ging leise die Treppe hinunter.

Frankie schwenkte die Flinte langsam hin und her. Er wartete etwa vierzig Sekunden. Keiner der Männer rührte sich. Frankie stand an der Tür.

Frankie öffnete die Tür, ging rückwärts hinaus, schloss sie und stellte einen der Aluminiumsessel davor. Er wartete.

Frankie trat von der Tür zurück. Er schob die Flinte unter die Jacke und eilte zur Treppe. Im Gehen zog er die Skimaske aus. Er ging die Treppe hinunter und über den Parkplatz. Russell saß im Wagen. Frankie stieg auf der Fahrerseite ein und ließ den Motor an. Mit ausgeschalteten Scheinwerfern glitt der Chrysler rasch und geräuschlos unter den Eichen der Zufahrt hindurch und verschwand in der Dunkelheit.

5

Um fünf nach zwei Uhr nachmittags fuhr der silbergraue Toronado mit schwarzem Vinyldach und Rhode-Island-Nummernschild 651 RJ die Boylston Street entlang und hielt auf dem Randstreifen vor einem smaragdgrün und weiß beflockten Fleetwood, der vor dem 1776 Pub im Parkverbot stand. Der Toronado blieb vor Brigham's stehen, eine Wagenlänge vor der Kreuzung mit der Tremont Street.

Jackie Cogan trug eine abgewetzte Wildlederjacke. Er ließ seine Salem auf den Bürgersteig fallen, trat sie aus und stieg in den Toronado. Ohne den Fahrer anzusehen sagte er: »Hier rechts und dann erst mal eine Weile geradeaus.«

Der Fahrer trug einen hellgrauen Glecheck-Anzug und hatte sehr langes weißes Haar. Er schob den Hebel der Hydramatic nach unten. »Nicht zum Gerichtsgebäude, nehme ich an.«

»Nein«, sagte Cogan. »Wir fahren zu einem großen Loch in der Erde. Da sind bloß Bauarbeiter. Und ein paar von denen sitzen immer in irgendeinem Wagen und wärmen sich auf. Keine Sorge.«

Der Fahrer bog nach rechts in die Tremont Street ein. »Er war sehr besorgt«, sagte er. »Als ich ihm gesagt hab, dass ich telefoniert hab und Dillon gesagt hat, ich soll mit dir sprechen, war er sehr besorgt. Wie gehts ihm?«

»Nicht gut«, sagte Cogan. »Letzten Montag war er wieder

da – er war drei Wochen weg, und letzten Montag war er wieder da, aber er musste einen kommen lasssen, der für ihn übernimmt. Dienstag und Mittwoch war er, glaube ich, auch nicht da, und gestern hat er mich angerufen und gesagt, dass der Typ, der ihn vertreten hat, nicht kann und ob ich nicht einen Vertreter für den Vertreter finden kann. Das hab ich dann getan. Und heute ist er auch nicht gekommen. Er war zweieinhalb Wochen im Krankenhaus, und die haben ihm gesagt, wenn er es ruhig angehen lässt, müsste er diese Woche wieder auf dem Damm sein. Er ist also raus aus dem Krankenhaus, aber er sieht beschissen aus. Ich hab ihn gestern gesehen. Er hat immer noch Schmerzen im Arm, und er sagt, das macht ihn nervös, und er raucht nicht mehr, obwohl es ihm wahrscheinlich besser gehen würde, wenn er rauchen würde. Er sagt, es fühlt sich an, als hätte ihm einer ein Messer in die Brust gestoßen.«

»Dann wird er sich wohl für eine Weile nicht um die Geschäfte kümmern können«, sagte der Fahrer. Er hielt an der roten Ampel an der Kreuzung mit der Kneeland Street an.

»Im Augenblick kann er sich jedenfalls um gar nichts kümmern«, sagte Cogan. »Ich persönlich hab das Gefühl, dass es ihm sehr schlecht geht. Früher hat er immer gejammert, wie schlecht es ihm geht und dass sein Magen ihm Ärger macht und so, und wenns nicht der Magen war, dann wars irgendwas anderes. Aber jetzt ist er wirklich krank, und das merkt man daran, dass er überhaupt nichts darüber sagt, außer man fragt ihn direkt danach, und selbst dann will er eigentlich nicht darüber reden. Ich glaube, er macht sich echte Sorgen.«

Die Ampel sprang auf Grün, und der Toronado fuhr über die Kreuzung. Der Fahrer sagte: »Als er es gehört hat, hat er mir gesagt, wenn Dillon nicht kann, soll ich mit dem reden, den er als Vertreter schickt.«

»Siehst du das Kino da vorn, an der Ecke?« sagte Cogan. »Da biegst du rechts ab und parkst.«

»Bist du das?« fragte der Fahrer.

»Dillon hat mir gesagt, ich soll da hingehen und auf dich warten«, sagte Cogan. »Ich hab mich gründlich umgeschaut, aber keinen anderen gesehen, der auf dich gewartet hätte. Du vielleicht?«

Der Fahrer parkte den Wagen hinter einem rosaroten Thunderbird. »Vor ein paar Tagen ist Mark Trattmans Pokerrunde hochgenommen worden«, sagte er.

»Hab ich gehört«, sagte Cogan. »Die haben so um die dreiundfünfzigtausend gekriegt.«

»Na ja«, sagte der Fahrer, »eher so um die fünfzig. Zwei junge Burschen.«

»Ja«, sagte Cogan.

»Haben du oder Dillon irgendwas von zwei jungen Burschen gehört?«

»Man hört so manches«, sagte Cogan. »Ich hab zum Beispiel gehört, dass sie Masken hatten.«

»Stimmt«, sagte der Fahrer.

»Dann waren sie vielleicht gar nicht so jung«, sagte Cogan.

»Sie hatten lange Haare«, sagte der Fahrer. »Die haben unter diesen Skimützen hervorgesehen.«

»Ich sag dir was«, sagte Cogan. »Meine Schwiegermutter ist krank, wir mussten hinfahren und sie besuchen. Am Sonntag, also mussten wir mit in die Kirche, damit die Alte nicht auf falsche Gedanken kommt. Und weißt du was? Sogar der Pfarrer hatte lange Haare. Vielleicht haben die beiden ja auch Perücken oder so getragen. Da sieht man keinen Unterschied.«

»Aber angezogen waren sie wie junge Burschen«, sagte der

Fahrer. »Die hatten Jeans – und gestunken haben sie wie die *Tiere*, sagt Trattman.«

»Sagt Trattman«, sagte Cogan. »Es laufen eine Menge Leute herum, die stinken wie die Tiere.«

»Trattman sagt auch, dass der eine, der geredet hat, eine junge Stimme hatte.«

»Sagt Trattman«, sagte Cogan.

»Soviel ich weiß«, sagte der Fahrer, »ist mit Trattmans Nase und Ohren und so weiter alles in Ordnung.«

»Stimmt«, sagte Cogan. »Jedenfalls hab ich nichts anderes gehört.«

»Aber als ich mit ihm geredet habe –«

»Du hast mit Trattman geredet?« fragte Cogan.

»Nein, natürlich nicht«, sagte der Fahrer. »Trattman hat Cangelisi angerufen, und der hat mit ihm gesprochen, und er hat es mir gesagt.«

»Aha«, sagte Cogan.

»Ist das irgendwie wichtig?« fragte der Fahrer.

»Wahrscheinlich nicht«, sagte Cogan. »Hab mich bloß gefragt, wie Trattman auf die Idee gekommen ist, dich anzurufen. Ich hätte das nicht gemacht.«

»Ich weiß es von ihm«, sagte der Fahrer.

»Ja«, sagte Cogan, »aber ich nicht. Und dich kenne ich nicht. Ich wusste natürlich, dass es da einen gibt, aber ich hab noch nie im Leben von dir gehört. Kam mir einfach komisch vor.«

»Ich hab nicht mit Trattman geredet«, sagte der Fahrer. »Aber gestern Abend hab ich mit ihm gesprochen und heute Morgen noch mal.«

»Dann hat also niemand mit Trattman über diese Sache geredet.«

»Nur Cangelisi«, sagte der Fahrer. »Trattman hat ihn von da draußen angerufen und nicht erreicht und seine Frau aufgeweckt und so weiter.«

»Ja«, sagte Cogan. »Das heißt, alles, was wir haben, ist das, was Trattman irgendeinem Typen gesagt hat. Und jetzt soll ich losziehen und zwei junge Burschen finden, weil Trattman irgendeinem Typen, mit dem ich noch nie geredet hab, irgendwas erzählt hat.«

»Das hat er nicht gesagt«, sagte der Fahrer. »Er hat gesagt, ich soll Dillon anrufen. Das hab ich getan, und dann hab ich mit ihm geredet, und er hat gesagt, ich soll mich mit dem Mann treffen, den Dillon schickt, und hören, was du – ich nehme jedenfalls mal an, damit bist du gemeint –, was du meinst, dass jetzt passieren soll.«

»Was ist mit Zach?« fragte Cogan.

»Weiß ich nicht genau«, sagte der Fahrer. »Sie hatten irgendeinen Streit. Ich glaube, es ging darum, wie Zach das mit dem Antrag auf Revision gemacht hat. Er hat mir nicht viel gesagt – nur, dass Zach ihn nicht mehr vertritt. Als er mich angerufen hat, hab ich natürlich gleich Zach angerufen.«

»Zach hat lange für ihn gearbeitet«, sagte Cogan. »Ich hab oft mit ihm gesprochen.«

»Eigentlich gar nicht so lange«, sagte der Fahrer. »Ungefähr fünf Jahre. Nicht länger. Als er anfing, hatte er McGonigle.«

»Magoo?« sagte Cogan. »Der hat hier mal einen verteidigt, und sie mussten ihn praktisch in einem Korb in den Gerichtssaal tragen.«

»Er hat ein bisschen Pech gehabt«, sagte der Fahrer. »Da warst du wahrscheinlich noch gar nicht geboren, und damals hatte er McGonigle. Zu der Zeit, hat Zach mir mal erzählt, hatte er noch nicht so viele Probleme. Das war, bevor er eine Menge Anwaltskram zu erledigen hatte. Aber dann hatte er Mindich und danach diesen Typen aus New York, Mendoza, und dann Zach. ›Ist gutes Geld‹, hat Zach mir mal gesagt. ›Für fünf Jahre ist es gutes Geld. Es macht einen wahnsinnig, aber man verdient gut.‹ Nach dem, was Zach sagt, gibt er seinem Anwalt die Schuld, wenn das Urteil nicht so ausfällt, wie er es haben wollte, und dann sucht er sich einen neuen.«

»Zach war immer der, mit dem ich reden musste«, sagte Cogan. »Netter Kerl. Er hat mir geholfen, meinen Laden aufzumachen. Wenn du ihn zufällig mal triffst, grüß ihn von mir.«

»Mach ich«, sagte der Fahrer. »Also, was soll ich ihm sagen?«

»Tja«, sagte Cogan. »Im Augenblick sind alle Pokerrunden tot, oder?«

»Die meisten«, sagte der Fahrer. »Jemand hat Testa angerufen, und der hat gesagt, das möchte er erleben, dass einer bei ihm was versucht. Also nehme ich an, dass seine noch laufen. Aber die anderen sind mehr oder weniger geschlossen.«

»Wie beim letzten Mal«, sagte Cogan.

»Nur für eine Weile«, sagte der Fahrer. »Das hat er mir gesagt. Er hat gesagt, sobald ich mit dir gesprochen habe, soll ich den anderen sagen, was du unternehmen willst. Oder vielmehr Dillon. Ursprünglich sollte ich ihnen sagen, was Dillon unternehmen will.«

»Ich hab mit Dillon gesprochen«, sagte Cogan.

»Und was sagt er?« fragte der Fahrer.

»Das, was jeder bei so was erst mal denken würde«, sagte Cogan.

»Das ist jetzt das zweite Mal«, sagte der Fahrer. »Das hat er gesagt.«

»Ja, das hat es schon mal gegeben«, sagte Cogan. »Vor vier Jahren. Und jetzt wieder.«

»Das letzte Mal«, sagte der Fahrer, »war es Trattman selbst, hab ich gehört.«

»Mit ein paar Helfern«, sagte Cogan. »Er hat damals eine große Show abgezogen, aber er wars. Dillon sagt, er hat sogar ein paarmal damit angegeben.«

»Und keiner hat es gewusst«, sagte der Fahrer.

»Erst später.«

»Tja«, sagte der Fahrer, »diesmal haben sie sich ihn jedenfalls mal ein bisschen vorgenommen.«

»Ein bisschen«, sagte Cogan. »Sie haben ihm eins auf die Finger gegeben. Ich glaube, wenn ich Trattman wäre und würde so eine Sache zum zweiten Mal abziehen, würde ich mindestens eins auf die Finger kriegen.«

»Also«, sagte der Fahrer, »wie gehts jetzt weiter? Was meinst du?«

»Ich weiß noch nicht genug. Ich muss nachdenken. Ich glaubs zwar eigentlich nicht, aber es könnte ja sein, dass es diesmal tatsächlich zwei junge Burschen waren. Oder eben Trattman. Aber es könnten auch welche gewesen sein, die wussten, dass er so was schon mal gemacht hat. Diese beiden Möglichkeiten gibts also. Mark hat in letzter Zeit ziemlich viel Geld ausgegeben. Er könnte beschlossen haben, es noch mal durchzuziehen, weil er denkt, dass keiner auf die Idee kommt, er könnte so was zweimal machen. Bist du mal da draußen gewesen?«

»Nein«, sagte der Fahrer.

»Weißt du was?« sagte Cogan. »Niemand ist je da draußen gewesen. Niemand außer Trattman. Es ist nicht die Art von Laden, wo man hingeht. Außer … ich hab mich mal umgehört. Dillon hat einen Typen erwähnt, den er kennt oder vielmehr kannte. Der hat in Walpole gesessen, da haben sie einen Landschaftsgärtner aus ihm gemacht, und als er rauskam, hat er tatsächlich in dem Beruf gearbeitet, und Dillon hat gesagt, dass er vielleicht mal da draußen zu tun hatte. Also hab ich ihn angerufen. Das Ding hat sechsundachtzig Zimmer. Es liegt weit ab vom Schuss und hat sechsundachtzig Zimmer, und außer Markies Pokerrunde läuft da draußen gar nichts. Unter der Woche steigen da nur Vertreter ab, und die arbeiten bis in die Nacht hinein. Ich hab mit Gordon gesprochen, und er sagt, als das Ding aufgemacht hat, hat er mal ein paar von seinen Bräuten hingeschickt. ›Die sind schier durchgedreht‹, sagt er. ›Haben den ganzen Abend allein an der Bar rumgesessen und getrunken. Der einzige Mann, den sie zu sehen gekriegt haben, war der Barmann. Die haben bloß Fett angesetzt, und es kam kein Geld rein – es war schrecklich.‹ An den Wochenenden ist ein bisschen mehr los, aber dann bringen die Typen ihre Bräute selber mit. ›Oder Amateurinnen‹, sagt Gordon. ›Heutzutage laufen so viele Amateurinnen und Niggerweiber herum, dass man kaum noch was verdient.‹ Aber unter der Woche? Vergiss es. Nichts. Nicht mal ein braver Bürger, der es mal ein bisschen krachen lässt.

Und jetzt denken wir mal nach. Und vergiss nicht: Ich hab absolut keinen Grund zu glauben, dass der Typ mir einen Scheiß erzählt. Denk nach. Wann ist die Sache gelaufen? So gegen Mitternacht, stimmts?«

»Um halb zwölf, glaube ich«, sagte der Fahrer.

»Gut«, sagte Cogan. »Sie fahren also da raus, und alle oder jedenfalls die meisten Lichter sind an. ›Der Laden läuft gut‹, sagt Gordon, ›der ist fast immer voll. Da läuft bloß nichts anderes.‹ Und diese jungen Burschen – wenn es junge Burschen waren – fahren am richtigen Abend hin und gehen in das richtige Zimmer. Die wissen, welches das richtige Zimmer ist, und marschieren rein, weil die Tür auch nur angelehnt ist, und hauen mit dem ganzen Geld ab. Was sagt man dazu?«

»Das hat Trattman zugegeben«, sagte der Fahrer. »Er sagt, er ist leichtsinnig geworden. Anstatt die Fenster aufzumachen, haben sie die Verandatür angelehnt, damit der Rauch abziehen kann. Das hat er gesagt.«

»Gut«, sagte Cogan. »Aber ein Typ, der so eine Pokerrunde veranstaltet, darf nicht leichtsinnig werden. An so was muss er denken.«

»Als sie reinkamen, war er auf dem Klo«, sagte der Fahrer.

»Ist mir egal, wo er war«, sagte Cogan. »Er hat nicht getan, was er hätte tun sollen, und das haben die beiden gewusst. Sie haben gewusst, dass er leichtsinnig war, und sie haben gewusst, wo sie ihn finden.«

»Stimmt«, sagte der Fahrer.

»Im Augenblick spielt es gar keine Rolle, ob es Trattman war oder ein anderer.«

»Nicht?« fragte der Fahrer.

»Nicht für Trattman«, sagte Cogan. »Bei ihm müssen wir anfangen. Wir müssen ihn uns vornehmen, und zwar gründlich.«

»Warte, warte, warte«, sagte der Fahrer.

»Ich warte eine ganze Woche, wenns sein muss«, sagte Cogan.

»Ich muss mit ihm reden, bevor du losgehst und tust, was immer du tun willst«, sagte der Fahrer.

»Dann rede mit ihm«, sagte Cogan. »Ich hab jede Menge andere Sachen zu tun. Sag ihm, ich hätte gesagt, dass wir mit Trattman reden und uns anhören müssen, was er zu sagen hat.«

»Er wird nichts dagegen haben«, sagte der Fahrer.

»Und zwar *gründlich* reden«, sagte Cogan. »Ich wüsste jedenfalls nicht, was wir sonst tun sollten.«

»Das kann ich dir gleich sagen: Bloß auf Verdacht wird er keine größeren Aktionen genehmigen. Er ist sehr besorgt, dass dann was anfängt und alles schlimmer wird, als es sowieso schon ist.«

»Ich weiß«, sagte Cogan.

»Das letzte Mal, dass wir uns einen vorgenommen haben«, sagte der Fahrer, »haben wir beide schon vorher gewusst, dass es ein Fehler war. Und kaum ging es dem Typen ein bisschen besser, da ist er geradewegs zum FBI gerannt und hat denen Lügen aufgetischt – du machst dir keine Vorstellung. War nur gut für ihn, dass er kalte Füße gekriegt hat, als er seine Aussage vor der Anklagejury machen sollte. Aber ich kann dir versichern: Das Eis unter seinen Füßen hat uns eine Stange Geld gekostet. Er wird also nicht wollen, dass irgendeiner ernsthaft am Rad dreht. Wer soll das überhaupt machen? Du?«

»Was machen?« fragte Cogan.

»Mit Trattman reden«, sagte der Fahrer.

»Na ja«, sagte Cogan, »ich könnte schon. Aber ich hab mit Dillon gesprochen, und wir sind der Meinung, ich sollte es lieber nicht tun. Ist vielleicht besser, wenn Markie so wenig wie möglich von mir weiß.«

»Er wird es aber wissen wollen«, sagte der Fahrer.

»Klar«, sagte Cogan. »Sag ihm, ich hätte mit Dillon gesprochen, und wir finden, Steve Caprio und sein Bruder sollten das übernehmen.«

»Kennt Dillon die?« fragte der Fahrer. »Hat er schon mal mit ihnen gearbeitet?«

»Dillon kennt sie«, sagte Cogan. »Und ich ebenfalls. Barry war mit mir auf der *Wasp*. Er ist ein ziemliches Arschloch, aber wer Champion im Halbschwergewicht werden wollte, musste erst mal an Barry vorbei. Und Steve ist in Ordnung. Die tun, was man ihnen sagt.«

»Ich meine es ernst«, sagte der Fahrer.

»Klar«, sagte Cogan. »Ich weiß. Ihr meint es immer ernst. Ihr müsst es ernst meinen. Das verstehe ich. Ich komme nicht viel herum, eigentlich kaum noch, aber ich rede mit vielen Leuten, und ich weiß Bescheid. Also, wie wollen wir es machen? Rufst du mich an?«

»Ich schlage vor, ich rede mit ihm und höre, was er dazu meint, und dann rufe ich Dillon an.«

»Na gut«, sagte Cogan. »Du denkst anscheinend, dass Dillon so gut in Form ist, dass er das regeln kann.«

»Nein«, sagte der Fahrer. »Du sagst doch, das kann er nicht.«

»Dillon hat gesagt, dass er das nicht regeln kann«, sagte Cogan. »Darum redest du jetzt mit mir.«

»Richtig«, sagte der Fahrer.

»Eben«, sagte Cogan. »Wenn du willst, dass Dillon das regelt, ruf Dillon an. Ist mir auch recht. Wenn du willst, dass ich es regle …«

»Ich ruf dich an«, sagte der Fahrer.

»Nein, *ich* ruf *dich* an«, sagte Cogan. »Ich bin viel unterwegs. Du hörst von mir.«

6

Steve und Barry Caprio warteten im Eingang des Hayes Bickford gegenüber dem Lobster Tail in der Boylston Street. »Ich sag dir«, sagte Barry, »ich hätte den Typen nicht erkannt.«

»Hat Jackie auch gesagt«, sagte Steve. »Er hat ein paar Kilo abgenommen, und er glaubt, er trägt eine Perücke oder so. Und in letzter Zeit zieht er sich immer ziemlich schick an – das war früher auch anders.«

»Muss wohl zu Geld gekommen sein«, sagte Barry.

»Wohl eher nicht, sagt Jackie. Er glaubt, dass der Typ einfach hin und wieder was springen lässt. ›Ist wahrscheinlich bei einer Scheidung besser davongekommen, als er dachte‹, hat er gesagt. Dabei war er früher der knickrigste Sack, den man sich vorstellen kann.«

»Musste er ja wohl auch sein – so, wie er den Bräuten nachgejagt ist. Wie oft war er verheiratet – ungefähr neun Mal, oder?«

»Dillon sagt, drei Mal«, sagte Steve. »Dillon war auch da. Herrgott, er sieht aus wie Scheiße.«

»Der wird schon wieder«, sagte Barry. »Der ist zu böse zum Sterben. Hast du dir mal seine Augen angesehen?«

»Nicht so genau«, sagte Steve.

»So Augen hab ich sonst noch nie gesehen«, sagte Barry, »außer bei Typen, die ich voll erwischt hab. Als ich ihn zum ersten Mal gesehen hab, hab ich gedacht: Gleich fällt er um. Aber er fällt nicht um. Der sieht immer so aus. Der hat einen gemeinen Blick. Aber irgendwann wird er sterben.«

»Das werden wir alle«, sagte Steve. »Trattman auch.«

»Ja«, sagte Barry, »aber nicht heute Nacht, hab ich recht?«

»Ich hab keine Insiderinformationen«, sagte Steve. »Ich hab bloß einen Job zu erledigen.«

»Komm mir nicht damit«, sagte Barry. »Das war nicht ausgemacht. Du sagst mir jetzt sofort, dass Trattman nicht heute Nacht kaltgemacht wird.«

»Jedenfalls nicht von uns«, sagte Steve.

»Na, dann ist es ja gut.«

»Er hat sein Nachtgebet vergessen oder so«, sagte Steve. »Ich kanns auch nicht ändern. Aber wir werden ihn nicht kaltmachen.«

»Okay«, sagte Barry. »Nur damit das klar ist.«

»Wir machen nur, was ausgemacht ist«, sagte Steve. »Sonst nichts.«

»Weil ich Markie nämlich schon immer gemocht hab«, sagte Barry.

»Das ging allen so. Aber noch mehr hast du die Blondine gemocht.«

»Was für eine Blondine?« fragte Barry.

»Ach, komm schon«, sagte Steve. »Sag bloß, du erinnerst dich nicht an die Blondine, die er in der 115 hatte.«

»Das war da, wo er seine erste Pokerrunde hatte.«

»Die er selber hochgenommen hat«, sagte Steve.

»Wir haben Schwein gehabt, dass wir nicht dabei waren«, sagte Barry. »Da hätte ich nicht so gern mitgemacht.«

»Mann«, sagte Steve, »es ist wirklich nicht zu fassen, wie dämlich du manchmal bist.«

»Wieso?« sagte Barry. »Die Runde ist hochgenommen worden. Wenn wir dabei gewesen wären, hätten wir entweder was unternehmen müssen oder wir hätten in der Scheiße gesteckt, weil wir nichts unternommen haben.«

»Und was glaubst du, warum er nicht wollte, dass wir da sind?«

»Das meine ich ja«, sagte Barry. »Das war nett von ihm. Er wollte was durchziehen und hat uns aus der Schusslinie genommen.«

»Herrgott, bist du blöd«, sagte Steve. »Ich muss mal mit Ma reden. Jetzt weiß ich, dass sie was mit dem Milchmann hatte. Oder mit dem Pferd vom Milchmann. Wenn du so lang wärst, wie du blöd bist, könntest du aus der Dachrinne saufen. Weißt du was? Das ist echt peinlich. So viel Blödheit auf einmal.«

»Aber so wars doch«, sagte Barry.

»Du hättest mit Helm boxen sollen, Barry. Ganz im Ernst. Du hast zu viele Kopftreffer kassiert. Weißt du, warum er uns gesagt hat, wir sollen zu Hause bleiben?«

»Weil er ein netter Mensch ist.«

»Weil er nicht mit uns teilen wollte«, sagte Steve. »Wenn wir da gewesen wären, ohne zu wissen, was da läuft, hätte es Schwierigkeiten gegeben, und das wollte er natürlich nicht. Er wollte bloß das Geld. Und er wollte nicht mit uns teilen. Also hat er uns gesagt, wir sollen nicht kommen. Er ist nicht nett. Er ist bloß billig. Wie alle. Du Idiot.«

»Trotzdem hab ich ihn immer gemocht.«

»Du hast die Blondine gemocht«, sagte Steve. »Gibs zu.«

»Er war mit ihr verheiratet.«

»Da ist Jackie aber anderer Meinung«, sagte Steve. »Und Dillon ebenfalls. Sie war bloß so eine Braut.«

»Sie war ein nettes Mädchen«, sagte Barry. »Ich hab sie gemocht.«

»Sie hatte einen riesengroßen Hintern«, sagte Steve. »Du denkst doch immer nur an riesengroße Hintern.«

»Den hatte sie«, sagte Barry. »Trotzdem, ein nettes Mädchen. Nette Möpse. Man konnte gut mit ihr reden.«

»Ja«, sagte Steve, »toll. Reden. Weißt du noch, wie sie mal diese rosarote Hose anhatte?«

»Ja«, sagte Barry.

»Quatsch«, sagte Steve. »Jedenfalls, das war das größte rosarote Ding, das ich je gesehen hab.«

»Sie war ein nettes Mädchen«, sagte Barry.

»Du solltest dich vorsehen«, sagte Steve. »Eines Abends werde ich mich mal besaufen und Ginny anrufen und ihr erzählen, dass du immer auf fremde Hintern stierst.«

»Steve, du weißt genau –«

»Ich weiß«, sagte Steve.

»Ginny ist das Beste, was mir je passiert ist«, sagte Barry. »Ich weiß, du sagst immer, ich bin ein blöder Arsch. Okay, bin ich auch. Aber ein paar Sachen weiß ich trotzdem. Ich kann gar nicht zählen, wie oft diese Frau … Du kannst reden, was du willst. Ist mir egal, ob du mein Bruder bist. Weißt du was? Wenn ich heute nach Hause komme, ganz gleich, um welche Uhrzeit, aber wohl eher ziemlich spät, dann ist Ginny noch auf und wartet auf mich. Und wir trinken ein Bier und reden. Also, ich bin ja vielleicht nicht mehr in Topform, aber wenn einer Ginny das Leben schwer macht … Jedenfalls rate ich keinem, Ginny anzurufen und ihr irgendeinen Scheiß zu erzählen, der gar nicht stimmt.«

»Reg dich wieder ab«, sagte Steve. »War ja bloß ein kleiner Scherz.«

»Nicht, wenns um Ginny geht«, sagte Barry. »Ginny ist mir heilig.«

»Ja, ja«, sagte Steve.

»Im Ernst«, sagte Barry. »Über die anderen Jungs kannst du

denken, was du willst. Aber nicht über mich. Nicht über mich und Ginny.«

»Soll das etwa heißen, dass du Trattmans rosarote Braut nicht flachgelegt hast?«

»Ich sage doch: Damals war sie mit Trattman verheiratet. Und man legt nicht die Frau von einem anderen flach. Ich jedenfalls nicht.«

»Jackie sieht das anders«, sagte Steve.

»Jackie ist so was scheißegal«, sagte Barry. »Sie hats mir selbst gesagt.«

»Du hast sie gefragt.«

»Ich hab sie nicht gefragt, ob sie verheiratet ist«, sagte Barry.

»Barry«, sagte Steve, »ich schäme mich für dich. Mein eigener Bruder fragt die Frau von einem anderen, ob er sie mal flachlegen darf.«

»Hab ich nicht«, sagte Barry.

»Das werd ich Ginny ganz bestimmt erzählen«, sagte Steve. »Und dann kannst du von Glück sagen, wenn sie nicht mit Geschirr nach dir schmeißt. Du bist ja ein richtiger Hengst!«

»Damals war ich noch nicht mit Ginny verheiratet«, sagte Barry.

»Du bist mit Ginny verheiratet, seit du zwölf warst, und das weißt du auch. Ihr wart bloß nie in der Kirche. Wenn Ginny gesagt hat: ›Spring‹, hast du nur gefragt: ›Wie hoch?‹«

»Hab ich nicht«, sagte Barry.

»Hast du doch«, sagte Steve. »Du hast mit dem Boxen aufgehört, weil Ginny nicht wollte, dass deinem Gesicht was passiert.«

»Nein, hab ich nicht«, sagte Barry. »Ich hab aufgehört, weil ich nicht gut war.«

»Wer war '63 Champion im Halbschwergewicht? Wie hieß der Typ?«

»Okay, okay«, sagte Barry. »Er war aber nicht lange Champion.«

»Wie hieß der?« sagte Steve. »Ich hab seinen Namen vergessen.«

»Als ich gegen ihn angetreten bin, hatte er einen anderen«, sagte Barry.

»Ja«, sagte Steve, »jetzt erinnere ich mich. Tennessee Bobby Walker. Ja, so hieß er. Über wie viele Runden bist du mit ihm gegangen?«

»Das war davor«, sagte Barry.

»Aber nicht lange davor«, sagte Steve. »Beim ersten Mal war er in der zwölften technisch k.o., und beim zweiten Mal hat er dir in der fünfzehnten eine Platzwunde verpasst. Und wer war der Typ auf der *Ticonderoga*?«

»Du erinnerst mich an Jackie«, sagte Barry.

»Ich erinnere dich an Ginny«, sagte Steve.

»Der hackt auch immer auf mir herum, wie du«, sagte Barry. »An dem Abend, als Walker mich geschlagen hat, hat er gar nicht mehr aufgehört, Scheiße zu reden, dabei war ich verletzt. Das Arschloch hatte mir eine Platzwunde verpasst, und er ist den ganzen Abend darauf herumgeritten.«

»Bei dem Kampf davor hast du dasselbe mit ihm gemacht«, sagte Steve.

»Das macht es auch nicht besser«, sagte Barry. »Ich war verletzt, und dieser Scheißtyp hat bloß daran gedacht, wie viel Geld er verloren hat.«

»Du hättest ihm eins verpassen sollen«, sagte Steve.

»Ich habs ja versucht, aber es ging nicht – sein Kopf war zu weit unten. Soll ich dir mal was sagen? Das ist das, was ich an

Markie so mag: Er hat mich nie boxen sehen. Ihr anderen schon.«

»Und wir wissen, dass du aufgehört hast, weil du die Hosen voll hattest«, sagte Steve. »Ist schon okay.«

»Ich war nicht gut genug«, sagte Barry. »So was gibts.«

»Ich weiß.«

»Nein, das weißt du nicht«, sagte Barry. »Du bist genau wie Jackie. Ich mach nicht mehr mit. Ich hab nichts gegen Markie. Ich weiß bloß nicht, warum er sich von der Blondine hat scheiden lassen.«

»Barry«, sagte Steve, »die waren nicht verheiratet. Die waren bloß lange zusammen. Sie hat es dir nett verpackt. Sie wollte nicht mit dir vögeln, aber sie wollte auch nicht deine Gefühle verletzen.«

»Nein«, sagte Barry. »Na ja, kann sein, aber Markie war mit keiner seiner Bräute lange zusammen. So schnell, wie er sie flachgelegt hat, hat er sie auch geheiratet. Das war ihm egal. Er ist kein schlechter Kerl.«

»Nein«, sagte Steve, »ist er nicht. Aber wenns um Bräute geht, ist er ein echtes Arschloch.«

»Ich mag ihn trotzdem«, sagte Barry.

»Ich auch«, sagte Steve. »Das hab ich Jackie auch gesagt. Ich will das eigentlich lieber nicht, hab ich zu ihm gesagt. Und es stimmt: Markie ist kein schlechter Kerl. Ich hab gesagt: ›Hör mal, ich hab hin und wieder für den Typen gearbeitet. Ich und Barry. Ich weiß nicht, ich weiß nicht. Er hat mich immer ganz gut behandelt.‹«

»Dillon war auch dabei, oder?« sagte Barry.

»Dillon war auch dabei«, sagte Steve. »Weiß wie ein Tischtuch. Und er verschwendet keinen Atemzug, um irgendwas zu sagen, wahrscheinlich, weil er Angst hat, es ist sein letzter. Ich hab schon Hunde gesehen, die nicht so fertig waren wie Dillon.«

»Die sind beide gleich«, sagte Barry. »Beide Arschlöcher.«

»Ich weiß nicht«, sagte Steve.

»Aber ich weiß es«, sagte Barry. »Ich hab Jackie schon gekannt, bevor ich Dillon kennengelernt hab. Ich hab nicht mehr für Dillon gearbeitet, nachdem ich mit Jackie gearbeitet hab. Obwohl Jackie gar nichts für mich hatte. Die sind beide gleich.«

»Na und?« sagte Steve.

»Du kennst Dillon«, sagte Barry.

»Ja«, sagte Steve.

»Und du kennst Jackie«, sagte Barry.

»Ja«, sagte Steve.

»Und du weißt, wie Dillon aussieht«, sagte Barry, »und zwar, weil er krank ist.«

»Er sieht nicht gut aus«, sagte Steve.

»Und so hat Jackie schon immer ausgesehen«, sagte Barry. »Schon immer. Er hat denselben Blick.«

»Ach, komm«, sagte Steve.

»Im Ernst«, sagte Barry, »ganz im Ernst. Ich hab ein paar Sachen für ihn gemacht. Bei den Kämpfen und so. Und weißt du was? Ich wette, der Typ wog damals kaum sechzig Kilo, und er hatte nie eine Kanone dabei – jedenfalls hat man nie eine gesehen, und normalerweise sieht man so was.«

»Ja«, sagte Steve.

»Ein kleiner Scheißer«, sagte Barry. »Er war schon immer ein kleiner Scheißer. Und da liefen jede Menge schwere Jungs herum. Und Geld hatte er auch. Soll ich dir was sagen? Keiner hat sich je mit ihm angelegt. Keiner. Nicht mal die Bullen. Und weißt du, warum? Weil er damals genauso aussah wie Dillon heute. Dieselben Augen. Als hätte ihn einer voll erwischt. Nur dass es ihm nicht wehtut und er nicht zu Boden geht. Er ist einfach da. Und dabei kannte ihn damals noch keiner. Jetzt ist Dillon krank und sieht genauso aus. Ich traue diesem Typen nicht.«

»Er ist in Ordnung«, sagte Steve.

»Er ist ein hinterhältiges Arschloch.«

»Aber er benimmt sich nicht wie eins«, sagte Steve. »Mich hat er immer gut behandelt. Alle Fragen, die ich hatte, hat er gut beantwortet.«

»Was für Fragen?« sagte Barry. »Und was hat er gesagt?«

»Ich hab ihm gesagt«, sagte Steve, »ich hab gesagt: ›Also, eigentlich mag ich Markie irgendwie.‹ Und er hat gesagt: ›Ich weiß. Alle mögen ihn. Er ist ein netter Kerl. Ich hab ihm mal gesagt: »Markie, du legst Frauen flach, auch wenn du eigentlich gar keine Lust hast, sie flachzulegen.« Das hab ich zu ihm gesagt. Und weißt du, was er geantwortet hat? »Das mach ich nur, um in Form zu bleiben. Außerdem – wie soll ich denn wissen, dass ich eine gar nicht flachlegen will, wenn ich sie nicht erstmal flachlege? Also frage ich sie, sie sagt okay, ich lege sie flach, und dann weiß ichs. Danach.«‹ Und wenn du meine Meinung hören willst«, sagte Steve, »ich glaube, der Typ hat Angst, es könnte irgendwo auf der Welt eine Frau geben, die vögeln will, und er stirbt, ohne sie gefragt zu haben. Das hat Jackie auch gesagt. ›Der Typ sieht mehr Ärsche als eine Klobrille.‹«

»Ja«, sagte Barry, »genau so ist er. Er hat da drinnen eine mit Oberweite hundert aufgerissen. Er hatte noch nicht mal den Mantel ausgezogen, da hatte er sie schon entdeckt, und bevor ich das Geld einwerfen konnte, um dich anzurufen, saß er auch schon neben ihr. Der verliert keine Zeit.«

»Hat ja auch genug Erfahrung«, sagte Steve. »Weißt du, dass

der Typ jeden verdammten Abend ausgeht? Außer wenn er frisch verheiratet ist. Jeden Abend. Wenn er mal wieder geheiratet hat, bleibt er für eine Weile zu Hause. Aber ziemlich bald ist er wieder unterwegs. Und die Alte, die er geheiratet hat, hört natürlich dies und das, die hat er ja auch irgendwo auf der Piste aufgegabelt, und wenn er nie zu Hause ist, kann sie sich denken, was da läuft. Aber stell dir das mal vor: Der Typ ist an die fünfzig, unverheiratet und nie zu Hause. Nie. Man kann über ihn sagen, was man will, aber er hat immer noch ganz schön was in der Hose.«

»Ich hoffe, er ist schnell«, sagte Barry. »Diese verdammte Feuchtigkeit.«

»Er wird schon kommen«, sagte Steve. »Wir brauchen nur zu warten, genau wie die Braut da drinnen. Markie verliert keine Zeit. Er weiß, was er tut. Die Hälfte der Frauen, die da reingegangen sind und flachgelegt werden wollten, sind mit Markie im Bett gelandet. Und er gibt ihnen genau das, was sie wollen. Weißt du was? Die wissen nicht mal, wer er ist.«

»Wie geht das denn?« fragte Barry.

»Wenns nur für einmal ist«, sagte Steve, »sagt er ihnen nicht seinen richtigen Namen.«

»Und welchen Namen sagt er ihnen?«

»Na ja«, sagte Steve, »er kennt uns. Und er kennt Dillon und eine Menge andere Leute. Und dann gibts noch die, die er gar nicht kennt, die er einfach erfindet. Hängt davon ab, wie er gerade drauf ist. Und so kommts, dass wahrscheinlich vier, fünf Bräute, die von ihren Männern angepisst waren und hier oder in irgendeinen anderen Laden reingeschneit sind, jetzt denken, sie hätten mit uns gevögelt.«

»Dieser verdammte Schwanzlutscher«, sagte Barry.

»Na ja«, sagte Steve, »schlau ist das schon.«

»Klar«, sagte Barry, »und jetzt stell dir mal vor, Ginny kennt eine von den Bräuten, die er gevögelt hat und denen er gesagt hat, er wäre ich. Dann stecke ich in der Scheiße und hab noch nicht mal irgendwas getan.«

»Mensch, Barry«, sagte Steve, »wo du doch auch so leicht zu verwechseln bist. Was ist los? Ich denke, Ginny vertraut dir.«

»Tut sie auch«, sagte Barry. »Weil sie weiß, dass ich so was nicht mache.«

»Also«, sagte Steve, »wahrscheinlich hat er sowieso nicht besonders oft gesagt, er wäre du. Und die Frauen, die er so aufreißt, kriegen seinen Namen wahrscheinlich nicht mal mit. Die wollen bloß gevögelt werden. Er sagt ihnen immer, er ist ein Mafiaboss. Er hat ein ganzes Programm, das er abspult. ›Ich bin bloß für ein paar Tage in der Stadt. Bin viel unterwegs.‹ Und das stimmt ja auch. An den Abenden, wo er nicht bei seiner Pokerrunde ist, ist er hier oder in Danvers oder in Lawrence – er kommt ziemlich herum. Und dann holt er ein dickes Geldbündel raus, so etwa achtzig Fünfziger, und zwar *nichts als* Fünfziger. Und er hat seine Ringe. Und ziemlich bald sagt er dann: ›Ich wohne bei einem Freund. Hotels sind zu riskant, da muss man alles Mögliche unterschreiben. Können wir nicht zu dir gehen?‹ Und natürlich hat sie keine eigene Wohnung. Also, sie hat natürlich eine, aber da sitzen ihr Mann und ihre Kinder, und außerdem soll keiner wissen, dass sie hier aus der Gegend ist. Darum sind sie in null Komma nichts in einem Hotel, und sie ist diejenige, die bezahlt. ›Er kann mit ihnen nicht in seine Wohnung gehen‹, sagt Dillon. ›Da gibts nicht mal Kakerlaken. Die würden sich schämen, in so was zu leben.‹ Aber er hat den Cadillac und die Goldringe, er lügt das Blaue vom Himmel, und sie glauben ihm jedes Wort und lassen sich flachlegen, allesamt. Wenn man alles zusammennimmt, hat er mehr für die Welt getan als Weihnachten.«

»Warum hast du das mit Danvers gesagt?« fragte Barry.

»Weil er ab und zu dort ist«, sagte Steve. »Es gibt da einen Club, in den er manchmal geht. Und am Strand kann man ihn auch treffen. Der Typ kommt herum.«

»Ginnys Mutter lebt in Danvers«, sagte Barry.

»Ich glaube nicht, dass er Ginnys Mutter gevögelt hat«, sagte Steve. »Aber wenn du es genau wissen willst, ruf ich sie an und frage sie.«

»Eines Tages breche ich dir deine lange Scheißnase, Steve«, sagte Barry.

In einem mausgrauen zweireihigen Mantel und in Begleitung einer brünetten Frau in den Vierzigern trat Trattman aus dem Lobster Tail. Er hob den rechten Arm und führte die Frau mit der Linken zum Bordstein. Ein Angestellter in einer dicken Winterjacke fuhr einen hellbraunen Cadillac Coupé de Ville vor. Als er auf der Fahrerseite ausstieg, öffnete Trattman die Beifahrertür. Er half der Frau hinein, schlug die Tür zu, ging vorn um den Wagen herum und reichte dem Mann einen zusammengefalteten Geldschein. Dieser bedankte sich ohne ein Zeichen des Wiedererkennens. Trattman setzte sich ans Steuer.

Steve und Barry stiegen in Steves metallicblauen LTD Hardtop mit Vinyldach und schlugen die Türen zu.

Der Cadillac fuhr auf der Boylston Street in östlicher Richtung. Er überquerte die Kreuzungen mit der Hereford, Gloucester, Fairfield und Exeter Street bei grünem Ampellicht. Steve hielt drei Wagenlängen Abstand und blieb auf der rechten Spur. An den Kreuzungen mit der Fairfield und Exeter Street zeigten die Ampeln gelbes Licht.

»Das hier ist auch kein schlechter Wagen«, sagte Barry.

»Wenn du dich mal entschließen würdest, nicht mehr diesen Scheiß zu machen, sondern was Richtiges auf die Beine zu stellen«, sagte Steve, »könntest du dir vielleicht auch mal so was leisten und müsstest nicht ständig herumjammern, dass alle so schöne Sachen haben, nur du nicht.«

»Ach, halts Maul«, sagte Barry. »Letzten Monat musste ich zweihundertfünfzig Dollar an den Scheißzahnarzt abdrücken. Jedes Mal, wenn ich ein paar Scheine auf die Seite gelegt habe, kommt irgendwas daher, und das Geld ist wieder futsch.«

Die Ampel an der Dartmouth Street zeigte Rot. Der Cadillac hielt an.

»Ich werde wahrscheinlich alt«, sagte Steve. »Alle meine Freunde haben was an den Zähnen. Jackie hat mir erzählt, seine Frau ist ganz von der Rolle, weil sie – wie heißt das noch mal? – Wurzelkanäle braucht. ›Und das wird mich alles in allem schätzungsweise neunhundert Dollar kosten‹, hat er gesagt. Ich wusste gar nicht, dass das Zeug so teuer ist.«

Die Ampel sprang auf Grün, und der Cadillac fuhr weiter. Die Frau rückte näher an Trattman heran.

»Er sagt ihr gerade, was er gleich mit ihr anstellen wird«, sagte Steve.

»Und was mich richtig reingeritten hat«, sagte Barry, »war diese Sache in Maine. Weißt du, was der Scheißkerl von mir haben wollte? Fünfhundert am Tag plus Spesen. Ich musste fast dreitausendneunhundert Dollar hinlegen. Plus die tausend, die ich ihm als Vorauszahlung geben musste, damit er den Fall überhaupt übernimmt.«

An der Clarendon und der Berkeley Street hatte der Cadillac Grün. Die Caprios fuhren bei Gelb durch.

»Weil du dumm wie Scheiße bist«, sagte Steve. »Kein Idiot

auf der ganzen weiten Welt wäre da raufgefahren wie du. Ich finde, du kannst dich nicht beklagen. Er hat alles richtig gemacht. Mit einem anderen Anwalt wärst du jetzt wieder im Bau.«

An der roten Ampel an der Arlington Street hielt der Cadillac an.

»Ich sag ja gar nichts gegen Mike«, sagte Barry. »Er ist bloß teuer, das ist alles.«

Die Ampel sprang um, und Steve folgte dem Cadillac nach rechts in die Arlington Street. Ein Mann in einem hellgrauen Regenmantel überquerte vor dem LTD die Straße, beschleunigte seine Schritte und holte einen hochgewachsenen Albino ein, der ein lavendelfarbenes, mit rotem Satin gefüttertes Cape und Plateauschuhe trug. Steve Caprio wechselte auf die rechte Spur und verringerte den Abstand zwischen dem LTD und dem Cadillac.

»Sieht aus, als würde er zum Envoy fahren«, sagte Steve. »Anscheinend hat er diesmal eine Knickrige erwischt und muss selber zahlen. Nein, wie gesagt: Du machst einfach zu viel Scheiße. Für das, was du gemacht hast, hättest du in den Knast kommen können. Ich oder Jackie würden jedenfalls nicht rauf nach Maine fahren und irgendwelchen Typen auf die Pelle rücken, wenn sie zu Hause bei ihren Familien sind.«

»Aber der Typ wollte nicht zahlen«, sagte Barry. »Er hat das Geld von Bloom genommen und wollte es nicht zurückzahlen. Bloom musste es aus ihm rauspressen. So was darf man den Leuten nicht durchgehen lassen.«

Der Cadillac ordnete sich am Stadler Hilton links ein und bog ab.

»Er fährt nicht zum Envoy«, sagte Steve. »Er fährt zum Terrace. Anscheinend hat sie doch Geld. Ja, klar – Bloom kriegt sein Geld und du kriegst … Was hat er dir für den Scheiß gezahlt?«

»Sechshundert«, sagte Barry. »Ich brauchte das Geld. Ginny hat ihre Kronen gekriegt, und ich musste die erste Rate zahlen.«

»Sechshundert«, sagte Steve. »Dann hast du bei der Sache ja bloß drei zwei, nein, vier zwei verloren. Oder hat Bloom dir das Geld für Mike erstattet?«

»Nein«, sagte Barry.

Der Cadillac fuhr in die Garage des Terrace Hotels.

»Nein«, sagte Steve. »Hast du ihn gefragt?«

»Nein«, sagte Barry.

»Klar«, sagte Steve. Er parkte den LTD einen halben Block von der Garage entfernt und schaltete die Zündung aus. »Du bist also beinah im Knast gelandet und hast so viel Geld ausgegeben wie ich für diesen Wagen. Das meine ich eben. Früher oder später musst du mal anfangen, Nägel mit Köpfen zu machen wie ich. Sonst verbringst du den Rest deines Lebens damit, aus Sachen rauszukommen, in die du am besten gar nicht erst reingeraten wärst, und kommst nie zu was.«

»Pass auf«, sagte Barry, »du erzählst mir immer diesen Scheiß und hast lauter kluge Ratschläge für mich, aber ich würde dich gern mal was fragen: Wenns dir doch so super geht, wie kommt es dann, dass du noch immer herumläufst und Typen vermöbelst?«

»Ich mach das nicht fürs Geld«, sagte Steve. »Willst du sehen, wie viel ich gerade dabeihab?« Er beugte sich zur Seite und griff nach seiner Brieftasche.

»Nein«, sagte Barry.

Steve ließ sich wieder zurücksinken. »Ich hab zweitausendeinhundert Dollar dabei«, sagte er. »Der Wagen ist komplett bezahlt, und vor ein paar Tagen hab ich Rita ihren Scheck geschickt. Nein, ich tue einem Typen einen Gefallen. Die Sache hier wurde aktuell, und Jackie hat ein paar Sachen für mich geregelt, als ich sie nicht regeln konnte ...«

»Jackie läuft nicht rum und schlägt irgendwen zusammen«, sagte Barry.

»Nein«, sagte Steve. »Aber es gibt ein paar andere Sachen, die Jackie macht, verstehst du? Man kann noch ein paar andere Sachen machen als herumlaufen und Leute zusammenschlagen, Barry. Das kannst du natürlich nicht wissen, weil du immer nur darüber nachdenkst, wie du schnell einen Hunderter machen kannst, und keine Ahnung hast, was du auf lange Sicht tun sollst. Damals, als Jackie mit den Zigarettenautomaten an der Route 9 aufgehört hat, hat er das Zeug mir übergeben. Hätte er nicht tun müssen.«

»Er konnte sich ja auch gar nicht darum kümmern«, sagte Barry.

»Nein, konnte er nicht«, sagte Steve. »Aber er hätte das Zeug nicht mir übergeben müssen. Er hätte nicht zu den Jungs sagen müssen: ›Hört zu, Jungs, Stevie übernimmt das jetzt – er ist ein guter Mann.‹ Hat er aber. Wenn Jackie mich also um einen Gefallen bittet und ich für meinen doofen Bruder auch noch einen schnellen Hunderter rausholen kann, bin ich dabei.«

»Ich kann das Geld gebrauchen«, sagte Barry und zündete sich eine Winchester-Zigarre an.

»Warum rauchst du diese Scheißdinger?« fragte Steve.

»Weil sie mich nicht so schnell umbringen«, sagte Barry.

Steve steckte sich eine L&M an. »Na ja«, sagte er. »Aber du inhalierst, oder?«

»Manchmal, aus Versehen«, sagte Barry. »Aber nicht sehr oft. Es ist, als würde man Feuer schlucken.«

»Klar«, sagte Steve, »aber du willst mir doch bestimmt nicht erzählen, dass in den Dingern nicht mehr Mist drin ist als in denen hier.«

»Ach komm«, sagte Barry, »ich meine, wie lange rauchen wir schon?«

»Ich hab damit angefangen, als ich zwölf war«, sagte Steve.

»Okay«, sagte Barry, »und ich war damals schon genauso ein Arschloch wie heute und hab alles gemacht, was du gesagt hast, also war ich elf. Dann rauche ich seit fast dreißig Jahren, und da machts jetzt wohl auch keinen großen Unterschied mehr. Als ich diese Omegas geraucht hab, hat Ginny keine Ruhe gegeben. Also bin ich umgestiegen.«

»Auf Between the Acts«, sagte Steve. »Ich werde nie verstehen, wie man das Zeug rauchen kann. Für den, der sie raucht, riechen sie ganz normal, aber jeder, der die Dinger nicht raucht, würde schwören, dass der Typ den ganzen Tag Katzen verbrannt hat oder so.«

»Ja«, sagte Barry. »Ich hab jetzt seit über einem Jahr keine Zigarette mehr geraucht, nur da oben in Maine. In den drei Tagen hab ich ungefähr zwanzig Schachteln Luckies geraucht, das kann ich dir sagen. Aber sonst immer nur die hier. Allerdings gehts mir deswegen nicht besser. Hatte ich eigentlich gedacht. Wenn man sich die Leute anhört, die euch arbeitslos machen wollen, könnte man meinen, man fühlt sich besser, wenn man aufhört. Hat Ginny mir auch gesagt. Aber ich fühl mich nicht besser. Ich esse bloß mehr. Irgendwann werden sie die Dinger verbieten, du wirst sehen.«

»Niemals«, sagte Steve. »Wie viele gibts, die so hin und her wechseln können wie du? Hm? Zwei vielleicht. Und die anderen werden nicht aufhören. Scheiße, dasselbe haben sie doch mit Alkohol probiert. Wenn sie das machen, dann … Jetzt wollen sie eine Extrasteuer einführen. Was glaubst du, wie viel

Steuern Jackie und ich für die Dinger bezahlen, hm? Wenn die noch nicht mal die Steuer für das Zeug kassieren können, das ich verkaufe, glaubst du vielleicht, die könnten mich daran hindern, es überhaupt zu verkaufen? Ich zahle Steuern für ungefähr ein Drittel von dem, was ich verkaufe. Gerade so viel, dass sie es nicht zu leicht haben und mich irgendein Bürschchen überführen kann. Und keiner liest, was unten auf der Schachtel steht. Die wissen, dass ich und andere so was machen, und sie wissen, dass sie mich nicht daran hindern können, und sie wissen auch, wenn die Dinger ganz verboten wären, könnten sie gar keine Steuern mehr kassieren.«

»Herrgott«, sagte Barry, »der Scheißer braucht ja ganz schön lang.«

»Tja«, sagte Steve, »du musst ihm schon ein bisschen Zeit lassen. Ich hab Jackie gefragt. ›Ist ja toll‹, hab ich gesagt, ›der Typ schiebt eine Nummer, und ich kann die ganze Nacht da draußen warten.‹ Aber Jackie hat gesagt, der Typ geht früh schlafen. Wenn er hat, was er wollte, fährt er nach Hause. Bleibt nie länger auf als bis eins.«

»Trotzdem finde ich es ziemlich nett von uns, dass wir ihn seine Nummer schieben lassen«, sagte Barry. »Wahrscheinlich hält er sich damit so in Form.«

»Er ist ein ziemlich schlauer Bursche«, sagte Steve.

»Heute nicht«, sagte Barry.

»Ja«, sagte Steve, »so ist er eben auch manchmal. Zum Beispiel die Sache mit den Bräuten: Er ist nicht schlau genug, um eine zu heiraten. Manchmal ist er eben nicht so schlau. Mit seinen Pokerrunden ist es dasselbe. Die meiste Zeit läuft alles prima, und alle sind glücklich – das sind die Zeiten, wo er schlau ist. Er macht nicht viel Wind, er nimmt bloß Leute aus, die ausgenommen werden wollen, und er treibt es nicht zu weit, verstehst du? Er knöpft ihnen nicht zu viel ab. Und er quatscht nicht darüber, wie er sie ausnimmt. Aber wie es aussieht, muss er manchmal allen alles abknöpfen, und das ist dann eben nicht besonders schlau.«

Der Cadillac Coupé de Ville erschien in der Garagenausfahrt, und Steve ließ den LTD an. Der Cadillac fuhr eine kurze Straße entlang und bog nach links in die Kneeland Street ein. Steve setzte den LTD in Bewegung und fuhr ebenfalls in die Kneeland Street, allerdings in die entgegengesetzte Richtung. Im Spiegel des LTD entfernten sich die Rücklichter des Cadillacs in Richtung Park Square.

»Bist du sicher, dass er nach Hause fährt?« sagte Barry.

»Ja«, sagte Steve. »Er ist zu geizig, um die Schnellstraße zu nehmen.«

Steve fuhr auf der mittleren Spur des Massachusetts Turnpike und hielt sich an die Geschwindigkeitsbeschränkung. In weniger als sieben Minuten waren sie an der Ausfahrt Allston. Steve warf Kleingeld in den Trichter an der Mautschranke und bog nach rechts auf die Cambridge Street ein. Um Viertel nach elf parkte er den LTD neben einem Hydranten in der Sheridan Street in Brighton und stellte den Motor ab.

»Okay«, sagte er, »es ist das dritte Backsteinhaus auf der linken Seite.«

»Wo der gelbe Chevvy steht?« fragte Barry.

»Das dahinter«, sagte Steve.

»Keine Einfahrt«, sagte Barry.

»Stimmt«, sagte Steve. »Der knickrige Sack parkt auf der Straße.«

Um neun Minuten nach Mitternacht fuhr der Cadillac langsam vorbei. Steve und Barry ließen sich tiefer in die Sitze sinken.

Um zwanzig nach zwölf fuhr der Cadillac erneut an ihnen vorbei. Steve sagte: »Wenn er noch mal kommt, mach ich ihm den Parkplatz frei.«

Um fünf nach halb eins näherte sich Trattman von hinten und auf ihrer Seite der Straße. Als er auf Höhe der hinteren Stoßstange des LTD war, sagte Steve: »Jetzt.«

Barry und Steve stiegen aus. »Und stopp«, sagte Barry.

Trattman blieb stehen. Er runzelte die Stirn. Er sagte: »Also, Jungs … Jungs …«

Steve richtete eine 38er Chiefs Special mit kurzem Lauf auf Trattman. Er sagte: »Steig ein, Markie.«

Trattman sagte: »Jungs, ich hab überhaupt kein Geld dabei. Ich hab … ich hab überhaupt kein Geld und so.«

Barry sagte: »Steig in den Scheißwagen, Markie.« Er ging zu Trattman und packte ihn am rechten Ellbogen. Trattman leistete leisen Widerstand. »Steig ein«, sagte Barry, »steig in den Scheißwagen, Markie. Du *wirst* einsteigen, und du *weißt*, dass du einsteigen wirst, also steig in den verdammten *Wagen*.«

Trattman ging langsam zum Wagen. Er sah Steve an. Steve hielt den Revolver auf ihn gerichtet. Trattman sagte: »Steve, Jungs, ich hab nichts gemacht.«

Steve sagte: »Barry, pack ihn auf den Rücksitz und setz dich neben ihn.«

Barry stieß Trattman an. Trattman sagte: »Im Ernst. Ich hab nichts gemacht.«

Barry sagte: »Markie, wir haben jede Menge Zeit, in Ruhe über alles zu reden. Aber steig jetzt ein.«

Trattman bückte sich und setzte sich auf den Rücksitz. Steve setzte sich ans Steuer und schloss die Tür. Er drehte sich um und richtete den Revolver auf Trattman. Barry setzte sich neben Trattman. Unter einigen Verrenkungen gelang es ihm, die Beifahrertür zu schließen. Steve gab Barry den Revolver. Trattman sagte: »Warum macht ihr das?«

Steve ließ den Motor an.

»Ich … ich könnte was machen«, sagte Trattman. »Wenn ihr was mit mir vorhabt … Ich kenne ein paar Leute, und ich hab die richtigen … ich weiß, wen ich anrufen muss. Vielleicht solltet ihr es euch noch mal überlegen.«

»Vielleicht hast du ja schon was gemacht«, sagte Barry. »Vielleicht sind wir darum hier: weil du schon was gemacht hast.«

»Ich hab nichts gemacht«, sagte Trattman.

»Tja«, sagte Steve, »dann ist ja alles in Ordnung, Markie.«

»Dann kannst du ja ganz unbesorgt sein«, sagte Barry.

Steve bog nach rechts in die Commonwealth Avenue und dann nach links in den Chestnut Hill Drive ein. Dann nach links auf den St. Thomas More Drive, und dort nahm er die rechte Abzweigung zur Beacon Street.

Trattman sagte: »Ihr kennt mich doch. Warum macht ihr so was? Ich dachte, dir gehts gut, Steve – Herrgott, warum machst du so was?«

»Jemand hat mich gebeten, mit dir zu reden«, sagte Steve. »Ich hab gesagt, das mach ich. Du weißt doch, was Reden ist, oder, Markie? Früher hast du doch Barry und mich zur Hand gehabt, für den Fall, dass wir mal mit einem reden sollten, nicht?«

»Ja«, sagte Trattman. »Darum verstehe ich ja auch nicht, warum ihr Jungs das mit mir macht.«

»Aus demselben Grund«, sagte Steve, »warum wir das für dich gemacht haben, wenn du es wolltest. Nur diesmal machen wirs für jemand anders.«

Steve bog nach links in die Hammond Street ab und fuhr

auf den Parkplatz hinter dem großen Einkaufszentrum an der Route 9. Er parkte den LTD in den Schatten hinter einem Matratzengeschäft.

Steve stieg aus und klappte die Lehne des Fahrersitzes nach vorn.

Trattman sah Barry an. Barry zeigte ihm den Revolver. »Steig aus, Markie«, sagte er.

Trattman sagte: »Bitte, Jungs, wir können doch über alles reden, oder?«

Steve sagte: »Bewegung, Markie.«

Trattman sagte: »Aber ich hab doch gar nichts gemacht.«

Barry hielt den Revolver dichter an sein Gesicht. »*Markie*«, sagte er. »Es gibt Sachen, die sind schlimmer als reden. Im Augenblick sollen wir nur mit dir reden, und mehr wollen wir auch gar nicht. Aber wenn du weiter solche Zicken machst, kriegen wir noch schlechte Laune.«

Trattman zögerte. Steve griff ins Wageninnere, packte die linke Schulter von Trattmans Mantel und zerrte daran. Trattmans Oberkörper neigte sich in Steves Richtung. Steve sagte: »Hör jetzt auf mit dem Scheiß, Markie. Du weißt, was mit Leuten passiert, die nicht tun, was man ihnen sagt. Also hör auf damit. Wir sind bloß zwei Typen, die mit dir reden müssen, und darum werden wir mit dir reden, und du wirst mit uns reden, und weiter gibts dazu nichts zu sagen. Außer du willst nicht mit uns reden. Dann läuft die Sache anders. Du weißt ja, wie das ist. Also steig jetzt aus dem Scheißwagen, bevor ich richtig sauer werde.«

Trattman beugte sich vor und stieg aus. Barry folgte ihm rasch und gab Steve den Revolver.

Trattman stand neben dem Wagen und hielt Arme und Hände dicht am Körper. Er sah Steve an. »Leute, ich hab nichts gemacht. Ich weiß nicht, was das alles soll, und wenn ich was gemacht hätte, dann wüsste ichs doch, oder? Ich hab wirklich nichts gemacht. Ihr müsst mir das glauben.«

»Geh hinter den Wagen, Markie«, sagte Steve.

Trattman hob die Hände, die Handflächen nach oben.

»Beweg dich, verdammter Wichser«, sagte Steve, »oder willst du, dass ich dich über den Haufen schieße?«

Trattman bewegte sich seitwärts zum linken hinteren Kotflügel des LTD. Er blieb stehen und presste die Arme an die Seiten. Steve stand einen Meter von ihm entfernt und hielt den Revolver auf ihn gerichtet. Barry ging zu Steve und blieb rechts von ihm stehen.

»Ganz ehrlich«, sagte Trattman. »Steve – meine Mutter soll Krebs kriegen, wenns nicht stimmt. Ich hatte nichts damit zu tun. Ganz ehrlich, Steve. Könnt … kannst du ihnen das nicht sagen? Ich weiß, wie es aussieht. Ich weiß. Aber ganz ehrlich, Steve, ich wars nicht.«

»Er wars nicht«, sagte Barry. »War es das, was du ihn fragen wolltest, Steve?«

»Ja«, sagte Steve.

»Genau, das wars, worüber wir mit dir reden sollen, Markie«, sagte Barry.

»Ja«, sagte Steve. »Du hattest also nichts mit der Sache zu tun?«

»Steve«, sagte Trattman.

»Mit welcher Sache eigentlich, Markie?« fragte Steve.

»Steve«, sagte Trattman. Seine Stimme brach. »Hab ich dich je angelogen? Hab ich dir je einen Scheiß erzählt?«

»Jetzt?« fragte Barry.

»Ja«, sagte Steve.

Barry machte zwei Schritte auf Trattman zu und holte mit

der rechten Faust aus, als wollte er einen Baseball werfen. Trattman riss die Hände hoch, um sein Gesicht zu schützen. Barry schwang die Faust und schlug Trattman, dessen Oberkörper zurückzuckte, in den Unterleib. Als die Faust ihn traf, hielt Trattman in der Bewegung inne und beugte sich rasch vornüber. Er ließ die Hände sinken. Er riss den Mund auf. Sein Blick wurde starr. Er atmete stöhnend aus. Er presste die Hände an den Unterleib. Er krümmte sich zusammen.

Barry trat einen halben Meter zurück, machte mit dem linken Bein einen Schritt vorwärts und riss das rechte Knie hoch. Es traf Trattmans Mund. Etwas krachte. Trattmans Kopf klappte nach hinten. Sein noch immer zusammengekrümmter Körper sackte nach links.

Barry packte die Aufschläge seines Mantels und zog ihn hoch. Er lehnte Trattman an den Wagen. Trattman ließ den Kopf hängen. Er weinte und spuckte Blut und rosarote Hautfetzen aus. Er hob den Kopf. Seine Augen waren geschlossen, und Mund und Nase waren eingedrückt und blutig. Auf seinem Mantel waren Blut und Schleim.

»Was war das noch, womit du nichts zu tun hast, Markie?« fragte Steve.

Trattman wandte den Kopf nach links und rechts. Er streckte die Zunge heraus, zog sie wieder ein und fuhr sich damit über die Lippen. Er senkte den Kopf und spuckte Blut und Hautfetzen auf den Asphalt des Parkplatzes.

»Er sagt nichts«, sagte Barry.

»Vielleicht ist keiner zu Hause«, sagte Steve.

»Lieber noch mal klopfen«, sagte Barry. »Sicher ist sicher.«

»Ja«, sagte Steve.

»*Nein*«, sagte Trattman mit hoher Stimme. Es klang wie »Meim«.

»Halts Maul, du Arsch«, sagte Barry und schlug ihm mit voller Wucht zweimal in die Magengrube. Beim ersten Schlag krümmte Trattman sich wieder zusammen, beim zweiten stieß er ein lautes Keuchen aus. Steve und Barry traten rasch zwei Schritte zurück. Trattman fiel vornüber auf den Asphalt und spuckte halb verdautes Steak, Salat und Blut. Er lag, den Kopf nach rechts gewendet, auf dem Bauch und atmete vernehmlich.

»Was meinst du, Steve?« sagte Barry. »Wars das schon?«

»Warte lieber noch ein bisschen, vielleicht kommt da noch was«, sagte Steve.

Mit geschlossenen Augen spuckte Trattman noch mehr Erbrochenes, Blut und Hautfetzen aus. Es rann an seiner Wange hinab auf den Boden.

»Probiers jetzt noch mal«, sagte Steve.

Barry trat einen Schritt vor, packte Trattman am Kragen und lehnte ihn an den Wagen. Trattmans Kopf sank nach links. Seine Augen waren noch immer geschlossen.

»Wer waren diese beiden Jüngelchen, Markie?« fragte Steve.

Trattman würgte und blutete aus Mund und Nase. Er hob die rechte Hand vorsichtig an sein Gesicht und strich mit den Fingerspitzen darüber. Dann schüttelte er langsam den Kopf.

»Ich hör nichts, Markie«, sagte Steve. »Wer waren diese Jüngelchen?«

Trattman betastete das verquollene Fleisch rings um seinen Mund. Er seufzte. Tränen quollen aus seinen geschlossenen Augen. Er schüttelte langsam den Kopf. »Ich…« sagte er. »Sie … Ich hab nicht …«

»Er sagt noch immer, er weiß von nichts«, sagte Barry.

»Ja«, sagte Steve. »Was soll man davon halten?«

»Glaubst du, es stimmt?« fragte Barry.

»Tja«, sagte Steve, »vielleicht weiß er wirklich von nichts.«

»Ja«, sagte Barry, »aber bei manchen Leuten weiß man nie.«

»Ich weiß«, sagte Steve. »Ich hab mal von einem gehört, der wurde gefragt, ob er ein paar Leute kennt, und er hat Nein gesagt. Aber soll ich dir was sagen? Er kannte sie eben doch.«

»Soll ich ihn noch mal fragen?« sagte Barry.

»Ja«, sagte Steve.

Trattman schrie leise, ohne die blutigen Lippen zu bewegen.

»Such dir eine Stelle aus, wo du nicht ganz vollgespritzt wirst«, sagte Steve.

Trattman stöhnte. Sein Kopf kippte nach rechts. Er öffnete die Augen, als Barry einen Schritt vortrat. Er sah, wie Barry die rechte Faust zur linken Schulter führte, schloss schnell die Augen und bewegte den Kopf nach links. Barrys Faust beschrieb einen flachen Bogen. Sein Handrücken traf Trattmans rechtes Kiefergelenk. Der Knochen brach, und Trattmans Kopf ruckte nach links. Sein Oberkörper streckte sich und sackte zur Seite. Sein Hinterkopf schlug gegen den linken hinteren Kotflügel des LTD. Er schlug auf dem Boden auf und blieb, das Gesicht zum Himmel gewandt, auf der linken Seite liegen. Seine Lider öffneten sich flatternd und schlossen sich dann. Er würgte leise an etwas Feuchtem in der Kehle.

Steve ging zu ihm und beugte sich über ihn. »Markie«, sagte er leise, »bist du ganz sicher?«

Trattman stöhnte. Sein Kopf bewegte sich.

»Wegen diesen Jüngelchen«, sagte Steve. »Deswegen sollen wir nämlich mit dir reden, Markie. Bist du sicher, dass du nicht weißt, wer die sind? Bist du ganz sicher?«

Wieder bewegte Trattman den Kopf.

»Weil *ich* nämlich sicher sein muss«, sagte Steve. »Ich muss ganz sicher sein, Markie, darauf läufts raus. Ich fände es sehr schade, wenns die ganze Nacht dauert, bis Barry und ich ganz sicher sind. Und für dich wärs eine verdammt lange Nacht, Markie.«

Trattman spuckte plötzlich etwas Blut und Gewebe aus. Etwas davon spritzte auf Steves Schuhe und seine weiten Hosenbeine.

»Du Wichser«, sagte Steve. Er wich einen Schritt zurück. Dann trat er Trattman kurz über dem Gürtel in die linke Seite. Rippen krachten. Steve verdrehte den Fuß und wischte seinen Schuh an Trattmans Mantel ab. Trattman keuchte, stöhnte und seufzte. »Du Arschgesicht«, sagte Steve. Er tat einen Schritt zurück.

»Was meinst du, Steve?« fragte Barry.

»Steig ein«, sagte Steve. »Ich hätte Lust, ihn zu überfahren.«

Als der LTD sich in Bewegung setzte, tauchten die Rücklichter Trattman in rotes Licht. In Nebel und Dunkelheit lag er keuchend da und stöhnte von Zeit zu Zeit. Dann verlor er das Bewusstsein.

Der LTD verließ den Parkplatz über die Ausfahrt zum Hammond Pond Parkway.

Als sie auf der Route 9 in Richtung Osten fuhren, sagte Barry: »Ich hab mir wieder die Hand verletzt. Passiert mir jedes Mal.«

»Gib ihr einen Kuss, dann tuts gleich nicht mehr weh«, sagte Steve. »Das geht vorbei. Aber dieser verdammte Cogan – der muss die Sachen bezahlen, die dieser Schwanzlutscher mir ruiniert hat.«

»Meinst du, wir sollten den Wagen waschen lassen?« fragte Barry.

»Hab ich vor«, sagte Steve. »Sicher ist sicher. Ich setz dich ab, und du nimmst die Kanone, okay? In Watertown gibts eine Bar, die die ganze Nacht geöffnet ist. Da fahre ich hin.«

»Und was machst du dann?« fragte Barry.

»Geht dich einen Scheißdreck an«, sagte Steve. »Warum? Willst du mitkommen?«

»Ich werd sowieso nicht schlafen können«, sagte Barry. »Ich muss mich immer erst mal abregen.«

»Dann sag Ginny, du willst kein Bier«, sagte Steve. »Sag ihr, du willst warme Milch und so.«

»Ach, leck mich doch«, sagte Barry. »Aber was meinst du – was ist mit dem Typen? Weiß er was?«

»Über den hab ich keine Meinung«, sagte Steve. »Wer will an so ein Arschgesicht einen Gedanken verschwenden?«

»Na ja«, sagte Barry. »Ich meine, ich hab ihn sauber bearbeitet.«

»Wahrscheinlich«, sagte Steve. »Wahrscheinlich weiß er was.«

»Dann hat er aber gut dichtgehalten«, sagte Barry. »Wenn er was weiß, meine ich.«

»Das muss er auch«, sagte Steve. »Er weiß ja, was passiert wäre, wenn er nicht dichtgehalten hätte. Er weiß es.«

7

Frankie parkte das dunkelgrüne GTO Cabrio vor Amatos Fahrschule und stieg aus. Er trug Stiefel, eine hellbraune Cordjeans mit Schlag, einen weißen Rollkragenpullover und eine doppelt gestrickte graue Jacke. Er schloss den Wagen ab und ging hinein.

»Also«, sagte Amato, »du hast schon noch ein ganzes Stück vor dir, aber du siehst wenigstens ein bisschen besser aus. Die Haare sind viel besser. Du hast nur zu viel Spray drauf.«

»Ich tu kein Spray drauf«, sagte Frankie, »ich bin ja kein Scheißschwuler. Das ist Gel. Der Typ, ders mir geschnitten hat, hat es mir gegeben.«

»Dann solltest du den Friseur wechseln«, sagte Amato. »Und wie ich sehe, hast du inzwischen auch einen fahrbaren Untersatz.«

»Ich hab noch nie sehr auf Busse gestanden«, sagte Frankie.

»Was hat er gekostet?« fragte Amato.

»Achtzehnhundert«, sagte Frankie. »Plus die Scheißumsatzsteuer natürlich. Er ist ziemlich gut in Schuss.«

»Dann läufts jetzt also besser«, sagte Amato.

»Viel besser«, sagte Frankie. »Gestern Abend war ich mit einer Braut unterwegs, und ich hatte was, wo ich sie hinbringen konnte, und einen Wagen, in dem ich sie dahin bringen konnte. Und außerdem hatte ich einen kleinen Streit mit dem Typen von der Bewährung. Der konnte nicht verstehen, warum ich meinen Führerschein so schnell wiederhaben will. Also musste ich meinem Schwager Bescheid sagen, als ich da war und meinen Kram geholt hab. ›Übrigens, falls jemand fragt: Du hast mir das Geld geliehen, okay?‹ Dean ist in Ordnung. Er sieht sich die Karre an und sagt: ›Ich stelle keine Fragen, überhaupt nicht. Aber ich hab das Gefühl, dass du im Moment besser bei Kasse bist als ich.‹ Ja, alles ist gut. Ich war bei der Bewährung, und der Typ sieht mich an und sagt: ›Schöne Klamotten‹, und ich sage: ›Letztes Mal, als ich hier war, haben Sie mich beäugt, als wär ich ein Penner – ich hatte schon Angst, Sie würden mir einen Fußtritt verpassen. Also bin ich in der Familie herumgegangen und hab mir Geld geliehen, damit ich nicht mehr aussehe wie einer, der von einem Hühnerlaster gefallen ist, und jetzt passt Ihnen das auch wieder nicht.‹ Ja, alles prima.«

»Wo wohnst du jetzt?« fragte Amato.

»In Norwood«, sagte Frankie. »Ist bloß ein möbliertes Apartment. Direkt an der Route 1. Aber das mit dem Lärm ist nicht so schlimm. Der Lärm ist ja draußen.«

»Warum bist du denn da rausgezogen?« sagte Amato. »Ein Typ wie du bleibt in Boston, hätte ich gedacht. So würde ich es jedenfalls machen.«

»Da draußen ist es ein bisschen billiger«, sagte Frankie. »Und in der Stadt gibts im Augenblick zu viele Leute, die mich kennen. Meinen Schwager zum Beispiel. Wenn ich eine Wohnung in Boston hätte, würde er andauernd vorbeikommen und sie benutzen wollen, und dann würde Sandy sauer auf mich werden. Also hab ich nachgedacht und bin darauf gekommen, dass ich hier wahrscheinlich mehr Ärger hab als woanders. Der Typ von der Bewährung war auch gleich ganz aufgeregt. ›Was wollen Sie denn in Norwood? Was machen Sie da draußen?‹ Also hab ich ihm gesagt: ›Ein Typ, den ich kenne, hat einen Job für mich – was sagen Sie jetzt? Ich kümmere mich um das

Haus, und dafür zahle ich weniger Miete und so und hab trotzdem genug Zeit für einen zweiten Job, damit ich nicht in Schwierigkeiten komme.‹«

»Die werden das überprüfen«, sagte Amato. »So was machen die, darauf kannst du dich verlassen.«

»Sollen sie ruhig«, sagte Frankie. »Sollen sie den Typen ruhig anrufen – der wird ihnen genau dasselbe sagen. Ich bin der neue Haustechniker der Hes-Lee-Apartments.«

»Hausmeister«, sagte Amato.

»Hausmeister«, sagte Frankie.

»Was springt dabei raus?« fragte Amato.

»Fünfzig, sechzig die Woche«, sagte Frankie. »Aber ich glaube, ich werde nicht so oft hingehen und mir das Geld abholen. Die Leute da … also, ich hab denen gesagt, dass ich gerade aus dem Knast komme, und schon bin ich drinnen beim großen Boss, einem riesengroßen dicken Juden. Es war seine Idee.«

»Der bescheißt das Finanzamt«, sagte Amato.

»Ja«, sagte Frankie, »oder er hat irgendwo eine Geliebte oder so. Ich weiß nicht. Ist mir auch egal.«

»Und?« sagte Amato. »Was hast du jetzt vor?«

»Tja«, sagte Frankie, »das ist einer der Gründe, warum ich in die Stadt gefahren bin. Ich wollte mal mit dir reden. Ich hab über ein paar Sachen nachgedacht und mit Russell geredet, und der hat auch über ein paar Sachen nachgedacht, aber ich wollte erst was Neues anfangen, wenn klar ist, dass die andere Sache sich gut entwickelt. Und nach dem, was ich so höre, tut sie das. Also bin ich hergekommen.«

»Sie haben Trattman in die Mangel genommen«, sagte Amato.

»Das meine ich ja«, sagte Frankie. »Und ich hab mich gefragt, ob du vielleicht noch was anderes vorhast.«

»Nein«, sagte Amato. »Echt nicht. Und weißt du, wieso ich da so sicher bin? Ich schaue jeden Morgen im Square vorbei. Ich geh rein, kauf mir eine Zeitung, sehe ein paar Leute und höre, was so läuft. Das hab ich schon immer gemacht, und kaum war ich aus dem Knast, da hab ich es wieder gemacht. Ich bin wie einer von diesen alten Knackern, die jeden Morgen als Erstes in die Bar gehen und sich einen Kaffee und ein Anisbrötchen bestellen. Nur dass ich keinen Kaffee oder so will, sondern die Zeitung. Ist so eine Gewohnheit. Das mache ich schon sehr lange so, und jeden Freitagmorgen sehe ich den Wagen von Brink's, wenn sie das Geld für die Armstrong-Fabrik einladen. Seit ich so was wie fünfzehn war. Das hab ich schon gemacht, als ich noch zur Schule gegangen bin. Damals hab ich wie ein Verrückter auf Hunde gewettet.«

»Aha«, sagte Frankie.

»Jedenfalls«, sagte Amato, »das ist der Grund, warum ich mir so sicher bin, dass ich nichts vorhabe. Denn wenn ich anfange, darüber nachzudenken, denke ich nur noch daran. Oder an die Würfelbude.«

»Geht mir genauso«, sagte Frankie. »Aber ich persönlich glaube nicht, dass irgendwer auch nur an Billy's Fish vorbeikommt, bevor die Jungs ihn zerlegen. Und diese Gasse, die ist verdammt schmal. Ich würde sagen, nicht mehr als einen Meter breit.«

»Du hast dich noch mal da umgesehen, stimmts?« sagte Amato.

»Ich war vorgestern Nacht da«, sagte Frankie. »Ich hatte das mit Trattman gehört. Ich möchte ja nicht in seiner Haut stecken oder so, aber mir tuts auch nicht direkt leid. Ist genau so gekommen, wie du gesagt hast. Aber ich kann jetzt nicht einfach nur rumhängen, ich muss mir was einfallen lassen. Ich hab nachgedacht. Ein Grund, warum Leute wieder in den Knast kommen, ist: Sie machen was, sie planen es richtig gut, sie ziehen es durch, und es funktioniert. Und dann hängen sie rum. Und dann geht ihnen das Geld aus. Und dann müssen sie was machen, aber schnell. Also machen sie was, schnell. Und dann werden sie geschnappt und sind wieder im Bau. Ich will das nicht. Ich geh nicht wieder in den Bau.

Ich fang also an nachzudenken«, sagte Frankie. »›Bei dieser anderen Sache hatte John recht. Und ich bin gerade in der Stadt – mal sehen, vielleicht hat er bei dieser hier auch recht.‹ Also bin ich hingegangen und habs mir angesehen. Es war natürlich … Ich glaub, es war Dienstag oder so, und da stand natürlich keiner herum und hat die Augen offengehalten. Das wäre also schon mal anders. Aber ich glaube immer noch, dass das eigentlich keine Rolle spielt. Ich glaube immer noch, dass man da nicht drankommt.«

»Wahrscheinlich hast du recht«, sagte Amato. »Noch so eine Angewohnheit von mir. Na ja, immerhin *weiß* ich, dass ich sie hab. Wenn mir gar nichts anderes einfällt, fange ich immer an, entweder über die Würfelbude oder das Brink's-Ding nachzudenken. Ich würde das wirklich gern machen. Sieht fast so aus, als müsste man bloß zugreifen – aber das täuscht. Bei beiden. Und bei beiden ist natürlich jede Menge Geld zu holen. Und das kann ich immer gebrauchen.«

»Du bist immer noch in den Miesen?« fragte Frankie.

»Frank«, sagte Amato, »ich bin nie aus den Miesen rausgekommen. Ich weiß auch nicht, was los ist, dabei bin ich doch nicht blöd. Ich glaube, das letzte gute Jahr war … weißt du, wann das war? Ich hab drüber nachgedacht. Neunzehnhundertzweiundsechzig – kannst du dir das vorstellen? Dreiundsechzig hab ich nichts verdient, da konnte ich von Glück sagen, dass ich mit plus/minus Null rauskam. Und als wir damals die Sache gedreht haben, stand mir das Wasser bis zum Hals. Darum hab ichs ja gemacht, Herrgott. Deswegen hab ich ja überhaupt angefangen, darüber nachzudenken.«

»Ungefähr so was hatte ich mir vorgestellt«, sagte Frankie. »Dass wir so was einfach noch mal woanders durchziehen.«

»Ach, Frank«, sagte Amato, »ich weiß nicht. Diese Jungs, die sich neulich das Ding am South Shore vorgenommen haben. Ein paar kleine Scheißer, ich weiß nicht, wer sie waren. Ungefähr sechs Bullen sind hier vor meinem Geschäft auf und ab gegangen und haben darauf gewartet, dass mich einer besucht. Bei allem, was läuft, werden die jetzt an uns denken.«

»Sollen sie doch«, sagte Frankie. »Ich hab nachgedacht, warum sie uns damals drangekriegt haben. Das lag an Mattie.«

»Stimmt«, sagte Amato.

»Wenn wir statt Mattie einen gehabt hätten, der sich nicht gleich in die Hose scheißt, wenn ihn einer nach seinem Namen oder so fragt«, sagte Frankie, »dann hätten wir überhaupt keine Probleme gehabt.«

»Stimmt«, sagte Amato. »Scheiße, bei der ersten Sache damals war sogar der Doctor noch okay. Aber wahrscheinlich hat er bloß eine Windel getragen.«

»Na gut«, sagte Frankie. »Und das andere war: Wir hatten wahrscheinlich zu viele Leute. Das ist noch was, über das ich nachgedacht hab. Ich glaube, zwei Mann reichen, um die eigentliche Arbeit zu erledigen. Einer peilt das Ding aus, und die beiden anderen, die nie auch nur in der *Nähe* gewesen sind, ziehen es durch, und wenn man sich auf diese drei Leute beschränkt, dann müsste mans eigentlich schaffen, die richtigen Leute zu finden, meinst du nicht?«

»Hier ist das nicht zu machen«, sagte Amato.

»Ich hab auch nicht an hier gedacht«, sagte Frankie. »Eher an Taunton oder so. Was meinst du?«

»Zu schwierig«, sagte Amato. »Ich kann nicht so oft da runterfahren. Herrgott, wenn ich mir mal freinehme und zur Zulassungsstelle gehe, um irgendeinen Scheiß zu erledigen, der eigentlich in zehn Minuten erledigt sein sollte, muss ich mich mit einem Haufen verdammter Idioten herumschlagen, die keine Manieren haben, und es dauert den halben Tag. Soll ich dir was sagen? Ich will mich ja gar nicht beschweren. Da lässt sich einer in irgendein Amt wählen, weil seine Familie aus Idioten besteht, die nicht mal als Müllmänner arbeiten können. Okay, von mir aus. Obwohls mir lieber wär, sie würden was tun, als auf der faulen Haut herumzuliegen und sich mit Sozialgeld von uns durchziehen zu lassen. Aber diese Leute, die haben keine *Manieren.* Soll ich dir sagen, was die sind? Ich sag dir, was die sind. Denen ist alles scheißegal. Du hast natürlich nichts anderes zu tun, als dir die Beine in den Bauch zu stehen, und die, die sitzen da herum, diese Schlampen mit ihren großen Titten und so, und dann ist es halb fünf, und sie sitzen da und telefonieren mit ihren Freunden und malen sich schon mal aus, wie sie es nachher in der Badewanne treiben werden, und dann ist es fünf, und sie legen auf, damit er schon mal das Wasser einlaufen lassen kann, und sagen dir, du sollst morgen wiederkommen. Mit anderen Worten: Leck mich am Arsch.

Und hier hab ich dasselbe Problem. Niemand rührt einen Finger. Ich gehe zur Zulassungsstelle, stehe die ganze Zeit da herum und verplempere den Tag, und dann komme ich zurück, und glaubst du, irgendwer hätte irgendwas erledigt? Irrtum. Die sitzen da, drehen Däumchen, telefonieren und erzählen sich was. Alle außer Connie. Connie ist was anderes, das muss ich ihr lassen. Sie hat getan, was sie konnte. Als ich rauskam, lief der Laden noch – damit hatte ich gar nicht gerechnet. Aber jetzt läuft er eben nur so lala. Die Schnepfen, die sie eingestellt hat, tun nur was, wenn man sie scharf im Auge behält. Sobald die rauskriegen, dass du für den Rest des Tages nicht da sein wirst, legen sie die Beine hoch. Es ist zum Kotzen.

Letzten Monat hat es eine Woche gedauert, bis die Rechnungen draußen waren. Und zweieinhalb Wochen, mindestens, bis unsere Rechnungen bezahlt waren. Auf einmal kriege ich einen Anruf: ›Äh, Mr. Amato, wegen Ihrer Bestellung …‹ Und dann redet der Typ von den drei neuen Getrieben, die er eingebaut hat, und diversen Inspektionen, und außerdem schulde ich ihm drei Reifen, die er wechseln musste, weil einer von meinen besten Kunden noch nicht gemerkt hat, dass es Bordsteine gibt. Alles in allem kriegt der Typ rund achthundert Dollar von mir, und er hätte nichts dagegen, das Geld bald zu sehen.

Also gehe ich in die Buchhaltung, und da sitzt diese Schnepfe, lackiert sich die Nägel und telefoniert mit ihrem Stecher. Ich warte. Scheiße, ich bezahl sie ja nur. Kein Grund, dass sie aufhört, mit ihm darüber zu quatschen, wie sie es nach Feierabend treiben werden, und es macht auch gar nichts, dass noch längst nicht Feierabend ist und ich sie noch immer bezahle. Nein, natürlich nicht. Schließlich ist sie fertig. Ich sage ihr, dass das so nicht geht. Wenn wir mal einen Abschleppwagen brauchen, wird der Typ keinen schicken. ›Mister *Amato*‹, sagt sie, ›ich hab einfach keine *Zeit* gehabt. Ich weiß gar nicht, wo mir der *Kopf* steht.‹ Gott im Himmel, und dafür zahle ich ihr hundertfünfunddreißig die Woche.«

»Ist das die mit dem netten Hintern?« fragte Frankie.

»Ja«, sagte Amato. »Wenn ich nicht aufpasse, lande ich wegen der noch vor Gericht, und dann werde ich reichlich dämlich aussehen, wenn ich dem Richter erzähle, dass ich das Geld zwar habe, aber diese Braut nicht dazu bringen kann, den Hörer aufzulegen und einen Scheck auszustellen.«

»Wie ist sie eigentlich?« fragte Frankie.

Amato antwortete nicht gleich. Dann sagte er: »Na ja, ganz okay. Aber Herrgott, ich meine, die Arbeit muss doch trotzdem erledigt werden, verdammt.«

»Du lernst es einfach nicht«, sagte Frankie und grinste. »Ich wette, als du klein warst, hat es ungefähr acht Jahre gedauert, bis du gelernt hast, dir nicht mehr in die Hose zu scheißen.«

»Ich weiß«, sagte Amato. »Aber trotzdem kann ich nicht jeden Tag nach Taunton oder so fahren. Ich muss diesen Laden am Laufen halten, selbst wenn ich dann zu nichts anderem mehr komme, verstehst du?«

»Jeden Tag würde heißen, du gehst da rein, wenn sie geöffnet haben.«

»Willst du vielleicht durchs Dach einsteigen?« sagte Amato.

»Ja«, sagte Frankie. »So ein schöner Sonntagabendjob. Durch die Rückwand oder so. Zwei Leute, die wissen, wo alles ist, und einer, der sich mal da umsieht und einen kleinen Lageplan zeichnet – das müsste eigentlich reichen. Wenn man drin ist, weiß man schon, was zu tun ist. Man muss nur wissen, wo das Zeug ist.«

»Man müsste einen haben, der sich mit Alarmanlagen und so auskennt«, sagte Amato. »Hat dein Hundeknutscher Ahnung von so was?«

»Ich hab dabei nicht an Russell gedacht«, sagte Frankie. »Wenn ich einfach da reinmarschieren würde, wär Russell vielleicht der Richtige. Aber der ist sowieso nicht da. Er und der Typ, der mit ihm Hunde geklaut hat, sind weg. Ich weiß nicht, ob er zurückkommt, und wenn, dann macht er wahrscheinlich sowieso nicht mit. Er will lieber dealen.«

»Was hat er denn?« fragte Amato.

»Ich hab ihn nicht gefragt«, sagte Frankie. »Koks, glaube ich.«

»Dann wird er ja bald im Geld schwimmen«, sagte Amato.

»Kann sein«, sagte Frankie. »Kann aber genauso gut sein, dass er gepackt wird, kaum dass er es in den Fingern hat, und dann kriegt er zwanzig Jahre. Das Zeug ist gefährlich. Im Augenblick ist nichts zu kriegen. Alle wollen was haben, aber die Hälfte von denen ist vom Dezernat. Ich hab von ein paar Typen gehört, die von irgendeinem Flughafen in Pawtucket sechzigtausend Methedrintabletten abgezogen haben, und dann sind sie hergekommen, richtig harte Burschen, und zehn von diesen Junkies haben ihnen die ganze Ladung abgeknöpft. Und auf Dealer sind die Bullen viel schärfer als auf irgendwelche Scheißnigger mit Revolvern und Schrotflinten. Russell hat Eier, das ist wahr, aber er hat mich nicht gefragt, und der Typ, mit dem er die Hunde geklaut hat, ist wohl auch nicht mit dabei. Ich glaube, er will das allein machen, und das ist bei solchen Geschäften eine ganz schlechte Idee. Nein, ich hatte an Dean gedacht, meinen Schwager. In der Army war er bei der Fernmeldetruppe, und er spielt heute noch die ganze Zeit mit diesem Kram herum.«

»Mit Alarmanlagen?« sagte Amato. »Ich denke, der Typ arbeitet in einer Tankstelle.«

»Tut er auch«, sagte Frankie. »Aber er hat am Küchentisch so einen Quadraphonieapparat zusammengebaut, und weißt du, was er gesagt hat, als er meinen Wagen gesehen hat? ›Wenn ich mal ein bisschen Geld hätte, würde ich mir einen Farbfernseher bauen.‹ Es ist im Grunde alles dasselbe, verstehst du? Alles nur Schaltkreise und so, und damit kennt er sich aus.«

»Und du meinst, er würde mitmachen?« sagte Amato.

»Das weiß ich erst, wenn ich ihn gefragt habe«, sagte Frankie. »Ich wollte erst mit dir reden und mal hören, was du dazu sagst. Ich kann den Laden nicht so gut auskundschaften wie du. Ich kann da einsteigen, aber dazu brauche ich einen Lageplan. Ich hab für solche Sachen nicht so ein gutes Auge wie du. Darum wollte ich erst mal mit dir reden. Bevor ich ihn frage. Aber ich glaube, er würde mitmachen.«

»Hat er schon mal was gemacht?« fragte Amato.

»Ich glaube, er hat ein paar Leuten, die Wagen gekauft haben, ein paar Gefallen getan«, sagte Frankie. »Und er hat mir gesagt, wenn bei meinem mal was gemacht werden muss, kriege ich die Teile umsonst. Er braucht Geld.«

»Muss es denn Taunton sein?« sagte Amato.

»Scheiße, nein«, sagte Frankie. »Das hab ich bloß gesagt, weil sich alle hier so sehr dafür interessieren, was wir so machen. Ich hab an nichts Bestimmtes gedacht. Ich will bloß, dass man leicht reinkommt, vielleicht am besten eins von diesen Plastikdingern, die sie jetzt aufstellen. Und ein bisschen Geld soll drin sein. Und es wäre schön, wenn noch ein paar andere Sachen drum herumstehen, damit man nicht so leicht bemerkt wird, wenn man drin ist.«

»Ich war neulich mit Connie im Kino«, sagte Amato, »in so einem Scheißkino drüben in Brockton, in dem Einkaufszentrum. Ich weiß nicht, wie es heißt. Eingeschossig.«

»Wie wärs«, sagte Frankie, »wenn du dir das noch mal ansiehst? Ich fahr auch mal da vorbei, und wenn wir finden, es passt, fangen wir an, uns Gedanken zu machen.«

»Okay«, sagte Amato. »Langsam gefällt mir die Sache. Und das Komische ist: Es ist wie beim letzten Mal. Man hat gleich ein gutes Gefühl.«

8

»Er ist ein Arsch«, sagte Cogan. Er saß in dem silbergrauen Toronado, der hinter dem Cronin's in Cambridge auf dem MBTA-Parkplatz stand. »Ein Arsch, der tut, als wäre er ein Zocker. Er hält sich für einen Zocker, aber in Wirklichkeit ist er bloß ein Wichser. Er spielt nicht, er *wettet* immer auf irgendwas. Der Wichser des Jahres.«

»Ich geh selbst ganz gern mal auf die Rennbahn«, sagte der Fahrer. »Die Saisoneröffnung in Lincoln hab ich seit Jahren nicht verpasst.«

»Ich auch nicht«, sagte Cogan. »Ich geh immer noch gern hin. Auch wenn ich jedes Mal verliere.«

»Ich verliere nicht«, sagte der Fahrer. »Ich setze natürlich auch nicht sehr viel, aber ich hab schon drei-, vierhundert Dollar an einem Nachmittag gewonnen, und wenn ich verliere, dann nur selten mehr als zwanzig, dreißig Dollar. Und ich hab Spaß dabei.«

»Es macht ja auch Spaß«, sagte Cogan. »Es springt für einen nicht so viel dabei raus wie für die Buchmacher, aber es macht Spaß. Ich geh hin, weil andere auch hingehen. Man hat Spaß, man kommt an die frische Luft und trifft ein paar Leute, und vielleicht gewinnt man sogar. Und wenn man verliert, macht es auch nichts.

Squirrel«, sagte Cogan, »ist da anders. Er geht nie auf die Rennbahn, er geht nie zu irgendwelchen Wettkämpfen oder so – er wettet nur darauf. Und zwar nicht, weil er was gehört hat und sich dafür interessiert und denkt, dass er einen sicheren Tipp hat. Nein, er wettet, weil er immer irgendwas am Laufen haben muss – als könnte er ohne das nicht leben. Er denkt, er gewinnt. Er wettet und denkt, er gewinnt.«

»Manche gewinnen ja auch«, sagte der Fahrer.

»Ich weiß«, sagte Cogan. »Manche geben einem Gaul was und gewinnen. Und manche geben allen anderen Gäulen was und gewinnen. Und manche, vielleicht zwei oder drei, was weiß ich, verbringen ihr ganzes Leben damit, Gäulen was zu geben, und gewinnen. Außer wenn andere den Gäulen was geben und gewinnen. Dann verlieren sie. Aber mit Stil. Die schreiben es ab. Squirrel nicht. Er verliert, obwohl er den ganzen Vormittag am Telefon gehangen hat, und am nächsten Tag hängt er wieder am Telefon und verliert wieder. Und darum muss er sich dann ziemlich bald was einfallen lassen, bei dem, was für ihn rausspringt, und dann passiert so was. Kennst du Mitch?«

»So aus dem Stand nein«, sagte der Fahrer. »Nie gehört, den Namen.«

»Mitch ist in Ordnung«, sagte Cogan. »Ich kenne ihn. Er ist ein richtiger Gentleman. Ich war dabei, als er bei einem einzigen Rennen einen Riesen verloren hat. Und er ist ungefähr, ich weiß nicht, so in den Fünfzigern. Er und Dillon haben viel zusammen herumgehangen. Ich hab Mitch durch Dillon kennengelernt. Und Mitch kommt zurecht, aber er ist auch nicht reicher als irgendein anderer. Er ist aus New York. Und er geht hin und setzt im nächsten Rennen wieder einen Tausender. Ich seh ihn, er verliert den Tausender auch noch, und dann verdoppelt er den Einsatz und verliert noch mal. Mitch kann ziemlich schnell ziemlich viel Geld loswerden. Aber das macht ihm eben Spaß. Und wenn es dann Abend wird und du suchst einen, mit dem du durch die Bars ziehen kannst, gibts keinen netteren Kerl als Mitch. Wenn das Geld alle ist – okay, geht er eben nach Hause. Um Mitch braucht man sich keine Sorgen zu machen. Und dann sieht man ihn ein Jahr lang nicht mehr am Wettschalter.

Letzten Winter war ich in Florida. Das mache ich dieses Jahr wieder. Hialeah. Mitch war auch da. Er hat gegenüber von dem Haus gewohnt, in dem die beiden Typen waren, die jetzt mit Lansky aufgeflogen sind. Ich hab Mitch auf der Rennbahn getroffen. Ich frage ihn, ob er einen Tipp hat. Klar hat er Tipps, aber er sagt: ›Du kennst mich ja, Jackie – wenn es Leute wie mich nicht gäbe, müsste irgendjemand Verlierer erfinden, sonst könnten die Rennbahnen dichtmachen.‹ Er kennt jeden – die Jockeys, die Stallburschen, jeden. ›Alle reden mit mir‹, sagt er, ›und ich höre gut zu und lass mir Tipps geben und verliere jedes Mal. Bei Pferderennen hab ich immer Pech. Wenn du willst, kannst du was davon abhaben. Wenn ich mal Krebs kriege, ruf mich an, dann kannst du davon auch was haben. Und blöd, wie du bist, würdest du es wahrscheinlich glatt annehmen.‹ Ich setze auf seinen Tipp, und wir verlieren. Abends gehen wir aus. Jeder andere wäre mies drauf – aber nicht Mitch. Er ist einfach ein guter Typ. ›Ich mach das schon lange so‹, sagt er. ›Ist ja nicht so, dass ich nicht weiß, was mich erwartet.‹

Aber Squirrel ist da anders, der kann das nicht. Er verliert und kann sichs nicht leisten zu verlieren, und dann wird er ganz fickrig. Er wird nervös. Er läuft herum. Er will dies tun, er will das tun. Weißt du, was er gemacht hat? Als er im Knast war, hat er seiner Frau gesagt, worauf sie setzen soll. Hab ich gehört. Und weißt du noch, das Freundschaftsspiel gegen die Broons? Orr war am Knie verletzt, und sie hatten Cheevers ziehen lassen, keiner hat auch nur versucht, ihn zu halten, die ganze Mannschaft war in Auflösung, keiner hat einen Scheiß auf diese Freundschaftsspiele gegeben, aber er hat darauf gewettet. Er hat einen gut gehenden Laden. Ich hab Dillon gefragt, und der sagt, der Typ macht zwanzig-, dreißigtausend im Jahr. Es gibt immer welche, die Autofahren lernen wollen. Aber das reicht ihm nicht. Er ist ein Arsch.«

»Kommt mit dreißigtausend nicht über die Runden«, sagte der Fahrer.

»Mein Freund«, sagte Cogan, »Squirrel würde auch mit zehn Millionen nicht über die Runden kommen. Wenn er die hätte, würde er sie verwetten.«

»Tja«, sagte der Fahrer, »zu schade, dass er bei der Pokerrunde verloren hat.«

»Hat er ja nicht«, sagte Cogan. »Er hat gewonnen. Er war nur zweimal da. Wenn er ein bisschen Grips hätte, wäre er wieder hingegangen. Er war der Einzige da, der auch nur den Hauch von Ahnung hatte. Die anderen waren noch bescheuerter als er. Nein, die beiden Male, die er da war, hat er tatsächlich gewonnen. Jedes Mal so um die achthundert, tausend. Was für ihn natürlich gerade mal die Fahrtkosten sind.

Ein Typ, den ich kenne, hat mir erzählt, Johnny Amato hat allein letzte Woche achttausend Dollar verloren. Beim Basketball. Der hat nicht mal den Spielplan kapiert. ›Ich liebe diesen Typen‹, sagt er. ›Er denkt, wenn man verliert, dann nicht, weil man idiotisch gewettet hat und wahrscheinlich besser zu Hause geblieben wäre. Nein, er denkt, das liegt am Glück. Und das hat er eben nicht. Der Typ würde sogar darauf wetten, dass die Sonne morgen früh nicht aufgeht, wenn ihm einer den todsicheren Tipp geben würde.‹ Als er im Knast war … Du weißt, dass er praktisch gerade erst wieder raus ist, oder?«

»Warum war er drin?« fragte der Fahrer.

»Banküberfall«, sagte Cogan. »Genau wie jetzt: Er hat dieselbe Bank zweimal überfallen. Beim ersten Mal hats geklappt, und dann hat er es noch mal gemacht. Er war so tief in der Scheiße, dass das Geld vom ersten Mal nicht gereicht hat. Er musste noch mal hingehen und sich mehr Geld holen, um es zum Fenster rauszuschmeißen. Hat ein paar Amateure angeheuert, die seine Hausbank überfallen sollten, während er auf den Bahamas war. Sie haben also seine Wagen, seine Kanonen und alles und drehen das Ding, aber weil sie genauso dämlich sind wie er, gehen sie mit dreißigtausend raus und lassen sechzigtausend liegen. Er kommt zurück, und weil so viele andere mitgemacht haben, kriegt er gerade mal fünftausend, und jetzt sitzt er noch tiefer in der Scheiße als vorher, weil er auf den Bahamas siebentausend verzockt hat. Casinos reichen ihm nicht, also hat er von dort irgendwelche Buchmacher angerufen und auf Spiele gewettet, von denen jedes Kind die Finger gelassen hätte.

Also macht er das Ganze noch mal. Diese Holzköpfe gehen noch mal da rein, und die in der Bank denken schon, sie haben ein paar neue Stammkunden. Und dann ist das Ding gelaufen, und … Schon mal von dem Doctor gehört? Eddie Mattie?«

»Ja«, sagte der Fahrer, »hab ich.«

»Gut«, sagte Cogan. »Mattie ist also auch dabei. Und Mattie hat nur einen Fehler: Er ist dumm wie Scheiße. Wie man sich denken kann bei einem Typen, der einen wie Squirrel braucht, damit der ihm sagt, was er tun soll. Er hat also bei einem Banküberfall mitgemacht, und jetzt fährt er an einer Schule vorbei, und macht er das schön langsam und vorsichtig? Nein. Er fährt ungefähr hundertzwanzig, und da steht diese Politesse, der das irgendwie nicht passt, und die winkt ihn rechts ran. *Und der dämliche Arsch hält an!* Sie hat keinen Streifenwagen, sie hat keine Kanone, er sitzt in diesem Wagen, und wenn die den genauer unter die Lupe nehmen, kriegen sie raus, dass er drei Tage vorher oder so in Plymouth geklaut worden ist – und er hält an! ›Führerschein, Fahrzeugpapiere.‹ Mattie bringt keinen geraden Ton raus. Und natürlich kriegt die Politesse sofort eine Laufmasche und holt acht echte Bullen, und die stellen ihn auf den Kopf und finden die Kanone und das Geld im Kofferraum, und Mattie beschließt, seinen Arsch zu retten. Er redet und redet und redet. Und als Squirrel zurückkommt und aus dem Flugzeug steigt – komisch, da steht das FBI schon da, mit Handschellen und einem schönen kleinen Haftbefehl. Er und die anderen haben acht bis zehn Jahre gekriegt. Ich persönlich finde, sie hätten mehr kriegen sollen.«

»Und der Doctor?« fragte der Fahrer.

»Drei bis fünf«, sagte Cogan. »Er war genauso sauer wie sie – hatte gedacht, sie lassen ihn laufen, weil er so schön kooperiert hat.«

»Für ihn wars kein schlechter Deal«, sagte der Fahrer. »Dann muss er ja schon vor einer Weile rausgekommen sein.«

»Vor drei, vier Jahren, würde ich sagen.«

»Bei dieser Sache war er aber nicht dabei«, sagte der Fahrer.

»Nein«, sagte Cogan.

»Da bist du dir sicher«, sagte der Fahrer.

»Ziemlich sicher, ja.«

»Er hat nämlich gesagt, dass ich dich das fragen soll«, sagte der Fahrer.

»Du kannst ihm sagen, ich bin mir sehr sicher«, sagte Cogan.

»Weil er nämlich kein Okay gegeben hat für irgendwas, das den Doctor betrifft«, sagte der Fahrer.

»Tatsächlich?« sagte Cogan.

»Tatsächlich«, sagte der Fahrer. »Das hat er mir selbst gesagt, als er gesagt hat, ich soll dich fragen.«

»Manchmal ist es ja so«, sagte Cogan, »dass einer einen erledigt und denkt, der Auftraggeber will das so. Er kann ja nicht nachfragen. Er nimmt es einfach an.«

»Ich verstehe«, sagte der Fahrer. »Ich wollte nur darauf hinweisen, oder vielmehr: Er wollte, dass ich darauf hinweise. Mattie hat mit verschiedenen Leuten gearbeitet und so. Ist nur ein Vorschlag.«

»Muss natürlich jeder selber wissen, mit wem er Geschäfte macht«, sagte Cogan.

»Natürlich«, sagte der Fahrer.

»Abgesehen von Squirrel«, sagte Cogan, »gibts da noch zwei Jungspunde. Einer von denen war auch bei Squirrels Banküberfällen dabei. Da bin ich mir ganz sicher. Über den anderen sammle ich noch Informationen, das ist noch ein bisschen unklar. Der Typ, mit dem ich geredet hab, schwört, dass dieses Bürschchen dabei war, aber ich bin mir nicht sicher.«

»Was ist das Problem?« fragte der Fahrer.

»Das Problem ist der Typ«, sagte Cogan. »Der Typ, mit dem ich geredet hab. Dillon hat mir die Namen von ein paar Leuten gegeben. Ich hab mit ihnen geredet, und sie sind soweit ganz in Ordnung, aber bei dieser Sache haben sie einfach keine Ahnung. Den Typen hab ich selber aufgetrieben, aber ich kenne ihn nicht gut. Er ist an die sechzig, und ich wette, er hat keine zwanzig Jahre draußen verbracht. Jedes Mal, wenn er was gemacht hat, haben sie ihn drangekriegt. Er war also von Anfang an nicht besonders schlau, und jetzt ist er ein verrückter alter Knacker. Ich weiß nicht viel über ihn. Ich weiß nur, dass er schwul ist. Er hat sich alles in den Arsch schieben lassen, was da war. Wenns noch Packards gäbe, würde er sich Packards in den

Arsch schieben lassen. Er ist weich. Man weiß nie, ob das, was er einem erzählt, wirklich passiert ist oder ob er es geträumt hat, während sich neun Kerle abwechselnd über ihn hergemacht haben. Ich kanns ihm nicht verdenken. Er ist so weich wie ein Turnschuh voll Scheiße, und er kann nichts dafür. Aber man darf nicht alles glauben, was er so sagt.«

»Und was sagt er?« fragte der Fahrer.

»Es gibt einen jungen Typen«, sagte Cogan, »den er aus dem Knast kennt. Wahrscheinlich hat er ihm immer einen geblasen. Er sagt, der Typ ist ein gefährlicher Dreckskerl, aber der Alte hat Angst vor seinem eigenen Schatten und würde einer toten Katze einen blasen, wenn ein harter Bursche es ihm sagt. Jedenfalls will das Kerlchen, dass der Alte ihm was besorgt. Der Alte sagt, er kommt an das Zeug heran, das man braucht, um weißes Pulver zu strecken, und das will das Bürschchen haben. Irgend so ein Zeug, das Zahnärzte benutzen. Von dem man einen kalten Mund kriegt.«

»Novocain«, sagte der Fahrer.

»Das dachte ich auch«, sagte Cogan, »aber das ist es nicht. Er hat mir gesagt, wie es heißt, aber ich habs vergessen. Ist ja auch egal. Ursprünglich wollte das Bürschchen zwei Pfund von dem Zeug, aber jetzt sollen es vier sein. Sagt der Alte. Und wenn das stimmt, kauft der Jungspund jetzt doppelt so viel Koks wie ursprünglich vorgesehen.«

»Und das heißt: Er hat doppelt so viel Geld, um Koks zu kaufen«, sagte der Fahrer.

»Genau«, sagte Cogan. »Tja, und das ist eigentlich alles. Ich habe keine Ahnung, woher er das Geld hat. Ich versuche gerade, das rauszukriegen. Und ich versuche, ihn zu finden. Ich weiß noch nicht mal seinen ganzen Namen. Der Alte erzählt alles Mögliche. Man kann sich nicht drauf verlassen, dass er die Wahrheit sagt, und man kann sich genauso wenig drauf verlassen, dass er das Blaue vom Himmel lügt. Es ist einfach kompliziert, und ich hab noch keinen Plan, wie ich das Problem löse.

Den anderen kenne ich«, sagte Cogan. »Er war bei den Dingern dabei, für die Squirrel und er gesessen haben, und er ist ungefähr zur selben Zeit rausgekommen. Ich hab China nach ihm gefragt, ob er es gewesen sein könnte, und China hat gesagt: ›Könnte definitiv sein.‹ Bei ihm bin ich mir also sicher. Aber wir müssen jetzt mal über den anderen nachdenken. Der stört mich.«

»Sollen wir jetzt was unternehmen?« fragte der Fahrer. »Oder willst du noch warten?«

»Ich hab mit Dillon gesprochen«, sagte Cogan. »Er und ich, wir finden: jetzt. Alle Pokerrunden sind tot.«

»Mausetot«, sagte der Fahrer.

»Keiner verdient mehr was«, sagte Cogan.

»Könnte man sagen«, sagte der Fahrer.

»Es ist nicht schön, wenn keiner mehr was verdient«, sagte Cogan.

»Außer Testa«, sagte der Fahrer. »Seine Runde läuft weiter.«

»Was wir jetzt tun sollten«, sagte Cogan, »da sind wir uns einig, Dillon und ich, und wenn du darüber nachdenkst, ist es das einzig Vernünftige: Wir sollten Trattman erledigen und die Sache ins Rollen bringen, damit die Leute wieder machen können, was sie machen sollen.«

»Trattman?« sagte der Fahrer. »Was hat Trattman damit zu tun? Du hast doch selber gesagt, es waren dieser Amato und seine jungen Freunde.«

»Stimmt ja auch«, sagte Cogan. »Trattman hat nichts damit zu tun. Nach dem, was ich gehört hab, stimmt das. Außerdem hab ich ihn fragen lassen. Ich hab ihn fragen lassen, und ich bin mir sicher.«

»Das solltest du auch sein«, sagte der Fahrer. »Deine Jungs habens ein bisschen übertrieben. Hätte nicht viel gefehlt, und sie hätten ihn umgebracht.«

»Als ich mit Steve gesprochen hab, wusste ich das nicht«, sagte Cogan. »Auch nicht, als ich mit dir gesprochen hab. Er hat mir bloß gesagt, dass sie ihn durch die Mangel gedreht haben und er gesagt hat, er weiß nichts. Mehr wusste ich nicht.«

»Er war kaum zu verstehen«, sagte der Fahrer. »Als er das erste Mal angerufen hat, war ich nicht da. Meine Sekretärin hat mit ihm gesprochen. Sie hat nicht mal die Hälfte verstanden. Ich musste ihn zurückrufen und hatte selber Schwierigkeiten, ihn zu verstehen. Fast hätte ich ihn gar nicht zurückrufen können, weil sie die Nummer, die er ihr gegeben hat, nicht richtig verstanden hat. Ich hab mir schließlich zusammengereimt, dass es Trattman war, weil Cangelisi mich ganz aufgeregt angerufen und gesagt hat, Trattman hätte ihn angerufen, und er hätte ihm meine Nummer gegeben. ›Vielen Dank auch‹, hab ich gesagt. Und er sagt: ›Pass auf, *ich* hab ihm diese Affen nicht auf den Hals gehetzt. Du vielleicht auch nicht, aber du weißt, wer es war. Kümmer du dich um ihn.‹ Als ich dann schließlich mit ihm gesprochen hab, wurde mir klar, warum meine Sekretärin ihn nicht verstanden hat. Er hat einen gebrochenen Kiefer.«

»Hab ich gehört«, sagte Cogan.

»Außerdem ein paar gebrochene Rippen, eine gebrochene Nase und drei, vier ausgeschlagene Zähne. Die Nasenscheidewand hat auch was abgekriegt«, sagte der Fahrer. »Und dann hat er noch gesagt, irgendwas ist mit seiner Milz. Als ich mit ihm gesprochen hab, war er im Krankenhaus.«

»Das hab ich zum Teil auch gehört«, sagte Cogan. »Und dass er jetzt wieder draußen ist.«

»Dann ist seine Milz vielleicht doch in Ordnung«, sagte der Fahrer. »Jedenfalls ist er nicht glücklich.«

»Tut mir leid, das zu hören«, sagte Cogan. »Wir wollen, dass unsere Kunden zufrieden sind.«

»Das wird er nicht gern hören«, sagte der Fahrer. »Wenn ich es ihm sage. Ich muss es ihm sagen.«

»Sag ihm, was du willst«, sagte Cogan. »Du bist schließlich sein Anwalt.«

»Trattman gibt ihm die Schuld«, sagte der Fahrer. »Ich hab Trattman natürlich nichts gesagt, aber du und ich, wir wissen, dass du zu weit gegangen bist.«

»Du weißt doch, wie das ist«, sagte Cogan. »Man schickt zwei Typen los, damit sie was erledigen, und dann gehen die Gäule mit ihnen durch. Als ich es erfahren hab, hab ich gleich Steve angerufen. Er hat gesagt: ›Hör zu, Barry ist Stahlarbeiter, okay? Ein sehr harter Bursche. Diese Jungs laufen ständig bewaffnet herum. Die fallen ständig irgendwo runter oder fangen Schlägereien oder so an. Er ist ein harter Bursche. Darum mache ich das mit ihm zusammen.‹ Und dann, sagt Steve, sind sie ungefähr halb durch mit der Befragung, und alles läuft gut, als Barry plötzlich … Also, Barry hat eine Macke wegen seiner Frau. Du kannst mit ihm nicht über sie reden. Ich weiß nicht, was sie ist – so eine Art Engel oder so. Sagt er jedenfalls. Also, es läuft ganz gut, sagt Steve, als Barry plötzlich auf die Idee kommt, dass Trattman seine Frau gevögelt hat. Sie war zu Besuch bei ihrer Mutter, und Barry war in Maine und hatte irgendeinen Ärger am Hals. Ich weiß nicht, wie das anfing, und Steve genauso wenig, aber Barry hat auf einmal diese fixe Idee, dass Trattman seine Frau gevögelt hat, und das war dann der Augenblick, wo er ihm die Rippen und den Kiefer gebrochen hat. Er hat zugetreten. ›Ich könnte mich auch beschweren‹, hat

Steve gesagt. ›Ich stand zu nah dran, und der Schwanzlutscher hat mir die Hose vollgekotzt.‹ Ich hab ihm gesagt, er soll sich darauf einen runterholen.«

»Und das soll ich ihm ausrichten?« sagte der Fahrer. »Ich hab mich doch wohl deutlich genug ausgedrückt. Er hat mir gesagt, ich soll ganz deutlich sein. Schubst ihn ein bisschen herum, aber tut ihm nicht zu sehr weh. Ich hab dir gesagt, er will nicht, dass ihm was passiert.«

»Ach, komm schon«, sagte Cogan, »natürlich wolltet ihr das.«

»Na gut«, sagte der Fahrer.

»Ihr macht das immer so«, sagte Cogan. »Ich weiß. Ihr wollt nie, dass irgendwelche Späne fallen. Ihr wollt, dass was erledigt wird, ihr wisst, was ihr wollt und wer es erledigen kann, und ihr nehmt, was ihr kriegen könnt, denn das ist es ja, was ihr wollt, aber hinterher geht ihr immer hin und sagt, ihr wolltet nicht, das einer so was macht. Also hör auf mit dem Scheiß, ja? Jeder weiß, wer Steve ist. Jeder weiß, was er und Barry machen. Ich meine, die Typen machen das schon seit Ewigkeiten. Als Jimmy the Fox Ärger gemacht hat, weil ich dreihundert Automaten hatte und einfach kein Platz mehr war für geleckte kleine Itaker wie ihn, da hat er mächtig auf den Putz gehauen. Als ich das gehört hab, hab ich einfach vierzig Automaten an Steve abgetreten. Alle kennen ihn. Alle wissen, was er macht. Er selbst weiß überhaupt nichts. Er ist bloß ein Typ, den man gut gebrauchen kann, und alle haben ihn schon mal gebraucht.«

»Die Sache ist nur«, sagte der Fahrer, »dass er dafür nicht sein Okay gegeben hat.«

»Hat er eben doch«, sagte Cogan. »Ich hab dir gesagt, wer das erledigt, und er weiß so gut wie ich, wie Steve ist: Er geht hin und macht das, was er denkt, dass du willst. Du sagst ihm, was du willst, er hört zu, und dann geht er hin und macht, was er denkt, dass du willst. Ganz egal, was du sagst. Und er hat sein Okay gegeben – er hat gesagt, du sollst Dillon anrufen und mit mir reden. Also hör auf mit dem Quatsch. Das spielt sowieso keine Rolle. Trattman muss weg, und das weiß er auch.«

»Das verstehe ich nicht«, sagte der Fahrer. »Ich denke, du glaubst ihm.«

»Das tue ich ja, mein Freund«, sagte Cogan. »Aber das macht keinen Unterschied. Trattman hat so was schon mal gemacht, oder? Und er hat gelogen. Er hat ihn glatt angelogen.«

»Richtig«, sagte der Fahrer.

»Diesmal«, sagte Cogan, »hat Trattman nicht gelogen.«

»Und ist verprügelt worden«, sagte der Fahrer, »und zwar ziemlich übel.«

»Aber diesmal wissen wir, es stimmt«, sagte Cogan. »Letztes Mal dachten wir, es stimmt, aber es hat nicht gestimmt. Diesmal wissen wirs.«

»Richtig«, sagte der Fahrer.

»Also«, sagte Cogan, »die Typen, die zu so einer Pokerrunde gehen, die wissen nichts. Oder doch, die wissen was. Die wissen, dass Trattman so was darf, denn er tut es und keiner unternimmt was dagegen. Was meinst du also, was sie tun werden? Meinst du, die gehen ruhig weiter Poker spielen?

Und lassen wir die mal beiseite. Was ist mit den Jungs von der Straße? Was meinst du, was die denken?«

»Keine Ahnung«, sagte der Fahrer.

»Die denken: Trattman. Er hat es schon mal gemacht, und jetzt hat er es wieder gemacht. Und er hat beim ersten Mal gelogen, und keiner hat ihm was getan, und jetzt hat er es wieder gemacht und ist bloß ein bisschen verprügelt worden.«

»Er hätte draufgehen können«, sagte der Fahrer.

»Weil er so lange durchgehalten hat«, sagte Cogan. »Die sehen das so: Es ist das zweite Mal, dass er so was gemacht hat. Man kann es also machen, und wenn einem keiner draufkommt – super. Und dann kann man es noch mal machen und wird bloß ein bisschen verprügelt.«

»Wenn die das denken«, sagte der Fahrer.

»Glaub mir, mein Freund«, sagte Cogan, »genau das denken sie.«

»Ach«, sagte der Fahrer. »Aber trotzdem hat er eigentlich nichts getan.«

»Er ist verantwortlich«, sagte Cogan. »Er hat es schon mal getan, und er hat schon mal gelogen und alle verarscht, und ich hab zu Dillon gesagt: ›Sie hätten ihn schon beim ersten Mal ausknipsen sollen.‹ Das fand Dillon auch. Und jetzt ist es wieder passiert. Er ist dafür verantwortlich, was die Jungs denken. Auf der Straße hört man bloß: Trattman, Trattman. Trattman hat fünfzigtausend eingesackt. Na gut, er hat den anderen ihren Anteil geben müssen, aber im Großen und Ganzen hat er ungefähr genauso viel eingesackt wie beim letzten Mal. Und jetzt brechen sie ihm bloß den Kiefer. Er hat was abgekriegt, er hat seine Bürschchen auszahlen müssen, aber er hat Leuten, die ihm vertraut haben, um die achtzigtausend abgeknöpft, und er läuft immer noch herum, obwohl jeder weiß, dass er es war.«

»Er war es aber nicht«, sagte der Fahrer. »Diesmal jedenfalls nicht.«

»Das ist nicht das, was alle wissen«, sagte Cogan. »Es gibt jede Menge Typen, die würden für so viel Geld ein Jahr lang Milchshakes trinken, *wenn es überhaupt rauskäme*, die würden sich ihren Kiefer verdrahten lassen. Scheiße, die Jungs werden Schlange stehen, um diese verdammten Pokerrunden hochzunehmen, sobald die wieder laufen. Hast du eine Ahnung, wie viel verrückte Junkies da draußen rumlaufen? Wenn er damit durchkommt, können wirs lieber gleich vergessen und einfach aufhören.«

»Trotzdem, ich weiß nicht«, sagte der Fahrer. »Ich verstehe, was du meinst – die öffentliche Meinung und so –, und bei dem, was du über andere Leute sagst, gebe ich dir völlig recht. Aber ich weiß nicht, wie er das finden wird, wenn ich es ihm vorschlage – immerhin geht es um einen, der gar nicht getan hat, was alle denken.«

»Dann frag ihn«, sagte Cogan, »wo die Leute herkommen, die sich an den Pokertisch setzen. Die kommen nicht von der Straße. Denen ist es egal, ob Trattman durch die Mangel gedreht worden ist. Die werden einfach nicht mehr kommen, darauf läuft es raus. Trattman hat das schon mal gemacht, und jetzt hat er es wieder gemacht. Trattman ist fertig, der kann gar nichts mehr. Außer vögeln. Darin ist er richtig gut. Aber sonst kann er uns nichts mehr nützen. Wir verlieren nichts.

Und sag ihm auch, er soll an die Jungs auf der Straße denken. Die glauben nämlich auch, dass er es war, und wenn nichts passiert, werden sie sich nehmen, was sie wollen, und keine Pokerrunde ist mehr sicher. Er ist verletzt – ach Gott, wie furchtbar! Du ziehst so ein Ding durch und machst richtig Geld, und das Einzige, was dir passiert, ist, dass du ein bisschen vermöbelt wirst. Die Jungs werden ihre eigene Gewerkschaft gründen. Die werden herumrennen und Türen eintreten, schlimmer als die Bullen. Und nach einer Weile wird es keine Pokerrunden mehr geben. ›Du willst Poker spielen? Gute Idee. Aber du kannst Zeit sparen. Geh da rein, heb die Hände hoch und wirf dein Geld auf das Bett, dann bist du früh wieder zu Hause, deine Frau freut sich und du hast dich nicht der Gefahr ausgesetzt, erschossen zu werden.‹ Das werden die Leute nicht machen, das ist doch klar.

Du musst mit ihm reden«, sagte Cogan. »Trattman muss weg, und wenn du mit ihm darüber redest, wird er das sofort einsehen sein. Versuchs einfach mal. Du willst nicht? Vergiss das mit dem Geld. Er hat einen Fehler gemacht.«

»Vor langer Zeit«, sagte der Fahrer. »Vor langer Zeit hat er einen Fehler gemacht.«

»Er hat zwei Fehler gemacht«, sagte Cogan. »Der zweite Fehler war, den ersten zu machen – ist ja immer so. Mehr als zwei Fehler darf man nicht machen. Sag ihm das.«

»Mal angenommen«, sagte der Fahrer, »er ist derselben Meinung. Kannst du das dann übernehmen?«

»Ja«, sagte Cogan.

»Und was ist mit diesem Amato?« fragte der Fahrer. »Der ist für mich der Spitzenkandidat.«

»Der kommt auch noch dran«, sagte Cogan. »Aber noch nicht jetzt. Erst erledigen wir Trattman. Dann wird er sich sicher fühlen. Aber früher oder später ist er dran.«

»Kriegst du das hin?« fragte der Fahrer.

»Im Augenblick wohl eher nicht«, sagte Cogan. »So, wie die Dinge liegen.«

»Wer dann?« fragte der Fahrer. »Er kennt natürlich Leute, aber er will immer wissen, ob der, mit dem ich rede, jemanden empfehlen kann.«

»Ich wüsste da vielleicht einen«, sagte Cogan, »aber über den muss ich erst mal gut nachdenken, da bin ich mir noch nicht sicher. Vielleicht … vielleicht brauchen wir Mitch.«

»Er macht so was?« fragte der Fahrer.

»Lass uns erst mal Trattman erledigen«, sagte Cogan. »Später können wir immer noch darüber nachdenken, wer was macht. Aber ja, Mitch ist schon lange in dem Geschäft. Er ist einer der Besten.«

9

»Es war der Hammer«, sagte Russell. Er saß auf dem Kofferraum des GTO. Frankie lehnte an einer Parkuhr. Der Wagen stand vor dem Chicken in the Box in der Cambridge Street in Boston.

»Wir sind mitten in der Nacht losgefahren«, sagte Russell. »Ich hab gesagt: ›Herrgott, Kenny, früher oder später müssen wir ja doch bei Tageslicht fahren – mit dem, was wir da drin haben, können wir nirgends anhalten. Also warum, verdammt, sollen wir dann losfahren, wenn wir eigentlich im Bett liegen sollten?‹

›Weil wir müssen‹, sagt er. ›Ich will auf jeden Fall auf dem Jersey Turnpike sein, bevor es hell wird. Hier sind zu viele Scheißbullen unterwegs, die von geklauten Kötern gehört haben. Wenn die zwei Typen mit einem Wagen voller Hunde sehen, könnten die auf die Idee kommen, uns anzuhalten und mal zu hören, was wir zu sagen haben. Woanders wissen die Bullen nichts von den Kötern, keiner hat ihnen was gesagt. Außerdem hab ich das schon mal gemacht. Das erste Stück Fahrt ist ziemlich scheiße. Und darum fahren wir in der Nacht los.‹

Dann kreuzt er auf«, sagte Russell, »und ich hab nicht schlafen können, verstehst du? Er hat gesagt: ›Sieh zu, dass du am Nachmittag sechs, sieben Stunden schläfst. Wir haben zweieinhalbtausend Kilometer vor uns. Letztes Mal hab ich fast drei

Tage gebraucht. Wär wirklich besser, wenn du dich vorher aufs Ohr legst – nachher haben wir die Köter im Wagen und so.‹

Okay«, sagte Russell, »das hab ich dann versucht. Ich stehe auf. Ich esse. Ich sitze herum. Ich lasse die Scheißköter raus. Ich hole die Scheißköter wieder rein. Das hat er mir nämlich auch gesagt. ›Wann gibst du den Hunden was zu fressen? Abends wahrscheinlich.‹ Ich sage, ja, bevor ich auf die Piste gehe. Pferdefleisch und diese Scheißflocken. Da sind sie dann schön ruhig. ›Morgen‹, sagt er, ›gibst du es ihnen mittags. Hunde kennen da keinen Unterschied. Ich will, dass die Viecher sich ausscheißen, bevor wir sie in den Wagen verfrachten. Und darum sollst du ihnen jetzt noch was anderes geben.‹

Ich dachte, er meint die Schlaftabletten«, sagte Russell. »Mann, ich hab so viel von dem Zeug, dass ich die halbe Stadt einschläfern könnte. Aber nein, das Zeug gibt man ihnen, kurz bevor man sie in den Wagen lädt, dann schlafen sie erst mal schön. Nein, er hat Mineralöl mitgebracht, fast zwanzig Liter.

›Das mischst du ihnen ins Fressen‹, sagt er, ›und zwar alles. Hast du Tomatensuppe? Kauf zwanzig Dosen Tomatensuppe, vermisch sie mit dem Öl und mach sie warm. Als würdest du sie selber essen.‹ Ich sage, dass ich nie Tomatensuppe ohne Reis essen würde. ›Aber ich hab immer Reis im Haus‹, sage ich. ›Soll ich was davon reintun?‹ Aber der Typ hat keine Ahnung. Er hat keinen Funken Humor, und er war noch nie im Knast. Er hat keine Ahnung.«

»Hätte ihm aber gutgetan«, sagte Frankie.

»Gibt kaum einen, dem das nicht guttun würde«, sagte Russell. ›Pass auf‹, sagt er, ›du machst die Tomatensuppe warm und kippst das Öl rein. Dann gießt du das Ganze über ihr Fressen – die werden das runterschlingen wie die Weltmeister. Ohne die Tomatensuppe rühren sie das Zeug nicht an. Und dann, dann musst du schnellstens dafür sorgen, dass sie rauskönnen, denn ich garantiere dir, die werden scheißen wie *geschmiert.*‹

Diese Köter«, sagte Russell. »Ich musste immer daran denken, wie es war, wenn im Knast einer zum ersten Mal die Ruhr gekriegt hat. Die hatten so was noch nie erlebt und wussten gar nicht, was mit ihnen los war. Als ich den Kötern das Fressen hingestellt hab, haben die sich draufgestürzt wie die Werwölfe, und danach hab ich sie rausgelassen. Ziemlich bald waren sie ganz faltig, mit runzligen Gesichtern und so, und haben geschissen und geschissen. Mann, diesen Scheißgarten konnte man bestimmt bis nach Springfield riechen, und überall ist Dampf aufgestiegen, als würde das Gras brennen. Meine Mutter ist nach Hause gekommen und fing schon an zu schreien, als sie noch einen Block entfernt war. ›Wo hast du diese Hunde her? Da krieg ich ja Ärger mit dem Gesundheitsamt.‹ Ich sage: ›Ja, Ma. Aber weißt du, was du getan hast? Du hast meine Gefühle verletzt. Du hättest nicht herziehen sollen, du hättest bleiben sollen, wo du warst.‹ Ihr einziger Sohn sitzt im Gefängnis, also muss sie herziehen, damit sie in seiner Nähe sein und ihn besuchen kann. Weißt du, wie oft sie mich besucht hat? Drei Mal. Drei Mal in fast drei Jahren. Einmal hat sie mir einen Scheißkuchen mitgebracht. Den musste sie natürlich am Eingang abgeben. ›Du hättest eben keine Feile drin verstecken sollen‹, hab ich gesagt. ›Die haben hier Metalldetektoren, Ma. Die merken das.‹ Und sie sagt: ›Aber da war doch gar nichts drin in dem Kuchen.‹ Und ich sage: ›Na, du bist ja eine tolle Mutter.‹ Scheiße. Jedenfalls, ich sage zu ihr: ›Ma, du hast meine Gefühle schwer verletzt. Und darum werde ich meine Hunde jetzt alle wegbringen. Heute Abend noch. Aber damit du weißt, wie verletzt ich bin, werde ich hier nicht sauber machen. Wenn du den Müll rausbringst, würde ich an deiner Stelle gut aufpassen, wo ich hintrete.‹ Sie glotzt mich an. ›Das passt ja‹, sagt sie. ›Das passt ja zu allem anderen. Tu mir einen Gefallen, ja? Komm nicht zurück.‹ Und ich sage: ›Werd ich nicht. Ich machs wie mein Alter.‹

Als Nächstes musste ich die Schlaftabletten in die Köter reinkriegen. ›Das ist ein bisschen kompliziert‹, sagt er. ›Nach fünf darfst du ihnen kein Wasser mehr geben, sonst trinken die alles weg, sobald sie sich ausgeschissen haben, und dann *ersaufen* wir in Hundepisse. Letztes Mal haben wir ihnen die Schlaftabletten so gegen fünf gegeben, bevor wir ihnen das Wasser weggenommen haben, und wir haben jedem eine ziemliche Dosis verpasst, denn das Mal davor hatten wir ihnen zu wenig gegeben, und dann haben wir sie in den Wagen geladen, und sie haben sich schön ausgepennt, und von da an wars das reinste Irrenhaus. Letztes Mal haben wir ihnen also zu viel gegeben, und da waren sie dann völlig neben der Spur, und als wir sie bei dem Typen abgeliefert haben, haben wir nichts dafür gekriegt, weil sie zu nichts mehr zu gebrauchen waren. Das kommt also auch nicht infrage. Ich will nicht, dass die Köter auf dem ganzen Weg da runter verrückt spielen, aber ich will auch nicht, dass sie, wenn wir dann da sind, gegen Wände laufen und so. Gib den Kleinen eine halbe. Eine ganze, wenn sie lebhaft sind. Den Großen gibst du ein paar, und wenn sie nach einer Weile noch immer herumlaufen, legst du noch zwei, drei nach. Mit ein bisschen Wasser – das nimmst du ihnen danach wieder weg. Nimm ein Stück Brot, mach kleine Kugeln daraus und tu in jede Kugel eine halbe Pille. Die gibst du ihnen dann um elf, und damit müsste das erledigt sein.‹

Ich hab zu ihm gesagt«, sagte Russell, »ich hab gesagt: ›Kenny, ich denke, ich soll den ganzen Nachmittag pennen. Aber wie soll ich das machen, wenn ich all dieses Zeug erledigen muss?‹ Und er sagt: ›Nimm eine von den Hundepillen.‹ Und ich frage ihn, wenn er an den Kötern verdient, warum soll ich dann eigentlich die ganze Arbeit machen? Und er sagt: ›Weil ich noch was zu erledigen hab.‹

Der Typ beutet einen schlimmer aus als dieser verdammte Squirrel«, sagte Russell. »Gegen Mitternacht kreuzt er wieder auf und bringt noch drei Köter mit. Ich reiße mir den ganzen Tag den Arsch auf, und Kenny ist unterwegs und schleppt noch mehr Hunde an. Ich sage: ›Du liebe Scheiße, Kenny, wir haben jetzt‹ – da hatten wir schon ein paar Hunde an einen Typen in North End vertickt, drei Pudel für hundertfünfzig das Stück, was nicht mal schlecht ist – ›wir haben jetzt zusammen sechzehn Köter.‹ Und er hat einen Cadillac. Da hat er die Rückbank ausgebaut und einen Haufen alte Decken reingelegt, bis hinten in den Kofferraum. ›Du kannst in der Karre keine sechzehn Hunde unterbringen. Die bringen sich gegenseitig um.‹

Er sagt: ›Die sind doch klein.‹ Er hat zwei Spaniel und einen Rauhhaardackel. ›Die passen da schon noch rein, keine Sorge.‹ Also laden wir sie ein. Meine Köter sind total im Tran. Er nimmt die Vorderbeine, ich die Hinterbeine. Meine Mutter beobachtet uns durchs Fenster. Schließlich sind alle im Wagen. Wir haben sie einfach gestapelt. Ich steige ein, sie reißt das Fenster auf. ›Sind das alle?‹ Ja. ›Gut. Und vergiss nicht, was ich gesagt habe.‹ Genau. Jetzt verstehe ich meinen Alten auch viel besser. Dann knallt sie das Fenster wieder zu.«

»Immer noch besser als bei mir«, sagte Frankie. »Meine Mutter hat mich jede Woche besucht. Jede verdammte Scheißwoche. Sonst hab ich sonntags immer schön rumgehangen, aber im Knast musste ich zum Gottesdienst. Und jeden verdammten Sonntag hat der Typ über den guten Schächer geredet. Mann! Oder nein – manchmal hat er auch übers Wichsen geredet, übers Blasen und so komischerweise aber nie. Und dann das Sonntagsessen. Das war genauso scheiße wie an jedem anderen Tag, nur dass es eben was ganz Besonderes sein sollte. Schon mal eine Steckrübe gesehen? Wenn ich in meinem Leben noch einmal eine Steckrübe sehe, schmeiße ich sie einem an den Kopf. Und dann kommt meine arme alte graue Mutter mit ihrem uralten Scheißmantel rein und sieht aus, als hätte ihr einer gerade eins übergezogen, und ich muss mir ihren Scheiß anhören. ›Ich bete für dich, Frankie.‹ ›Ich habe eine Novene für dich halten lassen, Frankie.‹ ›Ich hoffe, du kommst auf Bewährung raus, Frankie.‹ ›In meinem Herzen weiß ich, dass du ein guter Junge bist, Frankie.‹ ›Frankie, du musst dich ändern.‹ Und das dauert. Sie ist nämlich nicht den ganzen Weg da raufgefahren, um nach fünf Minuten wieder zu verschwinden. Nein. Einmal war sie krank, da kam dann Sandy. ›Kann ich irgendwas für dich tun, Frankie?‹ Ja, und ob. Binde Ma am Bett fest. ›Sie meint das nicht so‹, sagt Sandy. ›Sie fühlt sich schuldig. Sie sagt, sie weiß nicht, was sie falsch gemacht hat.‹ Ich sage: ›Sie hat mich nicht vor Arschlöchern wie dem Doctor gewarnt. Sag ihr, sie soll ihrem nächsten Kind beibringen, wie man einen Job richtig plant, damit nicht irgendein Schwätzer dabei ist und die Sache den Bach runtergeht.‹ Sie sieht mich an. ›Ich soll ihr sagen, dass sie nicht mehr kommen soll?‹ Allerdings, sage ich. Das macht sie also, aber nächste Woche ist Ma wieder da – du hättest sie sehen sollen: als hätte sie einer auf die Straße gezerrt und die Scheiße aus ihr rausgeprügelt. ›*Frankie*‹, sagt sie, ›Sandy hat gesagt, du willst nicht, dass deine Mutter dich besucht.‹ Und dann fängt sie an zu heulen, und alle sehen her, und die Hälfte davon sind Wärter, und die werden es dem Bewährungsausschuss erzählen. ›Der Typ ist gemein zu seiner Mutter. Die kommt, um ihn zu besuchen, aber er weiß das nicht zu schätzen.‹ O Gott, es war schrecklich. Was soll ich machen? Ich sage: ›Nein, Ma, das war nur so dahergesagt.‹ Also kommt sie jeden Sonntag, mit ihren Novenen und Kreuzweg und Rosenkränzen, und sie ist zur Missionskirche gegangen und so weiter, und alles nur für mich. Herrgott. ›Ich bin doch kein Krüppel, Ma‹, sage ich. ›Doch‹, sagt sie, ›in deinem Herzen und deiner Seele bist du einer.‹ Gut, dass zwischen uns dieses Gitter war.«

»Die wissen das nicht«, sagte Russell. »Keiner von denen weiß das. Die denken, du bist da drin und kannst nicht raus. Das ist alles, was sie wissen. Aber sie wissen gar nichts.«

»Wär aber besser, wenn sie es wüssten«, sagte Frankie. »Dann müsste man sich nicht auch noch mit denen herumschlagen. Ich weiß auch nicht, was das ist: Da kommt einer in den Knast, und sie denken, das ist noch nicht schlimm genug, sie müssen es noch ein bisschen schlimmer machen. Wenn ich noch mal reinmuss, werde ich dafür sorgen, dass es keiner erfährt. Ich weiß nicht, ob ich den Knast noch mal aushalte – die Besuche jedenfalls halte ich nicht aus. Scheiße.«

»Ich geh nicht mehr in den Knast«, sagte Russell. »Das ist was, das ich nicht mehr tun werde.«

»Hast du so entschieden, hm?« sagte Frankie.

»Ich tu, was nötig ist«, sagte Russell.

»Und das ist das, was dich wieder reinbringen wird«, sagte Frankie.

»Nie«, sagte Russell.

»Klar«, sagte Frankie, »und zwar, weil du Hunde geklaut hast.«

»Bis jetzt nicht«, sagte Russell. »Und außerdem mach ich das nicht mehr. Soll ich dir was sagen? Den nächsten Hund, der mir begegnet, stampfe ich in den Boden. Hunde sind so dämlich. Du lässt ihn scheißen, bis er umfällt, du verpasst ihm Schlaftabletten, er schläft ein, und wenn er am nächsten Tag aufwacht und herumtorkelt, hat er Hunger. Du kannst mit einem Köter machen, was du willst, du brauchst nur zu warten, bis er Hunger hat, und wenn du ihm dann was zu fressen gibst, denkt er, du bist Gott oder so. Nur dieses schwarze Mistvieh nicht.«

»Der Schäferhund? Hat er dich erwischt?« fragte Frankie.

»Dieser Scheißköter«, sagte Russell, »ist der erste Hund, den ich kenne, der sich erinnert. Der wacht auf, sieht mich und knurrt. Also lass ich ihn noch einen Tag hungern. Wenn er hungrig genug ist, wird er schön brav sein. Ich hab ihm *vier Tage* nichts zu fressen gegeben. Man konnte schon seine Knochen sehen. Und weißt du, was er gemacht hat, als er mich gesehen hat? Er hat geknurrt. Ich dachte schon, ich müsste ihm wieder mit dem Stock kommen. Aber er hat nicht versucht, mich zu beißen, was beweist, dass das Scheißvieh nicht ganz so blöd ist. Er erinnert sich an den Stock. Er greift mich nicht an. Aber er macht mir das Leben so schwer wie möglich. Und ich musste ihm schließlich doch was zu fressen geben. Ich kann ja keinen Sack aus Haut und Knochen verkaufen.

Und damit hat er mich, und das weiß er. Ich will ihn rausschaffen, aber er will nicht. Ich muss ihn praktisch aus der Garage schleifen. Dann will er nicht in den Wagen und knurrt mich die ganze Zeit an. Den ganzen Weg nach Florida, das Scheißvieh. In Maryland sind wir in einen Wolkenbruch geraten, und irgendein Kahn war gegen einen Brückenpfeiler gefahren, und das hieß: entweder Umleitung oder Tunnel. Alle anderen fahren durch den Tunnel, aber Kenny sagt: ›Wir nehmen die Umleitung.‹ Ich dachte immer, in Nam hätte ich erlebt, was Regen ist. Und diese Hunde pissen und furzen und scheißen, und wenn wir nicht ersticken wollen, müssen wir die Fenster unten lassen, aber ertrinken wollen wir natürlich auch nicht. Es war grausam. Ich dachte, mit Hunden verdient man leichtes Geld. Gefährlich ist es jedenfalls nicht, soweit hatte ich also recht. Aber eben bloß halb recht. Weißt du, was ich für das schwarze Scheißvieh gekriegt hab, von dem ich dachte, es ist wahrscheinlich zwanzig Millionen oder so wert? Fünfundsiebzig Dollar, und da konnte ich noch von Glück sagen. Der Typ, zu dem wir die Hunde gebracht haben, kauft sie bloß. Der nimmt sie für eine Weile auf. So ein alter Typ ohne was auf den Rippen. Redet nicht viel. Hat eine total runtergekommene Farm bei Cocoa Beach. Wir sind eine halbe Stunde da, wir können endlich wieder atmen, wir waren ungefähr zehn Jahre mit diesen Scheißkötern unterwegs, da merke ich, dass es seine Frau ist, die das ganze Reden erledigt. ›Der da sieht aus, als wär er überfahren worden‹, sagt sie. Er sagt kein Wort, und sie hört überhaupt nicht mehr auf zu reden. ›Ist der krank oder so? Wir wollen hier keine kranken Hunde, Mister. Für den da kann ich Ihnen jedenfalls bloß zwanzig geben.‹

Sie sagt, für den schwarzen Teufel gibt sie mir fünfzig. Ich sage: ›Moment mal, der hat einen Stammbaum, das ist ein wertvoller Hund. Der ist richtig gut. Ein wunderbares Tier. Fünfzig sind nicht genug.‹

›Jetzt hat er jedenfalls keinen Stammbaum, Mister‹, sagt sie. ›Jetzt ist er bloß irgendein Hund, den ich verkaufen muss, und das heißt, dass ich ihn füttern und pflegen und mich um ihn kümmern muss, bis ich einen Käufer für ihn gefunden habe, und das kann dauern. Ich will diesen Hund nicht. Ich will ihn überhaupt nicht. Wollen Sie ihn wieder mitnehmen? Denn das ist genau das, was Sie machen werden, wenn Ihnen der Preis nicht gefällt. Ich werde Schwierigkeiten haben, den zu verkaufen. Ich finde, der sieht tückisch aus, und das werden andere auch finden.‹

Der Typ sagt noch immer nichts«, sagte Russell. »Aber damit hat sie mich natürlich an den Eiern, denn mit dem Hund fahre ich nirgends mehr hin. Das Einzige, was ich diesem Mistvieh sagen will, ist ›Viel Spaß noch‹, und dann will ich den Scheißköter nie mehr wiedersehen. Den ganzen Weg nach Florida hat er mir in den Nacken gestarrt, als wollte er bei der ersten Gelegenheit über mich herfallen. Sie hat recht: Er ist tückisch. Aber auf einmal nicht mehr. Er setzt sich vor den Typen und gibt ihm die Pfote, und der Typ krault ihn hinter den Ohren, und der Köter *grinst*. Er denkt, er ist wieder bei dem Idioten, der ihn gekauft hat, damit er seine Medaillen bewacht. Dann steht der Typ auf, und der Hund steht auch auf und legt dem Typen die Pfoten auf die Schultern und leckt ihm das Gesicht ab. ›Da, Lady‹, sage ich, ›sehen Sie sich das an. Ist das vielleicht ein tückischer Hund? Glauben Sie vielleicht, da könnte einer auf die Idee kommen, dass das ein tückischer Hund ist?‹

›Mister‹, sagt sie, ›das ist nichts Neues. Bei ihm sind die alle so. Jeder Hund, der hierherkommt, liebt ihn. Darum kümmert er sich um die Hunde, und ich kümmere mich ums Geschäft. Fünfzig.‹

Der Typ wacht auf oder so«, sagte Russell. »Er sieht uns an. Der Schäferhund knutscht ihn ab. Irgendwann schafft ers, die Zunge von dem Köter aus dem Mund zu kriegen, und sagt: ›Gib ihm fünfundsiebzig, Imelda.‹

›Fünfundsiebzig‹, sagt sie. ›Nur dass Sie es wissen‹, sagt sie, und sie braucht ungefähr drei Stunden, um es zu sagen, ›ich bin diejenige, die die Preise macht, und wenn Sie hier lange feilschen wollen, bloß weil er sich in einen Hund verknallt hat, können Sie gleich verschwinden und Ihre Köter mitnehmen.‹

Ich hab eigentlich nur einen Wunsch«, sagte Russell, »nämlich dass die Alte und meine Mutter mal zusammenkommen. Die beiden würden sich großartig verstehen.«

»Immerhin bist du ja ganz gut da rausgekommen«, sagte Frankie.

»Ja«, sagte Russell. »Ich bin mit Kenny nach Orlando gefahren, den Wagen verbrennen. Kenny wär dabei fast hopsgegangen. Er ist von der Hauptstraße auf so einen kleinen Feldweg abgebogen und in eine Orangenplantage gefahren. Er steigt aus, steckt einen Stofffetzen in den Tank, damit er sich vollsaugt, zieht ihn ein Stück raus und hält ein Streichholz dran. Der Scheißwagen ist sofort explodiert. Und er hatte den Gang dringelassen, den Rückwärtsgang, und die Karre hat sich in Bewegung gesetzt und ihn umgefahren. Er ist schon ein echter Könner. ›Okay‹, sagt er und steht auf, ›das ist jetzt das zweite Ding, das ich in den Sand setze. Wenn ich so was noch mal machen will, muss ich mir einen suchen, der sich auskennt.‹ Er hatte keine Augenbrauen mehr. Überhaupt hatte er nicht mehr viel Haare.«

»War die Karre heiß?« fragte Frankie.

»Nein«, sagte Russell, »es war ja Kennys Wagen. Aber wer will schon einen Wagen, in dem zwei Tage all diese Hunde waren? Keiner. Das ist, als würde man in einem Scheißhaus rumfahren. Kenny hatte die Karre auf seine Schwester zugelassen, und an dem Tag, an dem wir in Florida angekommen sind, ist sie zu den Bullen gegangen und hat das Ding gestohlen gemeldet. Am Mittwoch sind wir also da abgehauen. Du hättest die Arschlöcher am Flughafen sehen sollen, als die mich und Kenny gesehen haben. Ich dachte, denen fallen gleich die Augen aus dem Kopf. Vier Mal mussten wir durch den Metalldetektor gehen. Und dann war da noch dieser Typ, der war wahrscheinlich noch ganz neu und musste uns abtasten. Ich glaube, danach hatte er den Rest des Tages frei. ›Irgendwann werden Sie uns wohl an Bord lassen müssen‹, sagt Kenny. ›Mister‹, sagt einer von denen, ›wenn Sie keine Waffen haben, dürfen Sie an Bord. Auch wenn Sie wahrscheinlich lieber im Gepäckraum mitfliegen sollten, aber lassen wir das.‹ Keiner wollte neben uns sitzen. Die haben uns nach ganz hinten gesetzt, und jedes Mal, wenn die Stewardess in unsere Nähe kommen musste, hat sie ein Gesicht gemacht, als hätte sie so was wie uns noch nie gesehen. ›Fliegen Sie bis Boston‹, hat sie uns gefragt, ›oder wollen Sie vielleicht schon in Washington oder so aussteigen?‹ Kenny hat sofort angebissen. ›Das Ding macht eine Zwischenlandung in Washington? Mann, da bin ich noch nie gewesen.‹ Wir haben auf der Fahrt da runter ja auch nirgends angehalten. ›Nein‹, sagt sie, ›aber wenn Sie nach Washington wollen, könnte ich meinen Einfluss beim Captain geltend machen, und ich bin sicher, das ließe sich arrangieren.‹ Und dann der Fahrer von dem Bus, mit dem ich von New York hergefahren bin«, sagte Russell. »Ich bin nämlich mit dem Bus gekommen. Mit dem Stoff konnte ich ja nicht gut durch die Sicherheitskontrolle gehen. Der Typ hat sich angestellt, als wollte er mich nur auf dem Dach mitfahren lassen. Als ich wieder da war, hab ich erst mal nur geschlafen. Ich war noch nie im Leben so müde.«

»Du siehst auch beschissen aus«, sagte Frankie.

»Ja«, sagte Russell, »ich bin ja auch seit praktisch einer Woche auf den Beinen. Und letzte Nacht hätte ich auch nicht schlafen sollen, aber ich musste, sonst wär ich wahrscheinlich einfach umgefallen. Ich muss in Bewegung bleiben, bis ich dieses Ding durchgezogen hab. Ich wollte mich heute Morgen mit dem Typen treffen, der mir das andere Zeug besorgt, aber der ist nicht aufgekreuzt.«

»Du hast den Stoff noch nicht vertickt?« fragte Frankie.

»Vertickt?« sagte Russell. »Bin ich blöd? Ich hab ihn ja noch nicht gestreckt. Ich kann ihn erst heute Abend holen, wenn ich den Typen getroffen hab und so. Ich weiß, wo der Stoff ist. Ich kann ihn jederzeit holen, aber ich hab ihn nicht bei mir.«

»In einem Schließfach im Bushof«, sagte Frankie.

»Soll nicht deine Sorge sein«, sagte Russell. »Ich weiß, wo er ist.«

»Du bist ein Idiot«, sagte Frankie, »weißt du das eigentlich? Du gehst ein derartiges Risiko ein, dass sie dich nicht wegen dem Stoff verknacken werden, sondern weil du so bescheuert bist.«

»Darüber reden wir noch mal, wenn ich das Geld hab«, sagte Russell.

»Russ«, sagte Frankie, »die Stadt ist wie leer gefegt, seit drei, vier Wochen schon. Ich hab noch nie so viele Typen mit Kanonen in Drugstores rennen sehen. Sie haben Goldfinger geschnappt, und das wars dann. Diese Woche haben sie drei Lieferanten einkassiert. Sobald sich rumspricht, dass einer was hat, drehen alle durch. Mann, hier laufen mehr Bullen herum als beim FBI. Du musst den Stoff loswerden, Russ. Soll doch ein anderer hundert Jahre kriegen, wenn sie ihn damit erwischen.«

»Erst wenn ich ihn gestreckt hab«, sagte Russell. »Pass auf, ich hab da über zwölf Riesen reingesteckt. Was kriege ich, wenn ich das Zeug jetzt schnell verkaufe? Nicht mehr als fünfzehn, sechzehn. Aber wenn ich mehr draus mache, wenn ich den Stoff mit dem Zeug strecke, auf das ich warte, kann ich an zwei Leute verkaufen und kriege fünfundzwanzig.«

»Das ist idiotisch«, sagte Frankie. »Völlig idiotisch. Tausend Dollar pro Jahr.«

»Mir braucht keiner zu erzählen, dass ich ein Idiot bin«, sagte Russell. »Du und Squirrel, ihr wisst das. Squirrel jedenfalls weiß es. Du denkst vielleicht immer noch, dass wir schlau waren, aber du bist genauso blöd wie ich. Kraul mich ein bisschen hinter den Ohren, und ich tu alles, was du sagst. Die Sache ist nur: Du und ich, wir sind verschieden. Wenn das hier vorbei ist, mach ich nie mehr irgendwelche idiotischen Sachen für irgendjemand. Vielleicht mach ich sie auf eigene Rechnung – wenn ich geschnappt werde, dann wenigstens für was, das ich für mich selber gemacht hab. Und das heißt auch, dass ich das ganze Scheißgeld für mich behalten kann. Ich muss Squirrel nichts abgeben, bloß weil er schlau genug war zu sehen, dass ich blöd genug bin.«

»Die Sache ist doch prima gelaufen«, sagte Frankie.

»Klar«, sagte Russell, »supergut. Es ist zwar bloß ein Killer auf uns angesetzt, aber sonst ist es prima gelaufen. Du und ich, wir haben sogar verschiedene Vorstellungen von prima.«

»Wovon redest du überhaupt?« fragte Frankie.

»Von dir, mir und Squirrel«, sagte Russell. »Auf uns ist ein Killer angesetzt. Wenn ich noch lange hier bleibe, was ich nicht vorhabe, bin ich bald genauso tot wie ihr. Ich gehe nach Montreal. Ein Typ, den ich kenne, hat da was laufen. Und ich sag dir was: Ich würde auch nach Montreal gehen, wenn ich da keinen kennen würde.«

»Warum?« fragte Frankie.

»Hör auf mit dem Scheiß, Frank«, sagte Russell. »Wegen der Trattman-Sache. Was ist mit dir eigentlich los?«

»Was ist mit *dir* eigentlich los?« sagte Frankie. »Du bist doch derjenige, der hier Geschichten erzählt. Wie kommst du überhaupt darauf? Hast du was genommen oder so?«

»Frank«, sagte Russell, »ich kann zwei und zwei zusammenzählen. Es *muss* ein Killer auf uns angesetzt sein. Geht gar nicht anders.«

»Keiner weiß, dass wir es waren«, sagte Frankie.

»Ich glaube, sie wissen es«, sagte Russell.

»Die habens gefressen«, sagte Frankie.

»Gut«, sagte Russell. »Glaub das ruhig. Dann gehts dir besser, wenn der Typ kommt und dich umlegt. Wer das wohl sein wird? Wenn du ihn siehst, sag ihm bitte, ich konnte nicht warten – tut mir leid. Sag ihm, ich bin wieder bei der Army. Sag ihm, das finde ich besser, weil ich da wenigstens die Chance hab, zurückzuschießen, wenn sie mich beim ersten Mal nicht erwischt haben.«

»Russell«, sagte Frankie, »Trattman ist praktisch tot. Sie haben ihn richtig fertiggemacht. Das wusstest du wahrscheinlich bloß noch nicht.«

»Scheiße«, sagte Russell, »na klar wusste ich das. Kenny hats mir erzählt.«

»Kenny?« sagte Frankie. »Reden wir hier von Kenny Gill?«

»Genau«, sagte Russell. »Kenny hat mir davon erzählt. Er hat zwar nicht gesagt, wie der Typ hieß, aber es kann nur Trattman gewesen sein. Wir haben gequatscht. Der Wagen war voller Köter, die Fahrt war endlos lang, und es hat geregnet. Ich hab gesagt: ›Das ist ja echt beschissen. Eine beschissene Methode, an Geld zu kommen. Ich hab gedacht, es wär leichtes Geld, aber das ist wirklich beschissen.‹

›Tja‹, sagt er, ›aber die Auswahl ist ja auch nicht gerade groß.‹ Und er erzählt mir von einem Typen, der irgendwo eine Pokerrunde laufen hat – er wusste nicht mal, wie der Typ heißt.«

»Erzähl keinen Scheiß«, sagte Frankie.

»Ich erzähl keinen Scheiß«, sagte Russell. »Er wusste wirklich nicht, wie der Typ heißt.«

»Kenny Gill arbeitet für Dillon«, sagte Frankie.

»Na und?« sagte Russell.

»Alles, was Kenny weiß, weiß er von Dillon«, sagte Frankie. »Er ist zu dämlich, um selber irgendwas rauszukriegen. Wenn Kenny was von einem Typen weiß, der eine Pokerrunde hat, dann weiß er es von Dillon, und dann gibt es irgendeinen Grund, warum der es ihm gesagt hat. Keiner sagt Kenny je irgendwas, es sei denn, er will irgendwas von ihm.«

»Sie wollten ja auch was von ihm«, sagte Russell. »Er sagt, er kennt zwei Typen, zwei Brüder, die sollten sich einen Typen vorknöpfen, der eine Pokerrunde hatte. Das muss Trattman gewesen sein, denn der Typ, um den es ging, hatte seine eigene Pokerrunde überfallen, und sie sollten ihm beibringen, dass man so was nicht macht. Die beiden sind Bekannte von Kenny und haben ihn gefragt, ob er mitkommen will, und wollten ihm auch was von dem Geld abgeben, aber er musste ja mit mir und den Hunden nach Florida und konnte nicht. Das war alles. ›Ich mach so was nicht mehr‹, hat er gesagt. ›Ist schlecht bezahlt und gefährlich. Ich wette, die beiden haben nicht mehr als zweihundert gekriegt, und dann sieh dir an, was für ein Risiko die eingegangen sind. Wie weit kommt man schon mit hundert Dollar? Nicht weit jedenfalls.‹ Das war alles, mehr hat er nicht gesagt.«

»Ja«, sagte Frankie, »und was hast du dazu gesagt – für den Fall, dass Dillon noch nicht die ganze Geschichte kennt?«

»Ich hab gar nichts gesagt«, sagte Russell.

»Erzähl das deinem Friseur«, sagte Frankie.

»Ich hab wirklich nichts gesagt. Der Typ hat mir was erzählt, und ich hab zugehört. Wenn ich nicht schon Bescheid gewusst hätte, wäre ich nicht mal draufgekommen, dass es um Trattman geht. Der Typ erzählt mir, dass sie einen fertiggemacht haben, von dem sie wussten, dass er so was schon mal gemacht hat – was denkst du denn, was ich da sage? ›Was, die haben den bloß fertiggemacht? Ist das etwa alles?‹ Nein, ich hab schön mein Maul gehalten. Scheiße, mein einziger Gedanke war, dass ich mein Maul halten und von hier verschwinden muss, bevor die merken, dass ich wieder da bin.«

»Das würde ich dir auch raten«, sagte Frankie. »John wird stinksauer sein.«

»Oh«, sagte Russell, »wie schlimm. Squirrel ist sauer, und ich bin schuld. Da werd ich wohl ohne Scheißabendessen zu Bett gehen müssen.«

10

»Also, was meinst du: Hat er nun oder hat er nicht?« fragte Amato.

»John«, sagte Frankie, »ich meine nicht, ich *weiß*. Er und Kenny waren drei Tage in dieser Karre unterwegs. Ohne anzuhalten. Er muss einfach geredet haben. Ich kenne den Typen. Ich hätte das nie von ihm gedacht, aber es kann gar nicht anders gewesen sein. Und er wollte mich warnen. Irgendwann hat er gemerkt, was er da gemacht hat, und wollte mir sagen, dass ich in der Scheiße sitze. Oder vielmehr wir.«

»Oder vielmehr er«, sagte Amato.

»In Montreal nicht«, sagte Frankie. »In Montreal ist er so sauber wie nur was.«

»In Montreal gibts auch Typen«, sagte Amato.

»Das weiß ich«, sagte Frankie. »Und du weißt es auch. Aber er anscheinend nicht. Ist aber auch egal. Es geht darum, was er denkt. Er denkt, wir sitzen in der Scheiße, und zwar, weil er denkt, dass er in der Scheiße sitzt, und das hat er gemerkt, als er zu viel mit einem Typen gequatscht hat, der für Dillon arbeitet. Kenny muss irgendwann was gesagt haben, das ihn gewarnt hat.«

»Du hast ihn mitgebracht«, sagte Amato. »Ich hab dir ein Loch in den Bauch gefragt. Du hast gesagt, er ist in Ordnung. Du erinnerst dich?«

»Ich hab einen Fehler gemacht«, sagte Frankie. »Wie soll ich denn auch ahnen, dass so was passiert? Der war doch immer der ganz harte Bursche. Der hat den Mund nicht aufgemacht, da konnte man machen, was man wollte. Ich dachte, er hätte es drauf, und fertig. Ich konnte ja nicht wissen, dass er bei Vater Kenny beichten geht.«

»Und du hast mir die Scheiße, die der Doctor gemacht hat, immer unter die Nase gerieben«, sagte Amato. »Alles meine Schuld.«

»Beim Doctor hast du einen Fehler gemacht«, sagte Frankie, »und für den hab ich ziemlich lange gesessen. Aber jetzt will ich für meinen Fehler nicht draufgehen. Ich sage dir, wir müssen die Sache in Ordnung bringen. Danach kannst du mir unter die Nase reiben, was du willst. Ich weiß ja. Ich hatte keine Ahnung, was für ein Ariensänger er ist, aber ich hab ihn mitgebracht, und jetzt hat er gequatscht. Okay, was machen wir jetzt? Ich wusste nicht, dass er vorhat, groß ins Geschäft einzusteigen. ›Ich hab keine Lust, meine Zeit zu verschwenden – ich nehm die Pokerrunde von dem Typen nur hoch, wenn hundert Riesen für mich dabei rausspringen.‹ Ich dachte, er wäre schlau, aber jetzt sehe ich, dass er doch nicht so schlau war und dass er seinen Arsch retten will und wir in der Scheiße sitzen. Der Scheißkerl.«

»Und was diesen Gill angeht, bist du dir sicher?« sagte Amato.

»Sicherer als das Scheißamen in der Kirche«, sagte Frankie. »Warst du mal im Zoo? Hast du da einen Affen gesehen? Das war Kenny. Sieht aus wie ein Scheißaffe, mit ganz krummen kurzen Beinen. Aber mit einem Riesenoberkörper, und wenn er geht, dann geht er wie ein Affe. Die Hände schleifen praktisch auf dem Boden. Wenn man ihn sieht, denkt man, dass ihm einer den Pelz geschoren, eine Hose angezogen und die

Keule weggenommen hat. Und er ist total dämlich. Was er weiß, weiß er nur, weil es ihm einer erklärt hat, und er hat gut zugehört, und der andere hat ganz langsam und deutlich gesprochen. Kenny kann zuhören, aber mehr auch nicht. Seine Vorstellung von einer Unterhaltung ist: Er hört zu, und wenn ihn einer was fragt, macht er ›Oh-oh-oh‹. Wenns ihm gut geht. Wenns ihm nicht gut geht, sagt er einfach gar nichts. Du fragst ihn was, und er sitzt da und stiert dich an und denkt nach. Er versucht nachzudenken. Er ist nicht gut im Nachdenken, und er braucht ziemlich lange, aber wenn du eine Stunde Zeit hast, strengt er sich an. Doch, das tut er. Und dann sagt er vielleicht was, eigentlich dasselbe, was du zu ihm gesagt hast. Kenny stimmt dir immer zu. Es gibt vielleicht zwei Themen, mit denen er sich auskennt. Wenn du eins davon erwischst, kannst du mit ihm reden. Sonst nicht. Und er kann atmen. Er ist richtig gut im Atmen.«

»Aha«, sagte Amato. »Dann ist er ja wenigstens keiner von den ganz Harten.«

»Er hat für Dillon gearbeitet«, sagte Frankie.

»Wyatt Earp hat für Dillon gearbeitet«, sagte Amato. »Ich hab Dillon ja selbst gesehen, und wenn du mich fragst, spielt es keine Rolle, wer was für Dillon gemacht hat. Dillon wird bald tot sein.«

»Erinnerst du dich an Callahan?« fragte Frankie.

»Nein«, sagte Amato.

»Du weißt schon«, sagte Frankie, »den Anwalt. Der hat manchmal für Dillon gearbeitet. Sein Wagen ist in die Luft geflogen.«

»Stimmt«, sagte Amato.

»Das war Kenny Gill«, sagte Frankie.

»Da waren wir im Knast«, sagte Amato.

»Daher weiß ich ja, dass es Kenny war«, sagte Frankie. »China hats mir gesagt. Der war zur Haftprüfung verlegt worden und wusste es von seiner Frau. Sechs Stangen Dynamit an der Hinterwand des Motorraums.«

»Das ist eine üble Art, einen umzulegen«, sagte Amato.

»Das würde Callahan auch sagen. Der hat dabei ganz schön was abgekriegt. Zum Beispiel hats ihm den Arsch weggeblasen. Und er wäre ganz hinüber gewesen, wenn die Fahrertür schon ganz zu gewesen wäre, als er den Zündschlüssel gedreht hat. China hat damals gesagt: ›Kenny ist verrückt. Der macht alles, was Dillon ihm sagt. Wenn Dillon sagt: »Kenny, schneid dir den Schwanz ab«, holt Kenny ihn raus und fängt an zu säbeln. Es gibt eine Menge Typen, die einen Heidenschiss vor Dillon haben und gar nicht wissen, dass es eigentlich Kenny ist, vor dem sie Schiss haben.‹«

»Soll ich Connie bitten, dass sie morgens den Wagen für mich anlässt?« fragte Amato.

»Gute Idee«, sagte Frankie. »Und wenn er nicht in die Luft fliegt, schick sie zu mir, damit sie meinen auch anlässt. Nein, aber wir müssen uns was einfallen lassen. Zuerst dachte ich, wir müssen Russell aus dem Spiel nehmen. Das war das Erste, was mir eingefallen ist. Ich mag das zwar nicht und hab so was noch nie gemacht, aber dieser Affenarsch … Wenn ich in den Knast gehe, ist er daran schuld, und dafür könnte ich ihn umlegen, wirklich.«

»Ist das wirklich eine gute Idee?« sagte Amato.

»Nein«, sagte Frankie. »Er hat den Schaden ja schon angerichtet, und wenn wir ihn jetzt kaltmachen, dann ist das für alle nur der Beweis, dass wirs tatsächlich waren. Aber so oder so, er ist bald Geschichte. Entweder er hat recht und die bringen uns alle um, oder er geht nach Kanada, oder er wird mit dem Stoff geschnappt und kommt nie mehr raus aus dem Knast. Nein, der Typ, wegen dem wir uns Sorgen machen müssen, ist Kenny. Ich glaube nicht, dass sie mir Kenny auf den Hals hetzen. Ich kenne ihn, und wenn er auf Schussweite an mich rankommt, schieße ich ihn über den Haufen. Also müssen sie einen anderen finden, und das wird eine Weile dauern.«

»Außerdem«, sagte Amato, »bin ich gar nicht mal sicher, ob sie das wirklich tun – so wie die Dinge liegen. Macht vielleicht zu viel Wirbel.«

»Die tun das«, sagte Frankie. »Wir müssen sehr vorsichtig sein und die Augen offenhalten und so.«

»Nein«, sagte Amato, »nein, ich kann mir das nicht vorstellen. Trattmans Pokerrunde ist hochgenommen worden. Und Trattman ist fertiggemacht worden. Es gibt keinen anderen Grund dafür, und die gehen auch nicht herum und verpassen einem nur zum Spaß eine derartige Abreibung. Nein, die suchen nicht nach uns. Keiner verschwendet noch einen Gedanken an die Sache.«

»Ich hoffe, du hast recht, John«, sagte Frankie. »Ich will noch lange leben. Ich hab gerade erst damit angefangen, und es gefällt mir.«

»Ich hab recht«, sagte Amato.

»Aber du hast hoffentlich nichts dagegen«, sagte Frankie, »dass ich mich mal ein bisschen umsehe.«

»Frankie«, sagte Amato, »du kannst so nervös sein, wie du willst. Wir haben das Ding durchgezogen und sind aus der Schusslinie. Ich werde noch ein paarmal rüber nach Brockton fahren und mich ums Geschäft kümmern. Wenns an der Zeit ist, dass du aufhörst, dir Sorgen zu machen, und wieder an die Arbeit gehst, sag ich dir Bescheid.«

11

Am frühen Nachmittag trank Cogan bei Jake Wirth einen Krug Dunkelbier. Er saß weit hinten, auf der Seite, wo die Bar war, und behielt die Tür im Auge. Jenseits der Balustrade aus Messing, im Restaurantbereich, saßen Krankenschwestern und flirtende Assistenzärzte in weißen Kitteln, tranken Dunkelbier und tauschten den neuesten Klatsch aus dem New England Medical Center aus.

Mitch trat durch die Tür der Bar. Er sah sich kurz um, entdeckte Cogan und ging über die mit Sägespänen bestreuten Dielen zu seinem Tisch. Er trug ein ungemustertes Tweedjackett, eine graue Flanellhose und ein dunkelblaues, am Kragen offenes Hemd. Seine Haut war sehr hell. Er streckte die Hand aus und sagte: »Jack.«

Sie schüttelten sich die Hände. Cogan sagte: »Mitch.« Sie setzten sich. Mit zwei erhobenen Fingern winkte Cogan einem der Kellner.

»Mh-mh«, machte Mitch.

»Trocken?« fragte Cogan.

»Nein, ich werde zu dick«, sagte Mitch. Der Kellner kam. »Einen Beefeater Martini«, sagte Mitch. »On the rocks. Olive nicht vergessen. Alles klar?« Der Kellner nickte.

»Hast du was gegessen?« fragte Cogan.

»Im Flugzeug«, sagte Mitch. »Mittagessen. Oder was die so nennen.«

»Du solltest das Gulasch probieren«, sagte Cogan. »Ist so was wie ein Rindereintopf, nur dass sie noch Tomaten und so reintun. Schmeckt ziemlich gut.«

»Gibts eigentlich noch den Laden in dieser kleinen Gasse, wo die Penner hingehen und man einen prima Rindereintopf kriegt?« fragte Mitch.

»Conway and Downey's«, sagte Cogan. »Ja, den gibts noch. Sehr lecker, das Zeug.«

»Fand ich auch immer«, sagte Mitch. »Dillon ist mit mir mal dahin gegangen. ›Mann‹, hab ich gesagt, ›du weißt wirklich, wo es die guten Sachen gibt.‹ Es war einer von diesen beschissenen Tagen, es hat geschneit wie verrückt, sodass man nirgends mehr hinkam, und wir hatten alle möglichen Probleme mit einem Typen. Und dann ist Dillon mit mir dahin gegangen. Er war stinksauer. Wenn du Dillon stinksauer machen willst, brauchst du nur dafür zu sorgen, dass er denkt, du denkst, er wäre irgendwie billig. Da geht er gleich an die Decke. Und wenn man ihm sagt, dass er kerngesund ist. Aber das ist er jetzt nicht mehr, hm?«

»Nein, ist er nicht mehr«, sagte Cogan.

»Schöne Scheiße«, sagte Mitch. »Ich weiß nicht … Ach, ich bin einundfünfzig und werde fett. Dabei hatte ich nie Probleme mit meinem Gewicht, damals, als ich dreißig, fünfunddreißig war. Soll ich dir mal was sagen? Als ich dreißig war, weißt du, wer da Präsident war? Harry Truman.«

»Der müsste inzwischen ungefähr hundert sein«, sagte Cogan.

»Soviel ich weiß«, sagte Mitch, »ist der inzwischen mausetot. Damals brauchte ich nur weniger Kartoffeln zu essen, das war alles. Ein bisschen Sport und weniger Kartoffeln. Ich konnte jedenfalls immer ein Bier trinken, wenn ich wollte.«

»Vielleicht auch zwei«, sagte Cogan.

»Hin und wieder vielleicht«, sagte Mitch. »Aber damals konnte ich das, jetzt nicht mehr. Ich brauche bloß ein Glas Bier anzusehen, schon werde ich ein bisschen dicker. Das nervt. Das liegt an dem Cortison, das ich gekriegt hab. Davon wird man ganz aufgeschwemmt. Ich hab zu dem Arzt gesagt, das Zeug macht mich so fett, dass ich dann an Übergewicht sterben werde. Aber er hat gesagt, nein, sobald ich das Zeug absetze, ist mein Gewicht wieder normal. Stimmt aber nicht.«

»Wofür hast du Cortison gekriegt?« fragte Cogan.

»Ich hatte eine Colitis«, sagte Mitch. »Letztes Frühjahr und den ganzen Sommer durch war ich krank. Ich hab mich wirklich scheiße gefühlt. Ich hab gar nicht so viel davon genommen und auch nicht sehr lange, aber dann bin ich beinah wirklich schwer krank geworden. Ich musste zum Schwanzdoktor, und der hat mir Penicillin gegeben. Ich hab vergessen, ihm zu sagen, dass ich schon Cortison kriege, und anscheinend darf man die beiden Mittel nicht mischen. Jedenfalls war ich ungefähr eine Woche lang richtig krank und konnte nichts machen.«

»Meine Frau hat auch mal Cortison gekriegt«, sagte Cogan. »Ich glaube jedenfalls, es war Cortison. Vielleicht war es auch was anderes. Sie hat aber nicht so zugenommen.«

»Hat sie Arthritis oder so?« fragte Mitch.

»Giftefeu«, sagte Cogan. »Sie ist gern draußen und hat einen richtig schönen Garten, in dem hat sie gearbeitet, und da hat sie irgendwie Giftefeu erwischt. Sie hat sich nicht viel dabei gedacht, wahrscheinlich hat sie irgendwelche Wurzeln ausgerissen, die sie besser nicht angefasst hätte, und in null Komma nichts hat es sie überall gejuckt. Sie hat Zinksalbe draufgestrichen, aber es hat nicht aufgehört. Schließlich ist sie zum Arzt gegangen, und der hat gesagt, dass das Zeug in ihrem Blut ist, und dann hat er ihr dieses Mittel verschrieben. Sie hatte es in den Haaren, es war überall auf der Kopfhaut und hinter den Ohren und so weiter. Sie steht immer vor mir auf, weil sie früher zur Arbeit muss als ich, und ich bin davon aufgewacht, dass sie im Badezimmer geheult hat, weil das Kämmen so wehtat. Der Arzt hat gesagt, wenn sie immer nur diese Salbe draufstreicht, geht es nie weg, und darum muss sie Tabletten nehmen. Ich glaube, es war Cortison. Für eine Weile wars für sie die reinste Hölle.«

»Dann kriegt sie es nächstes Jahr wahrscheinlich wieder«, sagte Mitch.

»Ich weiß«, sagte Cogan. »Ich hab den Arzt gefragt, und er sagt, nein, das passiert nur, wenn das Gift im Blut ist und man nichts dagegen unternimmt, sondern nur Salbe auf die Haut streicht. Aber ich würde mich nicht wundern. Diese Typen wissen auch nicht immer, was sie tun. Das große Problem bei ihr ist … sie hat immer große Probleme mit Insekten gehabt. Bienen und Wespen und so. Sie ist allergisch dagegen.«

»Wenn so ein Vieh sie sticht, schwillt alles ganz dick an?« sagte Mitch. »Das hatte ich als Junge.«

»Schlimmer«, sagte Cogan. »Sie könnte dran sterben. Wenn sie aus dem Haus geht, hat sie immer eine Spritze mit Adrenalin dabei. Eine liegt im Handschuhfach vom Wagen, und im Pick-up hab ich auch eine. Die haben ihr gesagt, wenn sie oberhalb vom Hals gestochen wird, hat sie noch fünf Minuten Zeit für die Spritze. Unterhalb vom Hals zwanzig Minuten. Und mir haben sie gesagt: ›Sie müssen ihr die Spritze geben. Versuchen Sie nicht, sie ins Krankenhaus zu bringen. Die Zeit wird nicht reichen. Ihr Herz wird stehen bleiben.‹«

»Mann«, sagte Mitch, »das ist ja hart.«

»Aber sie ist auch hart im Nehmen«, sagte Cogan. »Sie

kennt es nicht anders, von klein an. ›Es gibt eben Bienen auf der Welt‹, sagt sie, ›und ich kann nicht mein Leben lang drinnen bleiben. Was ist, wenn eine Biene ins Haus geflogen kommt?‹ Vor ein paar Jahren ist sie mal gestochen worden. Wir haben zu Abend gegessen, in einem Restaurant am Wasser, und da hatten wohl irgendwo Bienen ihr Nest. Sie trägt natürlich kein Parfüm und ich normalerweise auch nicht, aber ich hatte gerade dieses *Brut* geschenkt gekriegt und mich ein bisschen eingedieselt, und dann kam eine Biene angeflogen. Die hat wahrscheinlich mich gesucht. Sie landet auf ihrem Hals, und der Ober sieht das und will sie verscheuchen. Ich hab nicht genau gesehen, was er gemacht hat – er war schon dabei. Jedenfalls streift er die Biene nur und treibt den Stachel richtig in die Haut. Sie *schreit* und greift nach ihrer Handtasche und läuft blau an. Ich hatte meine Spritze in der Jacketttasche und bin so schnell zu ihr gesprungen, dass ich fast den Tisch umgeworfen hätte. Sie kriegte überhaupt keine Luft mehr. Ich hab ihr die Spritze gegeben, und alles war wieder gut. ›Es hat sich angefühlt, als wäre alle Luft auf der Welt auf einmal verschwunden‹, hat sie gesagt.

Sie weiß, was passieren kann, das hält sie aus«, sagte Cogan. »Manchmal besuchen wir ihre Mutter. Carol hat noch zwei Schwestern, und jede hat ungefähr eine Million Kinder. Carol ist gut mit den Kindern. Aber ihre Mutter hat keinen Verstand. Die kriegt dann diesen gewissen Gesichtsausdruck. Sie braucht gar nichts zu sagen, sie sitzt einfach da und macht dieses Gesicht. Sie weiß natürlich, was Carol hat, aber sie sieht sie an. Meine Frau ist ein harter Brocken. ›Ma‹, sagt sie, ›mehr als *Tante* Carol ist nicht drin. Man kann nicht immer tun, was man will.‹«

»Man kann nie tun, was man will«, sagte Mitch. »Nie. Und

wenn mans versucht, gerät man in die Scheiße. Sieh dir Dillon an.«

Der Kellner, der die Ärzte und Schwestern inzwischen bereits zweimal bedient hatte, brachte ihre Drinks.

»Mein erster heute«, sagte Mitch. »Abgesehen von denen im Flugzeug.« Er trank einen Schluck. »Eineinhalb Dollar für einen mickrigen Drink. Die sollten sich schämen. Verbrecherbande. Nein, sieh dir Dillon an. Was für ein Typ. Ich hab ihn nie was übertreiben sehen. Er hat mal was getrunken, er hat auch ab und zu mal gut gegessen, und ich schätze, wenn er eine Frau gebraucht hat, dann hat er auch eine gekriegt. Ich weiß nicht, ich war ja nie dabei, aber ich nehme es an.«

»Manchmal war er bei seiner Frau«, sagte Cogan.

»Das war eine Schönheit«, sagte Mitch. Er trank sein Glas aus und winkte dem Kellner. »Einmal hat er mir erzählt, dass er sie dabei erwischt hat, wie sie seine Taschen durchsucht hat. Ich hab gesagt: ›Wenn ich eine dabei erwischen würde, würde ich sie umbringen.‹ ›Nein‹, hat er gesagt, ›ich weiß immer gern, wie weit die Leute, mit denen ich zu tun habe, gehen würden. Bei ihr weiß ich es jetzt.‹ Ich glaube, Dillon hat ein ziemlich beschissenes Leben hinter sich. Ich hab nur ein einziges Mal erlebt, dass er so was wie Spaß hatte, und das war damals da unten in Florida. Wirklich zu schade. Der hat sein Leben lang immer dasselbe gemacht. Ich weiß nicht. Für mich wär das nichts.«

»Bist du noch immer bei der Gewerkschaft?« fragte Cogan.

»Nein«, sagte Mitch, »damit hab ich aufgehört. Da sind einfach zu viele. Weißt du, was die jetzt machen? Da gibts auf einmal nur noch diese Scheißpuertorikaner. Man denkt ja immer: die Nigger. Aber nein. Irgendwo anders vielleicht, aber nicht in New York. In New York gibts nur noch Puertorikaner. Ich weiß nicht, was da los ist. Seit fast zwanzig Jahren bin ich jetzt in New York, und immer haben irgendwelche das Maul aufgerissen und irgendwas gefordert. Jetzt sinds nicht mehr die Nigger, sondern die Puertorikaner. Da kommen ganze Flugzeugladungen von diesem Scheißpack, und plötzlich gehört ihnen die Stadt. Plötzlich muss man auf die Knie gehen und den verdammten Puertorikanern den Arsch küssen. Du kaufst dir ein Sandwich, und wehe, irgendein hungriger Puertorikaner steht da herum. Und es steht natürlich immer irgendein hungriger Puertorikaner herum, weil diese Puertorikaner einfach zu schön sind, um zu arbeiten. Dann kannst du dein Sandwich vergessen, denn auf einmal steht da so ein Typ aus Washington und sieht dich finster an. ›Gib ihm dein Sandwich, Jason. Er ist ein Bohnenfresser und hat ein Recht darauf.‹ Komm nach New York und sieh dich um – du siehst nur noch Bohnenfresser, flächendeckend, und alle wackeln mit dem Arsch. Ich schwöre, die sind alle schwul. Nein, ich verkaufe Autos.«

»Oh«, sagte Cogan. »Hätte nicht gedacht, dass dabei so viel rausspringt.«

»Tut es auch nicht«, sagte Mitch. »Die Bezahlung ist beschissen. Wenn einem der Laden gehört, sieht es natürlich ganz anders aus. Dann macht man richtig Geld. Aber die Typen, die einen Job haben wie ich, müssen sich den Arsch aufreißen und außerdem noch Glück haben, wenn sie überhaupt was verdienen wollen. Also, der Typ, dem der Laden gehört, ist der Onkel meiner Frau. Ich hätte *ihn* heiraten sollen. Wir verstehen uns prima. Mir gehts also ganz gut, ich bin viel draußen, es gibt viele Besprechungen und Konferenzen und so weiter. Es ist nur für eine Weile. Ich brauche bloß in die Nähe von irgendeinem Scheißjob zu kommen – sofort schreit einer ›Alarm! Alarm!‹, weil ich ein Vorstrafenregister habe oder weil ich dies oder das gemacht habe, und dieses Arschloch in New Jersey, ich schwöre dir, jedes Mal wenn der Typ zum Hörer gegriffen hat, hat er irgendeinem erzählt, was für eine heiße Nummer ich bin. Ja, der war wirklich große Klasse. Da kann man nur warten, bis Gras über die Sache gewachsen ist. Und das tuts ja auch immer. Pass auf, als Nächstes sind die Schlitzaugen dran. Ach, scheiß drauf. Früher oder später werden sie wahrscheinlich eine Wahl veranstalten, und irgendein Scheißverrückter, der denkt, dass die Welt den Niggern gehören sollte, und alles an irgendwen verschenken will, Hauptsache, er ist ein Nigger, wird gewaltig auf den Arsch fallen, und dann ist erst mal wieder Ruhe. Ich werde schon was finden.«

Der Kellner brachte zwei weitere Drinks. Er war ein älterer, gebeugter Mann in einer Kellnerjacke. »Woher beziehen Sie die Drinks?« fragte Mitch ihn. Der Kellner richtete sich auf und sah ihn an. »Ich meine: Wohin müssen Sie gehen, um die zu kriegen?« sagte Mitch. »Muss irgendwo außerhalb sein, außerhalb von diesem Gebäude. Vielleicht ein, zwei Blocks weiter, vielleicht müssen Sie auch ein Taxi nehmen. Ich bin bloß neugierig.«

»Nein, Sir«, sagte der Kellner. »Wir haben heute nur einen Mann für Drinks und Sandwiches, und der hat viel zu tun. Sind die Getränke in Ordnung?«

»Na ja«, sagte Mitch, »eigentlich nicht. Weil sie nämlich schon halb verdunstet sind, wenn wir sie kriegen.«

»Mitch«, sagte Cogan. »Ja«, sagte er zu dem Kellner, »die Getränke sind in Ordnung.«

Der Kellner ging wieder zur Theke.

»Den nächsten bestelle ich per Post«, sagte Mitch. »Die haben hier wahrscheinlich Bestellcoupons aus irgendeiner Zeitschrift. Die schicken sie ein, und dann dauert es nur noch eine Woche, bis du kriegst, was du haben willst.«

»Selber schuld«, sagte Cogan.

»Das ist der einzige Laden in Boston, den ich noch kenne, der einzige, der mir eingefallen ist«, sagte Mitch. »Ich bin ja nie hier. Weißt du, wie oft ich hier war? Das ist jetzt das vierte oder fünfte Mal in meinem Leben. Ich bin einfach nie hier. Wenn ich irgendwohin muss, dann nach Detroit oder Chicago oder so. Das letzte Mal, als ich wegmusste, war ich in St. Louis. Hier komme ich einfach nie her. Neulich fragt mich ein Typ, ob ich bei einer Sache mitmachen will, aber ich hab ihm gesagt, da kann ich nicht, da bin ich gar nicht in der Stadt. ›Oh‹, sagt er, ›sag bloß, du fährst nach Brooklyn.‹«

»Hast du ihm gesagt, dass du nach Boston fährst?« fragte Cogan.

»Um Gottes willen, nein«, sagte Mitch. »Ich wollte damit bloß sagen, dass ich nicht oft hierher komme. Wenn sie hier einen brauchen, haben sie wahrscheinlich einen anderen, den sie anrufen können. Aber ich hab in letzter Zeit auch kaum was anderes getan, als mich von allem Möglichen fernzuhalten. Oder vielmehr hat sich alles Mögliche von mir ferngehalten.«

»Ach ja?« sagte Cogan.

»Ja«, sagte Mitch. Er trank, winkte dem Kellner und deutete auf sein leeres Glas. Der Kellner bewegte sich langsam in Richtung Theke. »Kann ich eins von deinen Bieren haben, während ich darauf warte, dass mein Drink eingeflogen wird?« Er griff nach einem der Bierkrüge.

»Klar«, sagte Cogan. »Aber ich denke, das macht dick.«

Mitch trank einen Schluck Bier. »Ja«, sagte er. »Zuerst war da die Sache mit diesem Telefontypen. Herrgott, ich hätte ihn umbringen können. Ganz im Ernst. Wenn mir einer das Okay gegeben hätte, hätte ich ihn gratis erledigt. Absolut umsonst. Und wegen dem Schleimscheißer stand ich dann im Regen.

Mir gings nicht gut. Also bin ich zum Arzt gegangen, und er hat mir was verschrieben und mich gefragt, ob ich in letzter Zeit vielleicht besonderen Belastungen ausgesetzt bin. Nein, natürlich nicht, nur dass mein Name andauernd in der Zeitung steht, öfter als der von Rockefeller. Ich war mal ein Typ, der hingehen und was organisieren und am Laufen halten konnte, und auf einmal bin ich nur noch einer, der mit Bomben um sich wirft und Leuten die Beine bricht und so. Ich weiß gar nicht mehr, was da alles stand. Und meine Frau hat mir natürlich auch die Hölle heißgemacht. Aber nein, alles in bester Ordnung. Ich hab das Zeug genommen, das er mir verschrieben hat, und bin dick geworden, und dann bin ich mit ein paar Freunden nach Saratoga gefahren und hab mir was eingefangen. Und dann haben sie mich in Maryland gepackt – die Sache mit den Flinten.«

»Was für Flinten?« fragte Cogan.

»Ich wollte auf die Jagd gehen«, sagte Mitch. »Ich und noch einer. Kennst du Topper?«

»Nein«, sagte Cogan.

Mitch trank sein Bier aus. Der Kellner brachte ihm seinen Drink. »Ich wette, Sie haben kein Bier für ihn dabei«, sagte Mitch zu ihm.

»Nein, Sir«, sagte der Kellner. »Ich dachte, Sie wollten nur einen Martini.«

»Da haben Sie falsch gedacht«, sagte Mitch. »Bringen Sie ihm noch ein Bier. Ich hab ihm seins weggetrunken.«

»Ich will keins mehr«, sagte Cogan zum Kellner. »Ist schon gut.«

Der Kellner nickte.

Mitch zuckte die Schultern. »Na gut«, sagte er, »dann lass es. Ja. Topper. Netter Typ. Lebt auf Long Island. Als wir da rausgezogen sind, hat mir einer gesagt, ich soll ihn mal besuchen. ›Er wird langsam alt‹, hat er gesagt, ›ist aber immer noch ein netter Typ.‹ Hab ich dann gemacht. Er geht gern angeln.«

»Ich war auch mal angeln«, sagte Cogan. »Auf einem verdammten Boot. Lauter Kerle, und alle saufen Bier. Ich seh den Typen an und sage: ›Was ist das hier? Wenn ich sehen will, wie Leute sich besaufen, kann ich auch ins Stadion gehen.‹ Es war schrecklich. Die See war rau, und alle, die vorher Bier getrunken hatten, fingen an zu kotzen. Angeln ist scheiße.«

»Was er macht, nennt man Brandungsfischen«, sagte Mitch. »Man steht dabei am Strand. Ist nicht schlecht.« Mitch nahm einen großen Schluck von seinem Martini. Er rülpste leise. »Das Einzige, was nicht so toll ist: Man muss zu früh aufstehen. Aber was solls – er will das eben. Aber meine Frau macht Theater. ›Herrgott‹, sage ich, ›lass mich in Ruhe, okay?‹ Hast du schon mal Gänse geschossen?«

»Nein«, sagte Cogan. »Das ist das Problem: Ich arbeite die ganze Nacht und den ganzen Tag, und dann gehe ich nach Hause und leg mich ins Bett. Und wenn ich mir mal ein paar Tage freinehme, lebe ich natürlich in demselben Rhythmus weiter. Meine Frau sagt immer, ich arbeite zu viel. Und das stimmt auch. Ich hatte da was laufen, und das war so weit in Ordnung, aber man sieht ja, was los ist, und es ist nur eine Frage der Zeit, bis der Staat alle möglichen Maßnahmen ergreift. Dann wird das zwar immer noch laufen, keine Frage, aber nicht mehr so gut. Also hab ich diese Sache mit den Zigaretten angefangen und ganz gut in Schwung gebracht. Ein halbes Jahr nachdem ich die Automaten übernommen hatte, lief die Sache wie geschmiert. Ich musste einen Typen anheuern und ihm was abgeben. Ich liefere ihm den Nachschub, aber er hat die Automaten westlich von hier, und ich kümmere mich um die anderen. Also, es geht bergauf. Aber meine Frau macht das ganz verrückt: Wir fahren irgendwohin, wir kommen an, aber ich kann nicht schlafen. Ich bin es nicht gewöhnt, so früh zu Bett zu gehen, also bleibe ich auf und schlafe am nächsten Morgen aus, aber dann ist es schon spät, und wir können nichts mehr unternehmen. ›Du bist erschöpft‹, sagt sie, und sie hat recht. Ich hab versucht, meinen Schlafrhythmus zu ändern, aber ich schaffs einfach nicht. Ich lebe schon zu lange so. Ich sollte mir wahrscheinlich eine andere Branche suchen. Mit besseren Arbeitszeiten.«

»Ab und zu muss man sich verändern«, sagte Mitch. »Zum Beispiel diese Gewerkschaftssache – das war dann vorbei, und das hat mir nicht gefallen. Aber ich hab das wirklich lange gemacht, und irgendwie war ich ganz froh, dass es vorbei war. Topper hat das auch gesagt. Er ist mindestens siebzig und macht keine Sachen mehr. Weißt du, was er gesagt hat? ›Das Problem mit euch ist‹, hat er gesagt, ›dass ihr euer Leben lang immer dasselbe macht, und dabei werdet ihr immer nur älter. Man muss immer wieder was Neues probieren.‹ Also hab ich auf ihn gehört: Lass uns nach Maryland fahren, an die Küste, da ist ein ganzes Motel voller Typen, alle schwer in Ordnung, und wir gehen alle zusammen auf die Gänsejagd. Gut, wir kommen da an, und da sind ein paar Hundert Bullen, übers ganze Gelände verteilt. Und wir haben Schrotflinten im Kofferraum. Großartig. ›Wo wollen Sie hin? Was wollen Sie da? Woher kommen Sie?‹ Wir sagen natürlich gar nichts. Ich meine, die haben zwar eine Menge Gesetze erlassen, aber wir sind ja schließlich nicht in Russland. Alle stehen herum, und dann beschließen sie, die Wagen zu durchsuchen. Und ich will sie fragen, ob sie eigentlich so was wie einen Durchsuchungsbefehl oder so haben, ich will sie das gerade fragen, als Topper mir die

Hand auf den Arm legt. Vier oder fünf von denen standen um den Wagen herum, und ich hatte wirklich Angst, er würde was sagen. Aber er schüttelt bloß den Kopf. Eigentlich nicht mal das. Topper ist in Ordnung. Also hab ich nichts gesagt.

Sie machen den Kofferraum auf, und da sind die Schrotflinten und ich, in Toppers Wagen. Oder vielmehr dem Wagen seiner Frau. Zwei Schrotflinten. Ich hatte meine gerade erst gekauft, verdammt. Ich bin in ein Geschäft gegangen und hab diese Scheißschrotflinte gekauft. Unterschrieben hat natürlich der Onkel meiner Frau, aber ich war derjenige, der hingegangen ist und das Ding bezahlt hat. Das war kein Geschenk oder so. Ich hab nicht ein einziges Mal damit geschossen. Der Typ sieht sie sich an. Er kommt zu mir. Finanzbehörde, Abteilung für Alkohol, Tabak, Feuerwaffen. Ich bin festgenommen. Verurteilter Straftäter, unerlaubter Waffenbesitz. Meinst du, ich hätte ein einziges Wort zu denen gesagt? Nein. Aber was sagt er? ›Mister Mitchell‹, und dann noch so allerlei. Zufällig kennen die mein Strafregister und alles andere. Ich sehe Topper an, aber der wird auch gerade festgenommen, und seinen Namen kennen sie auch. Ich denke: Gleich werde ich mal einen fragen, wie es kommt, dass diese Bullen wissen, wann ich scheißen gehe.

›Nur zu Ihrer Information‹, sagt der Typ. ›Es wird Sie vielleicht interessieren, dass wir Sie seit der Throg's Neck Bridge heute Morgen auf dem Schirm haben. Sie sollten sich mal abgewöhnen, solche Treffen zu veranstalten.‹ Und da sitze ich jetzt und muss wahrscheinlich in den Knast, weil ich in einem verdammten Scheißladen eine verdammte Scheißschrotflinte gekauft hab. Und alles, was ich damit erschießen wollte, waren Gänse.«

»Scheiße«, sagte Cogan.

Mitch trank den Martini aus. Er winkte dem Kellner und zeigte auf Cogans leeren Bierkrug.

»Du schaffst ja ganz schön was weg«, sagte Cogan.

»Ich war die ganze Nacht auf«, sagte Mitch. »Ich kann nicht schlafen, wenn ich am nächsten Tag fliegen muss. Flugzeuge machen mich nervös. Wenn ich dann angekommen bin, muss ich erst mal ins Bett, sonst bin ich zu nichts zu gebrauchen. Sobald wir hier fertig sind, fahre ich ins Hotel und leg mich hin. Der Arzt wollte mir wieder Cortison geben – nach der Sache in Maryland ist das wieder ausgebrochen –, aber ich hab gesagt, nein. Ist mir egal, was es ist, und ich wechsle auch drei Mal am Tag die Hose, wenn es sein muss, aber ich muss diese Kilos loswerden. Ich glaube, Topper fühlt sich irgendwie verantwortlich. Und er ist alt und sieht gebrechlich aus und ist seit ungefähr dreißig Jahren nicht mehr verhaftet worden, glaube ich. Also gehören ihm wahrscheinlich beide Flinten, und ich hab dem alten Mann bloß einen Gefallen getan und ihn da runtergefahren und so.«

»Ja«, sagte Cogan, »aber wenn sie das nicht –«

»Dann geh ich in den Knast«, sagte Mitch. »Ganz einfach. Wenn es nicht seine Flinten waren, geh ich in den Knast. Da war ich schon mal. Und wenn es sein muss, geh ich wieder rein. Sie werden sich den Arsch aufreißen müssen, damit ich dafür mehr als drei Jahre kriege, trotz all den Vorstrafen, die ich habe. Und Mann, wie sie es lieben, einen festzunehmen! Sie lieben es. Endlich haben sie mal einen geschnappt, und sie kennen seinen Namen! Herrgott, sie freuen sich wie die Kinder. Sie finden das so großartig, dass man ihnen glatt eins aufs Maul hauen möchte. Schweinebande. Ganz tolle Leistung. Ich werd ein Jahr kriegen. Gefällt mir nicht, aber Scheiße, so ist es eben.«

»Hart für deine Frau«, sagte Cogan. »Das ist so was, das

Carol immer im Hinterkopf hat: dass ich bei irgendwas geschnappt werde und dann eine Weile weg bin. Meistens lässt sie mich in Ruhe, außer wenn es darum geht, dass ich die ganze Zeit unterwegs bin und so. Aber ab und zu … Hier haben sie mal vier Typen genagelt und vor die Anklagejury geschleppt und sie gefragt, wer der Typ ist, nach dem sie suchen. Und wie bei dir: Sie kannten seinen Namen schon. Aber die vier haben natürlich nichts gesagt. Obwohl sie ihnen Straffreiheit angeboten haben.«

»Das haben sie in Brooklyn auch mal probiert«, sagte Mitch. »Sie haben alle einkassiert, und was war dann? Keiner hat was gesagt.«

»Ja«, sagte Cogan. »Hier dasselbe. Alle kommen in den Knast. Und wenn sie den Mund nicht aufmachen, was sie natürlich nicht tun werden, bleiben sie drin. Und da sitzen sie also. Und meine Frau … Ich hab ihr gesagt, ich bin nicht groß genug. Und ich höre sowieso damit auf, so bald wie möglich. Von Leuten wie mir wissen die nicht mal, dass es sie gibt. Die Typen da sind viel größer als ich. Aber ich kann sie verstehen. Ich glaube, sie könnte es nicht verkraften, wenn so was wirklich passieren würde. Jedes Mal, wenn sie kommen und die Zollbescheinigungen sehen wollen … Alle wissen Bescheid, in der Cafeteria wird darüber geredet. Und dann regt sie sich auf und macht sich Sorgen und alles. ›Versprich mir nur, dass du da, wo man dich kennt, nicht telefonierst.‹ Das hab ich ihr also versprochen, und ich halte mich auch daran. Aber ich bin sowieso fast draußen aus der Sache. Ich glaube, sie könnte es nicht aushalten, wenn so was wirklich passieren würde.«

»Können sie alle nicht«, sagte Mitch. Der Kellner brachte den Martini und das Bier. Mitch trank von dem Bier. Er wischte sich den Mund ab und rülpste leise. »Letztes Mal«, sagte er,

»letztes Mal hat sie tatsächlich die Scheidungspapiere klarmachen lassen. Ich mach ihr keinen Vorwurf daraus. Damals war sie noch viel jünger. Aber am letzten Tag, als wir es noch mal versucht haben … Das war der Tag der Urteilsverkündung. Ich stehe auf, und sie ist schon auf den Beinen. Ich weiß nicht, wie lange schon, aber ich war um fünf schon mal auf, weil ich aufs Klo musste, und da war sie nicht im Bett. Sie sagt: ›Sieht nicht gut aus, oder?‹ Scheiße, nein, es sah nicht gut aus. Der Bulle hatte im Zeugenstand natürlich gelogen und gesagt, ich wäre um halb zehn da gewesen, dabei war es an dem Abend mindestens nach zehn, als ich dahin kam, aber die Geschworenen haben natürlich ihm geglaubt. Also sage ich: ›Nein, sieht nicht gut aus.‹ Wir gehen ins Schlafzimmer und ziehen uns an. Ich steige in meine Hose und sehe ihr zu, und ich weiß nicht, wie sie das macht, mit der ganzen Trinkerei und so, aber sie hatte immer einen verdammt guten Körper, und ich komme ins Grübeln. Ich werde also weg sein, und sie wird wieder trinken, als würde es morgen verboten, und ich *weiß* einfach, dass sie herumvögeln wird. Scheiße, ich meine, ich mag das Gefühl nicht, das ich dabei in den Eiern kriege, aber ich würde sie nicht mal danach fragen, verstehst du? Nur weil ich im Knast sitze, soll sie darauf verzichten, als wäre sie auch im Knast? Sie sieht mich an. ›Das ist jetzt das dritte Mal, Harold‹, sagt sie. Sie hat mich nie Mitch genannt, und sie weiß, dass ich den Namen hasse.

›Hör zu‹, sage ich, ›man weiß nie, was passiert.‹« Er trank von seinem Martini. »›Man weiß nie, was passiert.‹

Und sie sagt: ›Du weißt, was passieren wird, und ich glaube, dass es passieren wird, und ich weiß nicht, ob ich das noch mal aushalte.‹

Und dann ist es passiert, und ich hab die Scheidungspapiere gekriegt und wollte sie schon unterschreiben. Ich dachte, wenn sie es so haben will, soll sie es auch kriegen. Sie hat das jetzt schon zweimal durchgemacht. Die Frau schuldet mir nichts. Wahrscheinlich hängt es ihr zum Hals raus. Aber dann hab ich sie gebeten, mich zu besuchen, und als sie dann da war, hab ich gesagt: ›Hör zu, Margie – wenn du das wirklich willst, kannst du es haben. Aber was hast du davon?‹ Damals war sie neununddreißig, vierzig. ›Du hast immer noch die Kinder, und das musst du wissen: Ich werde nicht immer hier drin sein, und wenn ich rauskomme und sie besuche, hast du mich an der Backe. Ich werde nicht aufhören, vorbeizukommen und sie zu besuchen. Und wir sind schon verdammt lange zusammen. Es sei denn, du hast einen anderen, den du wirklich haben willst.‹ Ich wusste, dass sie einen anderen hatte. Sie sagt nichts, und ich sage: ›Hör zu, tu es für mich. Unternimm jetzt nichts. Als ich das letzte Mal rausgekommen bin, da waren wir beide noch viel jünger. Und damals hast du dich entschieden.‹ Sie sieht mich an. ›Und damals hast du mir was versprochen‹, sagt sie. ›Du hast mir versprochen, dass es damit vorbei ist. Und jetzt sitze ich wieder hier, und du versprichst es mir wieder, und jetzt soll ich fünf Jahre warten, damit ich vielleicht sechs Jahre was von dir habe, und dann gehst du hin und machst wieder irgendeine Scheiße.‹

›Margie‹, sage ich, ›was soll ich dazu sagen? Ich weiß ja. Du hast ja recht. Ich bitte dich auch nur zu warten, bis ich wieder draußen bin. Ich weiß ja nicht, wer der Typ ist‹«, sagte Mitch, »obwohl ich es natürlich doch wusste. Ich wusste es schon, zwei Tage nachdem sie zum ersten Mal mit ihm ins Bett gegangen war. Und ich mach ihm keinen Vorwurf. ›Wenigstens das bist du mir schuldig: dass du wartest, bis ich genauso bei dir aufkreuzen kann wie er. Weil wir doch eigentlich immer ganz gut miteinander klargekommen sind.‹ Und sie fängt an zu heulen und schüttelt den Kopf. Ich hab wirklich gedacht, sie würde es tun. Aber sie hats nicht getan. Und es war gut. Ich glaube … Hast du eigentlich Ahnung von Kindern? Wahrscheinlich nicht.« Er trank seinen Martini aus.

»Das war jetzt dein letzter«, sagte Cogan. »Sonst fällst du noch auf den Arsch.«

»Ich komm schon zurecht«, sagte Mitch. »Ich hab schon getrunken, da hast du noch im Schwanz von deinem Alten gesteckt, also sag mir nicht, was ich zu tun hab.« Er winkte dem Kellner und zeigte mit zwei Fingern auf Cogans Bierkrug. »Keiner hat Ahnung von Kindern«, sagte Mitch. »Aber für die ist es richtig schwer. Ich glaube, das ist der Grund, warum meine so sind, wie sie sind. Sie taugen nichts. Oder doch, sie taugen was. Meine Tochter ist gut. Aber mein Sohn will nichts mit mir zu tun haben. Und das Komische dabei ist: Wahrscheinlich hat sie es für sie getan, und wahrscheinlich wärs besser gewesen, wenn sie es nicht getan hätte. Ich glaube, das ist auch der Grund, warum sie jetzt so viel trinkt.«

»Als wir damals in Florida waren, hatte ich das Gefühl, ihr geht es gut«, sagte Cogan.

»Es ging ihr auch gut«, sagte Mitch. »Als ich da unten war, ging es ihr gut. Als ich da runtergefahren bin. Es ging ihr wirklich gut. Ich habs ihr geglaubt. Aber das war das erste Mal, und seitdem ist einiges passiert. Ich hab mit ein paar Typen gesprochen, mit Leuten, die zu Hause auch so jemand haben. Beim ersten Mal kommen sie drüber weg, oder jedenfalls glauben sie, dass sie drüber weg sind und dass alles vorbei ist. *Sie* denken das, sie glauben es einfach. Aber sie kommen nicht drüber weg. Keine, die so ist, kommt je wieder ganz ins Gleis. Als ich damals rauskam, war ich kaum einen Monat wieder zu Hause, da sind wegen jeder Kleinigkeit die Fetzen geflogen. Ich weiß nicht, warum das so ist. Aber ich wills mal so sagen: Es hat mir nicht leidgetan, hier raufzukommen. Sie war schon wieder dabei. Wenn sie so drauf sind, können sie die Finger nicht von der Flasche lassen. Das Beste, was sie hinkriegen: Sie können die Finger für eine Weile davon lassen. Ich glaube, irgendwann passiert was mit ihnen. Wenn ich diesmal wegmuss, wird sie endgültig abschmieren, noch bevor ich den grauen Anzug verpasst kriege. Und wenn ich das höre und sie wieder mit den Scheidungspapieren kommt, dann werde ich sie unterschreiben. Denn auf die Dauer halte ich das nicht aus.«

Der Kellner brachte zwei Krüge Bier und stellte sie vor Mitch ab. »Danke«, sagte Cogan. Der Kellner nickte. Mitch trank den ersten Krug halb aus.

»Man macht schon eine unglaubliche Menge Scheiße mit«, sagte Cogan.

»Ach, was solls?« sagte Mitch. »Was soll man schon machen? Man bemüht sich. Soll ich vielleicht ins Ausland gehen wie einer von diesen verdammten Kriegsdienstverweigerern? Bestimmt nicht. Ist aber auch egal. Was haben wir vor?«

»Zwei Typen«, sagte Cogan. »Eigentlich geht es um vier, aber einer ist wahrscheinlich gar nicht in der Stadt, und beim anderen bin ich nicht sicher, ob wir ihn wirklich haben wollen. Also haben wir zwei Typen. Der eine kennt mich, und da kommst du ins Spiel.«

»Tja«, sagte Mitch, »dann ist das also ein Doppeljob? Und kriegt man die Typen auch mal zu sehen?«

»Nein«, sagte Cogan. »Ich meine, wenn du einen Doppeljob willst – von mir aus, wenn du meinst, dass du das hinkriegst. Brauchst du das?«

»Das Geld könnte ich gebrauchen«, sagte Mitch. »Ich muss wegen dieser Sache vor Gericht, und das wird mich ein Stück von meinem Arsch kosten. Weißt du, wo diese Schleimscheißer mich angeklagt haben? In Maryland. Nicht in New York, nein, in Maryland. Also muss ich da hin und irgendein beschissenes Motelzimmer vollfurzen, und außerdem brauche ich zwei Anwälte, nämlich erstens meinen, Solly, der so aussieht, als wäre er in seinem Leben nie über Manhattan hinausgekommen. Solly ist ein guter Typ, aber wenn je einer ausgesehen hat wie ein gerissener New Yorker Jude, dann Solly. Und zweitens den anderen, der wahrscheinlich im Overall aufkreuzt und den ich bloß habe, damit die mich nicht verknacken, weil ich Solly habe. Ja, ich brauch Geld.«

»Wenn du beide willst«, sagte Cogan, »nur zu.«

»Ich könnte dich beim Wort nehmen«, sagte Mitch. »Aber andererseits … Ich sollte eigentlich gar nicht hier sein, ich darf mich nur in Maryland und New York aufhalten und so weiter. Ich darf nirgendwohin, ohne die vorher gefragt zu haben. Und gefragt hab ich sie natürlich nicht. Also sollte ich wahrscheinlich nicht länger hier bleiben als unbedingt nötig. Und außerdem ist ein Doppeljob auch zu riskant. Nein, ich bleibe bei einem.«

»Okay«, sagte Cogan. »Es ist so: Du übernimmst den Typen, der mich kennt. Also, er kennt mich nicht, aber er ist einer von den wenigen, die wissen, wer ich bin, okay? Er kennt mich, und er kennt Dillon, und wenn er irgendwas hört, wenn er irgendeine leise Ahnung hat, rechnet er mit mir oder Dillon. Um den gehts also.«

»Hat er Freunde?« fragte Mitch.

»Einen von den Typen, die wir uns vielleicht vornehmen«, sagte Cogan. »So ein junger Bursche, kann sein, dass der in der Gegend ist. Ein einigermaßen harter Brocken. Der andere Jungspund ist der Typ, der anscheinend gerade nicht in der Stadt ist. Ja, könnte sein, dass er den dabeihat.«

»Sollen wir gegen den was unternehmen?« fragte Mitch.

»Im Moment«, sagte Cogan, »ist das noch nicht raus. Ich weiß es nicht, ehrlich. Ich will mich heute Nacht um den Vierten kümmern, und für alles Weitere kommt es darauf an, was dann passiert.«

»Worum geht es bei der Sache überhaupt?« fragte Mitch.

»Ach, es ist so ein verdammter Quatsch«, sagte Cogan. »Da ist einer, der hat eine Pokerrunde laufen, okay? Und er heuert ein paar Leute an, die diese Pokerrunde für ihn hochnehmen, und kommt damit davon. Nach einer Weile sagen alle: ›Na gut.‹ Dann kommt ein anderer Typ und heuert diese beiden Jungspunde an, und die gehen da rein und nehmen die Runde noch mal hoch. Die denken, dass alle denken werden, es war wieder Typ Nummer eins. Das ist der, den ich übernehme. Wenn alles klargeht, blase ich ihm heute Nacht das Licht aus.«

»Blöder Arsch«, sagte Mitch.

»Genau«, sagte Cogan. Der Kellner brachte die Rechnung. Cogan bezahlte.

»Wenn Sie dieses Jahr noch mal in die Gegend hier kommen, können Sie mir noch zwei bringen«, sagte Mitch.

»Nein, können Sie nicht«, sagte Cogan zu dem Kellner. Er griff nach dem zweiten Bierkrug. »Ich trinke das hier, obwohl ich gar nicht mehr will. Er trinkt Kaffee. Bringen Sie dem Mann einen schwarzen Kaffee.«

»Heh«, sagte Mitch.

»Selber heh«, sagte Cogan. »Wir zwei werden was zu besprechen haben, und ich hab keine Lust, dich aus irgendeiner Zelle abzuholen. Hier sind zu viele Typen, die sich für Sachen interessieren, die sie nichts angehen. Also Kaffee.«

»Dann kann ich nicht schlafen«, sagte Mitch.

»Mach den Fernseher an«, sagte Cogan.

»Wohl eher nicht«, sagte Mitch. »Schick mir lieber eine aufs Zimmer.«

»Muss das sein?« fragte Cogan.

»Scheiße«, sagte Mitch, »heute Abend hab ich doch nichts zu tun, oder?«

»Nein«, sagte Cogan.

»Und morgen Abend wahrscheinlich auch nicht«, sagte Mitch. »Wir müssen diese Sache ja planen und so. Wer hilft mir?«

»Ich hab da einen an der Hand«, sagte Cogan. »Er ist nicht der schlaueste Typ, den ich je gesehen hab, aber er tut, was du ihm sagst. Wenn du sagst, er soll fahren, fährt er. Was immer du willst.«

»Und er baut keine Scheiße?« sagte Mitch. »Mir ist egal, was er tut – Hauptsache, er baut keine Scheiße.«

»Pass auf«, sagte Cogan, »der Typ zerlegt dir einen Wagen mit bloßen Händen, wenn du ihn darum bittest. Er ist sehr zuverlässig. Aber du musst ihm sagen, was er tun soll. Er tut, was du ihm sagst. Wenn es sein muss, bohrt er sich quer durch ein Haus.«

»Ich persönlich«, sagte Mitch, »finde es eigentlich besser, wenn einer so ein Haus sieht und außen herumgeht. Ich kann es mir nicht leisten … Ich will keinen Typen, der alles in Schutt und Asche legt, wenn ich ihn nicht im Auge behalte. Bist du sicher, dass du mir nicht helfen kannst?«

»Hör zu«, sagte Cogan, »der Typ, um den es geht, heißt Johnny Amato. Ich kenne ihn. Er wollte mal, dass Dillon was für ihn erledigt, aber Dillon konnte nicht, also hat er ihn gefragt, ob es okay ist, wenn er mich fragt, und er hat gesagt: ›Klar.‹ Also hab ich es erledigt, und er hat mich bezahlt. Er kennt mich.«

»Und wie viel weiß mein Helfer?« fragte Mitch.

»Kenny? Kenny weiß nichts. Ich hab ihm nichts gesagt. Er weiß nicht, dass du in der Stadt bist. Und wenn, dann wüsste er damit nichts anzufangen.«

»Ich will ihn nicht«, sagte Mitch.

Der Kellner brachte den Kaffee und Cogans Wechselgeld.

»Und den will ich auch nicht«, sagte Mitch.

Der Kellner ging.

»Ich hab auch nicht gesagt, dass du einen willst«, sagte Cogan.

»Und ich will auch keine verdammten Halbirren.«

»Gut«, sagte Cogan, »okay. Dann sag mir doch, was du willst. Das weiß ich nämlich nicht.«

»Wo ist dieser Typ?«

»In Quincy«, sagte Cogan. »Genauer gesagt: Wollaston.«

»Ich weiß nicht, wo das ist«, sagte Mitch.

»Ich kann dir den Weg zeigen«, sagte Cogan.

»Aber er kennt dich«, sagte Mitch. »Na toll. Und dieser andere Typ, den du dir vornimmst?«

»Ja?« sagte Cogan.

»Nimm ihn dir vor«, sagte Mitch. »Wenn ich dich recht verstanden habe, wird sich das irgendwie auf den Typen auswirken, den ich übernehmen soll.«

»Wird es wohl«, sagte Cogan.

»Dass er sich entspannt oder so.«

»Würde ich sagen.«

»Okay«, sagte Mitch. »Dann müssen wir ihm auch Gelegenheit geben, sich zu entspannen, stimmts? Und ich brauche einen, der einen Wagen fahren kann, ohne alles umzunieten, und dann brauche ich noch was. Du hast noch nichts besorgt, nehme ich an.«

»Ich wollte dich erst fragen, was du haben willst«, sagte Cogan.

»Gut«, sagte Mitch. »Eine .45er Military Police. Ich nehme nie was anderes.«

»Okay«, sagte Cogan.

»Das ist eine bildschöne Kanone«, sagte Mitch, »wenn du derjenige bist, der sie hat. Eine von denen also. Und einen Typen, der weiß, wie man was erledigt. Wie lange brauchst du dafür?«

»Einen Tag oder so«, sagte Cogan.

»Und einen Wagen«, sagte Mitch.

»Dasselbe«, sagte Cogan.

»Und ich will wissen, wo er ist«, sagte Mitch.

»Ich sag ja: einen Tag«, sagte Cogan.

»Weißt du was?« sagte Mitch. »Ich glaube nicht, dass du so schnell bist.«

»Bin ich aber«, sagte Cogan.

»Na ja«, sagte Mitch, »ich glaubs trotzdem nicht, aber es ist mir auch egal. Also, heute ist … heute ist Donnerstag. Wir knipsen ihn Samstag Abend aus. Ja, Samstag Abend. Ihr Typen hier oben seid alle ein bisschen halb gar. Ihr nehmt euch nicht die Zeit, eine Sache gründlich zu planen. Ich schon.«

»Ist immer ein Vergnügen, einen kennenzulernen, von dem man was lernen kann«, sagte Cogan.

»Ich mach das schon eine ganze Weile«, sagte Mitch. »Ich hab hier und da mal Scheiße gebaut, aber bei so einem Job noch nie. Tja, und das heißt also, dass ich heute und morgen Abend freihabe. Wer leistet mir Gesellschaft?«

»Ich kann dir nichts Besonderes versprechen«, sagte Cogan.

»Du machst dir nicht viel aus Vögeln, stimmts?« sagte Mitch.

»Doch, ich hab bloß nie dafür bezahlt«, sagte Cogan.

»Egal, jedenfalls will ich Gesellschaft«, sagte Mitch. »Besorg mir was für heute Abend, alles andere wird sich dann schon finden. Vierzehn Null Neun. Ich bin im Tower. Alles klar?«

»Ich werde mein Bestes tun«, sagte Cogan. »Ob das gut genug ist, musst du selber entscheiden.«

12

»Der geht irgendwie komisch«, sagte Gill. Er trug eine Bomberjacke und saß mit Cogan im Hayes Bickford gegenüber dem Lobster Tail.

»Klar geht er irgendwie komisch«, sagte Cogan. »Dem tut alles weh. Er ist gründlich durchgemischt worden.«

»Der braucht für alles ganz schön lange«, sagte Gill. »Ich hab gesehen, wie er aus seinem Wagen gestiegen ist. Er hat ganz schön lange gebraucht.«

»Überall Pflaster und Bandagen«, sagte Cogan.

»Alles in Zeitlupe«, sagte Gill.

»Ihm gehts nicht gut«, sagte Cogan. »Dir würde es auch nicht gut gehen.«

»Wie machen wir es, Jack?« fragte Gill.

»Du fährst«, sagte Cogan. »Mach dir keine Gedanken über das, was ich tue. Denk nur an das, was du zu tun hast.«

»Dafür krieg ich ja auch was«, sagte Gill.

»Fünfhundert«, sagte Cogan. »Wie immer, fünfhundert. Wenn du es nicht vermasselst.«

»Hab ich dir je was vermasselt?« sagte Kenny.

»Kenny«, sagte Cogan, »die Welt ist voller Typen, die nie was vermasselt haben, und dann haben sie es einmal doch vermasselt, und jetzt sitzen sie im Knast. Jetzt ist nicht der richtige Zeitpunkt, damit anzufangen, nicht wenn ich dabei bin. Was für einen Wagen hast du besorgt?«

»Einen Olds«, sagte Gill. »Einen 4-4-2, ein Jahr alt. Nette Schüssel.«

»Gewöhn dich nicht daran«, sagte Cogan. »Ist das Zeug, das ich dir gegeben hab, verstaut?«

»Klar«, sagte Gill.

»So, wie ichs dir gegeben hab?«

»Ja«, sagte Gill.

»Okay«, sagte Cogan. »Du brauchst nur zu fahren.«

»Wer ist der Typ?« fragte Gill.

»Spielt keine Rolle«, sagte Cogan.

»Nein«, sagte Gill, »im Ernst, wer ist der Typ? Ist das der, den Steve und Barry zerlegt haben?«

»Kenny«, sagte Cogan.

»Ich meine ja nur«, sagte Gill. »Ist bloß so eine Frage. Da ist so ein Typ zusammengeschlagen worden, der eine Pokerrunde hatte. Und dem Typen hier tut alles weh. Ich frage mich, ob es derselbe ist.«

»Wer hat dir von dem Typen mit der Pokerrunde erzählt, Kenny?« sagte Cogan.

»Jack«, sagte Gill, »ich sag doch: Ist bloß so eine Frage. Interessiert mich eben. Was hat er mit der Pokerrunde gemacht?«

»Er hat ein paar Typen angeheuert und sie überfallen lassen«, sagte Cogan.

»Oh«, sagte Gill. »Ich hab das mit Steve und Barry nämlich nicht kapiert.«

»Du dachtest, ich hätte dich fragen sollen, oder?« sagte Cogan.

»Ich hätte die Kohle gebrauchen können«, sagte Gill.

»Kohle kann man immer gebrauchen«, sagte Cogan. »Die Sache ist nur, dass ich die beiden gar nicht gefragt habe.«

»Aha«, sagte Gill.

»Aber es wurden eben zwei Leute gebraucht«, sagte Cogan, »und darum hat dich keiner gefragt.«

»Ich hätte mir noch einen dazuholen können«, sagte Gill. »Ich hätte den Typen nehmen können, der bei der Hundesache mitgemacht hat.«

»Okay, Kenny«, sagte Cogan. »Wenn ich das nächste Mal zwei Leute brauche, rufe ich dich an.«

»Er hätte das bestimmt gut gemacht«, sagte Gill. »Er ist ein guter Typ. Aber ich glaube, er wird nicht mehr lange hier sein.«

»Okay, Kenny«, sagte Cogan, »mach alles richtig, und wenn ich mal wieder zwei Leute brauche, rufe ich dich an, und wenn du dann noch einen Zweiten weißt, nehme ich dich. Okay?«

»Okay«, sagte Kenny. »Ich hab ja nur so gedacht, Jack.«

»Das ist dein Schwachpunkt, Kenny«, sagte Cogan. »Macht aber nichts. Du tust einfach, was ich dir sage, und alles ist gut.«

»Weiß er Bescheid?« fragte Gill.

»Nein«, sagte Cogan. »Er sollte es eigentlich wissen, aber er weiß es wahrscheinlich nicht. Ich glaube nicht, nein.«

Mark Trattman trat allein und die Hände in die Taschen seines rot-grau karierten Mantels vergraben aus dem Lobster Tail. Der Angestellte in der Winterjacke setzte sich in Bewegung, um Trattmans Wagen zu holen.

»Der Scheißkerl«, sagte Cogan. »Heute schleppt er zur Abwechslung mal keine ab.«

»Er trinkt durch diese Plastikdinger, die eigentlich zum Umrühren da sind«, sagte Gill. »Diese grün-weiß gestreiften Dinger.«

»Ja«, sagte Cogan und stellte die Kaffeetasse ab. »Wo ist der Wagen?«

»In der Seitenstraße«, sagte Gill. »Ich denke, du hast gesagt –«

»Egal, was du denkst, dass ich gesagt hab – beweg deinen Arsch. Der Typ fährt nach Hause.«

»Kapier ich nicht.«

»Und er kapierts auch nicht«, sagte Cogan. »Heute Nacht jedenfalls nicht und auch sonst nie mehr. Jetzt mach schon, verdammt, dann haben wir zur Abwechslung mal früh Feierabend.«

Der gelbe 4-4-2 folgte Trattmans braunem Coupé de Ville auf der Commonwealth Avenue durch die Grünphasen von acht Ampeln in Richtung Westen. Cogan saß auf der Rückbank hinter dem Fahrersitz. Er ließ die Hände unten, wo man sie nicht sehen konnte.

»Mann«, sagte Gill, »das macht er ziemlich gut. Er erwischt sie immer genau in dem Moment, wo sie umspringen.«

»Er weiß, welches Tempo er fahren muss«, sagte Cogan. »Die sind auf zwanzig bis dreißig Stundenkilometer geschaltet, glaube ich. So was in der Art. Und er kennt die Strecke. Da kennt er auch die Ampelschaltung.«

»Jack«, sagte Gill, »was ist, wenn er an keiner Ampel halten muss?«

»Dann folgen wir ihm nach Hause und bringen ihn ins Bett«, sagte Cogan. »Bleib einfach dran, Kenny, und vergiss nicht, was ich dir übers Denken gesagt hab. Mach dir einfach keine Gedanken. Wechsel ab und zu die Spur, und alles ist okay.«

Auf der langen Gefällstrecke an der Synagoge wechselte der Cadillac auf die rechte Spur, und als er sich der Kreuzung mit der Chestnut Hill Avenue näherte, leuchteten die Bremslichter auf. Die Ampel zeigte Rot. Jenseits der Kreuzung fuhr eine Straßenbahn in Richtung Lake Street.

»Die mittlere Spur, Kenny«, sagte Cogan. »Da vorne wird

es dreispurig. Nimm die mittlere.« Er richtete sich auf, beugte sich hinüber und kurbelte das hintere rechte Fenster hinunter.

Der 4-4-2 war links hinter dem Cadillac und schloss rasch auf.

»Auf gleiche Höhe«, sagte Cogan, »und nicht ruckeln.«

Die Ampel blieb auf Rot. Es waren keine anderen Wagen unterwegs. Die Ampel für die Chestnut Hill Avenue sprang auf Gelb.

»Fahr genau neben ihn«, sagte Cogan, »so, dass ich auf gleicher Höhe mit ihm bin. Sehr gut.«

Gill hielt so an, dass das hintere rechte Fenster des 4-4-2 neben dem Fahrer des Cadillacs war. Trattman wandte gleichgültig den Kopf und sah dann wieder auf die Ampel.

Cogan schob den Lauf des 30-06 Gewehrs durch das Seitenfenster und schoss fünf Mal. Die erste Kugel ließ das Fenster von Trattmans Wagen zersplittern. Trattman sackte nach rechts und wurde mit einem Ruck vom Sicherheitsgurt gehalten. »Brav, Markie«, sagte Cogan, »immer schön anschnallen.«

Als Cogan aufhörte zu feuern, setzte der Cadillac sich langsam in Bewegung. Trattman hing vornübergebeugt über dem Beifahrersitz. Als Gill nach links in die Chestnut Avenue abbog, rollte der Cadillac gerade über die Kreuzung und rammte den Bordstein. In den Wohnungen an der Kreuzung gingen die Lichter an.

13

Kurz vor sechs kam Russell, in der Hand eine braune Papiertüte, aus der U-Bahnstation Arlington Street und bog in die St. James Avenue ab. Am Zeitungskiosk an der Ecke schnitt der alte Mann gerade die Bündel des *Boston Globe* auf. In einem hellgrünen Ford saßen zwei Männer in Anzügen, der eine reckte den Kopf und die Hand mit ein paar Münzen aus dem Wagen. Der Fahrer sah Russell nach, der sich die St. James Avenue hinunter entfernte, und sagte in das Mikrofon in seiner rechten Hand: »An alle Einheiten, hier Einheit drei. Da kommt er endlich.«

Russell überquerte die Straße und blieb dabei kurz stehen, um einen Greyhound Bus aus Bangor vorbeizulassen, der zum Busbahnhof abbiegen wollte. Der Fahrer des dritten Taxis in der Warteschlange am Bushof sagte in sein Mikrofon: »Einheit vier an alle, ich hab ihn. Er ist auf dem Bürgersteig. Gleich geht er rein.«

Der hellgrüne Ford fuhr zur nächsten Kreuzung. Er bog nach rechts in die Stuart Street ab und fuhr gegen die Richtung der Einbahnstraße zum hinteren Ausgang des Busbahnhofs.

In der Halle stand ein Mann in der hellblauen Uniform eines privaten Sicherheitsdienstes am Kopf der Treppe. Er hatte die Türen des Portals im Rücken, sah sie aber gespiegelt in den Fenstern des Wartesaals. Im rechten Ohr trug er ein Hörgerät.

Russell trat in die Halle.

Der Mann in der hellblauen Uniform drehte den Kopf nach links und sprach aus dem linken Mundwinkel zu der kleinen rechteckigen Ausbuchtung in seiner Hemdtasche. »Hier Einheit sieben. Alle Einheiten auf Position.«

Die beiden Männer in den Anzügen stiegen aus dem hellgrünen Ford und gingen zum östlichen Eingang der Halle. Der Taxifahrer begab sich zum westlichen Eingang. Vor dem Portal stiegen vier Männer aus einem blauen Dodge Polara. Zwei schlenderten zum Haupteingang, einer gesellte sich zu dem Taxifahrer, und der vierte war ein Bekannter der Männer aus dem hellgrünen Ford. Zwei Gepäckträger, beide schwerhörig, verließen die Gepäckausgabe und stellten sich an den rückwärtigen Ausgang. Ein Ticketverkäufer in einem weißen Hemd trat hinter seinem Schalter hervor.

Russell blieb stehen, um den Ticketverkäufer vorbeizulassen, der einen auf einer Bank schlafenden Betrunkenen verscheuchen wollte. Er führte den Mann zum Ostausgang. Als Russell ihm den Rücken kehrte, brauchte der Betrunkene deutlich weniger Hilfe.

Russell ging zu den Schließfächern an der Westwand der Halle.

Der Mann in der hellblauen Uniform beobachtete ihn vom Kopf der Treppe. Er sprach wieder mit seiner Hemdtasche. »Einheit sieben an alle – Westseite, Westseite.«

Russell steckte den Schlüssel in das Schloss des Fachs mit der Nummer 352 und drehte ihn herum.

Die Männer aus dem hellgrünen Ford traten durch den Osteingang in die Halle.

Russell öffnete die Tür des Schließfachs, zog eine in braunes Papier verpackte Schachtel hervor und tat sie in die Papiertüte.

Er ließ die Tür geöffnet, drehte sich um und und ging zum Hauptausgang. Die Tüte trug er in der linken Hand.

Der Taxifahrer kam durch den Westeingang. Die beiden Männer am hinteren Ausgang bewegten sich zur Mitte der Halle. Die Männer aus dem Polara traten durch das Hauptportal, und der Mann vom privaten Sicherheitsdienst wandte sich langsam ab, als Russell sich näherte.

Die Männer aus dem hellgrünen Ford gingen rechts und links hinter Russell. Als sie noch einen halben Schritt hinter ihm waren, packten sie ihn an den Ellbogen. Russell zuckte zusammen.

Der rechte Mann sagte: »Bureau of Narcotics. Du bist festgenommen.« Er hielt in seiner Rechten eine verchromte .45er Automatik. Die Mündung zeigte auf Russells Gesicht.

Der linke Mann hielt die Handschellen in seiner linken Hand. Ohne den Ellbogen loszulassen, trat er einen Schritt zurück und zog Russells Arm auf den Rücken. Er ließ eine Schelle um das Handgelenk zuschnappen und nahm ihm die Papiertüte ab. Dann zog er den rechten Arm nach hinten und schloss die zweite Schelle um das Handgelenk. Er tastete Russell ab. Er schüttelte den Kopf.

Der Mann mit der Automatik sagte: »Du machst das ziemlich amateurhaft, mein Freund. Du machst das so scheißamateurhaft, dass ich schon Angst hatte, du würdest vielleicht vergessen, wo du das Zeug gelassen hast, oder den Schlüssel verlieren oder so. *Du* hast das Recht zu schweigen. Alles, was du sagst, kann und *wird* in einem scheißordentlichen Gerichtsverfahren gegen dich verwendet werden. Du hast das Recht auf einen *Anwalt*, und wenn du dir keinen *leisten* kannst, gehen wir guten, leidgeprüften Steuerzahler hin und besorgen dir den besten Rechtsverdreher, den wir finden können. Ich glaube, du hast auch das Recht, deine Birne untersuchen zu lassen, und in deinem Fall würde ich dir das auch empfehlen: einfach mal nachsehen, ob da irgendwas drin ist.«

»Ich will meinen Anruf«, sagte Russell. Die beiden Polizisten schoben ihn zum Ausgang.

»Im Büro des Marshals gibts ein Supertelefon, mein Freund«, sagte der Mann. »Ein tolles Ding. Du kannst jedes Telefon im ganzen Land damit anrufen. Wenn du weißt, wie man wählt. Wenn du das nicht weißt, bringen wirs dir bei. Und wenns ein Ferngespräch ist, setzen wirs auf deine Rechnung.«

»Danke«, sagte Russell.

»Du brauchst mir nicht zu danken. Ich glaube, du wirst überrascht sein, wenn du die Rechnung siehst. Die wird ziemlich fett, mein Freund. Es sei denn, dein Kumpel in New York hat gewusst, wie dämlich du bist, und dir Chinin oder so angedreht. Ende gut, alles gut, stimmts?«

»Halts Maul«, sagte Russell.

Die beiden schoben ihn aus der Halle in die abendliche Dunkelheit.

»Das gehört nicht zu deinen Rechten, mein Freund«, sagte der Mann. »Das ist eins von meinen. Aber ich kann dir ein Angebot machen: Wenn du irgendwas sagen willst, gib mir ein Zeichen, und ich bin sofort still. Ein Wort genügt, und alle hören dir zu.«

»Leck mich«, sagte Russell.

Der Polara wendete auf der St. James Avenue und hielt am Bordstein an.

Der Mann drückte Russell den Lauf der Automatik in die Rippen. »Das, mein Freund«, sagte er leise, »sind nicht die Worte, die ich meinte. Schon viele Leute, die solche Sachen gesagt haben, sind beim Ein- oder Aussteigen hingefallen. Ist das angekommen?« Russell schwieg. »Und noch was, mein Freund«, sagte der Mann. »Du bist nicht nur dämlich, du stinkst auch noch. Ich glaube, du kriegst zwanzig Jahre und ein Bad, und ich weiß nicht, was von beiden du nötiger brauchst.«

14

»Dieser bescheuerte Wichser«, sagte Frankie. Er saß in Amatos Büro. »Du kannst dir denken, wen er angerufen hat. Mich natürlich. Aber leider hat er vergessen, dass ich umgezogen bin, also hat er Sandy am Draht, und die ist stinksauer und ruft mich an, um mir einen Scheißvortrag zu halten. Und dann muss ich ihn anrufen, und dabei hatte ich eine Braut bei mir. Und natürlich musste ich denen meinen Namen sagen, sonst hätten die mich gar nicht mit ihm reden lassen.«

»Na toll«, sagte Amato.

»Ja«, sagte Frankie. »Ich wusste gleich, das wird ein Riesenspaß. Er wollte, dass ich komme. ›Ja‹, hab ich gesagt, ›klar, Russell, und dann hab ich auch nicht für den Rest meines Lebens hundert Bullen an der Backe. Nein danke. Ich hab mit der Sache nichts zu tun. Ich hab dir gleich gesagt, was dabei rauskommt, aber du hast ja nicht zugehört.‹

›Hast du ihnen das gesteckt?‹ hat er mich gefragt. ›Bist du das Schwein, das mich reingehängt hat?‹

›Russell‹, hab ich gesagt«, sagte Frankie, »›denen brauchte keiner was zu stecken. Du hast es ihnen selber gesteckt. Warum sollte ich den Bullen irgendwas erzählen? Sag doch mal. Wenn du einem die Schuld geben willst, dann dir selber.‹ Da hat er sich dann ein bisschen beruhigt. Ob ich für ihn Kaution stellen kann? ›Kommt drauf an‹, sage ich. Er hat kein Geld mehr, verstehst du? Hat alles für sein Problem ausgegeben, und ich glaube nicht, dass die ihn losziehen lassen, damit er es vertickt. ›Wie hoch ist die Kaution?‹ Tja, wie nicht anders zu erwarten bei einem Pfund von dem Zeug und dem Register, das er hat: hunderttausend Dollar.«

»Das würde dich zehn Riesen kosten«, sagte Amato.

»Na ja«, sagte Frankie, »es gibt Leute, die für eine Bürgschaft bloß fünf Prozent verlangen, wenn man ab und zu was für sie regelt, aber ich glaub kaum, dass die einen Typen wie den überhaupt übernehmen würden. Es ist auf jeden Fall zu viel. Also sage ich: ›Vergiss nicht, dass ich selber gerade erst wieder draußen bin. Wo soll ich so viel Knete hernehmen?‹ Nein, sage ich, ich rufe ein paar Leute an, aber mehr kann ich für ihn nicht tun. ›Und wenn du mich fragst‹, sage ich, ›ich glaube nicht, dass das reichen wird. Wenn du die hundert aufbringst, verlangen sie auf einmal doppelte Sicherheiten oder erhöhen auf zweihundert. Die lassen dich nicht laufen. Vergiss es.‹

Das erzählt er mir also«, sagte Frankie. »Und dann sagt er: ›Wenn du mich nicht hier rausholst, sage ich denen, dass du mit im Geschäft warst.‹«

»Wie nett«, sagte Amato.

»Ach, er war richtig sauer«, sagte Frankie. »Kann ich ihm nicht verdenken. Aber was soll er denen schon erzählen? Ich sage: ›Russell, jetzt mach mal nicht so viel Thermik. Wenn du mich da reinziehst, sage ich denen alles, was du mir erzählt hast: dass Ziegenarsch das andere Zeug für dich geklaut hat, die Sache mit den Hunden und das Versicherungsding, das du mit Kenny und dem Wagen gedreht hast. Also hör auf mich zu verarschen.‹ Der kriegt sich schon wieder ein. Aber er wird ganz schön was eingeschenkt kriegen. Man kanns ihm nicht verdenken. Ich hab einen gefragt, und er schätzt, es werden so acht bis zehn Jahre werden. Und das heißt natürlich, dass die ihm was von Typen erzählen, die für so was fünfzehn Jahre oder mehr gekriegt haben.

Diese Bullen«, sagte Frankie, »die sind übel, ich meine, *richtig* übel. Der Typ hat mir erzählt, die kommen von allen Seiten zugleich. ›Die sagen dir, dass du nicht mit ihnen reden musst‹, hat er gesagt, ›aber das hält sie natürlich nicht davon ab, mit dir zu reden. Die stoßen dich ein bisschen herum, und es dauert immer drei, vier Stunden, bis du einem Richter vorgeführt wirst, und die ganze Zeit *reden* die mit dir. Ich glaube, diese Typen haben einen eingebauten Kassettenrekorder. »Diesmal bist du wirklich dran. Diesmal fährst du ein und kommst nie mehr raus. Du bist doch verrückt. Wir wissen, dass da noch andere drin waren. Du solltest jetzt lieber deinen Arsch retten.«‹ Also hat er sich wahrscheinlich in die Hose gepisst, als er mich angerufen hat. Ich hab ihm gesagt: ›Russell, ich sag dir was: Ich besorg dir einen Anwalt. Mehr kann ich nicht tun.‹«

»Was soll denn ein Anwalt für ihn tun?« fragte Amato.

»Der soll für mich was tun«, sagte Frankie. »Er soll mir Russell vom Hals schaffen. Er wollte Mike Zinna.«

»Ich bezweifle, dass du ihm Mike besorgen kannst«, sagte Amato. »Ich bezweifle, dass er das übernehmen würde.«

»Ach, Mann«, sagte Frankie, »natürlich kann ich ihm Mike nicht besorgen. Ich könnte mir Mike nicht mal leisten, wenns um mich selber ginge. Und Mike könnte auch nichts für ihn tun. Was soll er denn machen – der Typ war allein und hatte ein Pfund Koks in der Hand. Soll Mike es verschwinden lassen? Was Russell braucht, ist ein Zauberer. Nein, ich hab ihm Toby besorgt.«

»Kenne ich nicht«, sagte Amato.

»Weil du nie was mit Junk zu tun hattest«, sagte Frankie. »Wenn du mit Junk gepackt wirst, rufst du Toby an. Der kostet nicht mehr als einen Tausender, und die Deals, die er aushandelt, sind auch nicht schlechter als die von anderen. Die Bullen kennen ihn. Er ist billig und wird für Russell rausholen, was drin ist, ohne gleich die Motten zu kriegen und ihm einzureden, dass er ihnen die Namen von allen Typen geben muss, denen er je begegnet ist.

Und außerdem«, sagte Frankie, »gibts ein paar Sachen, die Toby nicht macht, und das ist gut für mich. Denn ich schätze, dass Russell noch was anderes will.«

»Dass einer den Typen ausknipst, von dem er glaubt, dass er ihn hingehängt hat«, sagte Amato.

»Genau«, sagte Frankie. »Also gut, ich bin ein Arsch, aber er wird Toby auf gar keinen Fall dazu bringen, mir diese Nachricht zu überbringen, und ich gehe bestimmt nicht hin und besuche ihn.«

»Wo ist er überhaupt?« fragte Amato.

»Charles Street«, sagte Frankie.

»Dann wirst du es hintenrum erfahren«, sagte Amato.

»Dagegen hab ich nichts«, sagte Frankie. »Wenn man so was hört, kann man immer sagen: ›Scheiß drauf, ich trete doch nicht in Aktion, bloß weil ich irgendwas gehört hab.‹ Aber wenn er mich persönlich fragen würde, müsste ich ihm wohl was sagen, und das will ich nicht, verstehst du? Ich mag Russell. Er war ein guter Kumpel, und ich hab ihm gesagt, er soll es lassen. Aber Scheiße, Ziegenarsch hat einfach gemacht, was er wollte. Er ist hingegangen und hat vier Pfund Procain oder so geklaut, und ich schätze, irgendein Bulle war schlau genug, um sich zu fragen, was irgendeiner mit ein paar Pfund von dem Zeug will, und ist irgendwie auf Russell gekommen. Ziegenarsch hatte nichts damit zu tun. Und außerdem – wer bin ich denn? Ich hab doch … Ich kenne doch keinen.«

»Ich glaube, Trattman kannte ein paar«, sagte Amato.

»Der arme Scheißer«, sagte Frankie.

»Na ja«, sagte Amato, »ist ja nicht so, als hätte man das nicht kommen sehen.«

»Klar«, sagte Frankie. »Aber als dann nichts passiert ist und Russell mir das ganze Zeug erzählt hat, hatte ich einen Mordsschiss, dass Trattman nichts passieren würde. Ich dachte, es würde mir passieren. Das soll nicht heißen, dass ich froh bin, dass es ihm passiert ist. Trotzdem wärs mir am liebsten, es wär ihm nicht passiert. Es hätte nicht sein müssen. Wie bei Russell. Ich wusste, dass Russell das passieren würde. Ich habs ihm gesagt. Aber Scheiße, ich kenne den Typen. Und ich kann nichts machen, um ihm zu helfen. Ich kenne keinen.«

»Er hats drauf ankommen lassen«, sagte Amato.

»Klar«, sagte Frankie, »und jetzt hat er eine Menge Zeit. Du und ich, wir lassen es auch drauf ankommen, und früher oder später ziehen wir dieses Ding durch, und wahrscheinlich werden sie uns wieder nicht kriegen. Aber ich hab ein bisschen nachgedacht. Mal angenommen, Dean und ich gehen da rein, und mit einem Mal ist der ganze Laden voller Bullen. Wen ruf ich dann an? Wen rufe ich an, von dem ich nicht dieselbe Scheiße zu hören kriege wie das, was ich Russell erzählt hab? Weißt du, warum Russell mich angerufen hat? Wen soll er denn sonst anrufen? Und bei mir ist es dasselbe. Wenn wir gepackt werden, kann Dean Sandy anrufen. Und ich? Soll er ihr ausrichten, dass sie mir auch einen Anwalt besorgen soll? Dich kann ich ja wohl nicht anrufen, verdammt. Darauf würden die bloß warten. Ich … wir haben keine Freunde. Wenn man sichs genau ansieht, sind Russell und ich in genau derselben Situation, nur dass er jetzt sitzt und wir noch nicht.«

»Ach du lieber Himmel«, sagte Amato. »Ich meine, es war

doch deine Idee, oder nicht? War ja nicht so, dass ich zu dir gekommen wäre. Mann, wenn du Schiss hast, dann vergiss es. Ich bin nicht sauer. Ich bin bloß hingegangen und hab gemacht, was du gesagt hast. Ich hab in der Sache keine Aktien. Gestern allein hab ich viertausend gemacht. Ich brauch diese Sache nicht.«

»Du hast zur Abwechslung mal gewonnen«, sagte Frankie.

»Ja«, sagte Amato, »und es hat mir irgendwie gefallen. Das hat den ersten Teil der Woche wieder rausgerissen. Donnerstag hab ich fünfzehnhundert gewonnen und gestern noch mal zweieinhalb, weil ich auf die Knicks gesetzt hab. Die Knicks werdens diesmal machen.«

»Ja«, sagte Frankie. »Soll ich dir mal was sagen, John? Wenn du mir sagen würdest, dass es im Winter schneit, würde ich hingehen und dagegen wetten.«

»Trotzdem schön, wenn man gewinnt«, sagte Amato. »Nach dem Geld, das ich verloren habe, müsste ich, wenns erst mal losgeht, eigentlich ziemlich viel gewinnen.«

»Ich glaube«, sagte Frankie, »damit fange ich gar nicht erst an. Ich halte mich an Sachen, die ich kalkulieren kann.«

»Und?« fragte Amato. »Was ist jetzt?«

»Wie siehts denn aus?« fragte Frankie.

»Für mich siehts gut aus«, sagte Amato. »Der ganze Block ist zurückgesetzt bis an den Rand der ehemaligen Müllkippe, und es gibt da eine Menge Büsche und Zeug, und auf dem Dach sind Leuchtreklamen, die einem da oben Deckung geben. Die Vorderfront ist aus Ziegeln, was keine Rolle spielt, die Rückwand ist aus Hohlblocksteinen. Das Dach ist flach, sieht aus, als wär da oben nur Dachpappe und Kies, irgendein billiges Zeug. Ich würde durchs Dach reingehen. An einer Seite ist ein Lebensmittelgeschäft, an der anderen ein Brillenladen, und ich schätze, da könnte man auch rein. Ich würde es allerdings nicht tun. Ich würde durchs Dach reingehen. Tagsüber passen die Schafsnasen von Northeast Protection auf, aber die würden nicht mal ein Eishockeyspiel im Boston Garden bemerken. Die Bullen hab ich noch nicht auf dem Schirm. Die Amateure von Northeast Protection kommen bloß alle zwei, drei Stunden, weil die zu wenig Leute einstellen. Aber wenn du nicht willst – ist schon okay.«

»John«, sagte Frankie, »es liegt nicht an dem Job. Das versuche ich dir ja die ganze Zeit zu erklären. Es ist nicht dieser Job und auch nicht der nächste, der mir Schiss macht. Es ist … ach, Scheiße, ich weiß nicht, was es ist. Ich mags nicht, wenn welche hinter mir her sind. Ist mir egal, für wen die arbeiten – ich mags nicht, wenn welche hinter mir her sind.«

15

Die biegsame Schwarze bog die Arme nach hinten und schloss ihren BH.

»Die erste?« sagte Mitch. »War nicht schlecht. Sie war nicht besonders gut, aber auch nicht schlecht. In Ordnung, würde ich sagen. Kam allerdings so rüber, als hätte sie es verdammt eilig.«

»Na ja«, sagte Cogan, »sie hat dich wahrscheinlich noch kurzfristig eingeschoben.«

Die Frau rückte ihren Busen im BH zurecht. Dann ging sie über den aprikosenfarbenen Teppich zu dem Sessel, in dem Cogan saß, und berührte ihn mit dem Handballen an der Schulter. »Mein Kleid, Schätzchen«, sagte sie, »du sitzt auf meinem Kleid.« Ohne sich umzusehen beugte Cogan sich vor. Sie zog das weiße Kleid von der Lehne und streifte es über. Ihre Füße auf dem Teppich zeigten leicht nach außen.

»Scheiße«, sagte Mitch, »das ist es nicht. Es ist dasselbe wie mit allem anderen. Keiner macht mehr irgendwas richtig.«

Cogan lachte.

»Im Ernst«, sagte Mitch. Er griff nach dem Glas auf dem Tischchen neben seinem Sessel. »Leer«, sagte er. »Willst du auch einen?«

»Zu früh für mich«, sagte Cogan.

»Zu früh?« sagte Mitch. Er erhob sich und stand in T-Shirt und Unterhose da. »Es ist nach Mittag.«

»Trotzdem zu früh«, sagte Cogan. »Aber tu dir keinen Zwang an.«

»Hab ich nicht vor«, sagte Mitch. Er ging ins Badezimmer.

Die schwarze Frau bog erneut die Arme nach hinten und versuchte, den Reißverschluss ihres Kleids zu schließen.

»Schätzchen«, sagte sie, ging zu Cogan, blieb vor ihm stehen und kehrte ihm den Rücken zu, »könntest du mir mal den Reißverschluss zumachen?«

»Nein«, sagte Cogan.

Mitch ließ im Badezimmer das Wasser laufen. »Und beim Ficken ist es dasselbe.«

»Du Mistkerl«, sagte sie, drehte sich um und sah Cogan an. »Ich dachte, das ist ein Witz.«

»Ich mache nie Witze«, sagte Cogan. Er wies mit dem Kinn auf die Badezimmertür. »Frag deinen Freier.«

Mitch kam aus dem Badezimmer, das Glas voller Scotch und Wasser. »Keiner gibt sich mehr ein bisschen Mühe«, sagte er. »Du bittest einen um was und bist bereit, dafür zu bezahlen, und der sagt auch, er macht es, aber dann macht er es nur halb.«

Die Frau ging zu Mitch. »Mach mir mal den Reißverschluss zu, Schätzchen«, sagte sie. »Dein netter Freund will nicht.«

Mitch machte den Reißverschluss zu. »Aber das Geld wollen sie natürlich trotzdem, darauf kannst du deinen Arsch verwetten. Und zwar nicht das halbe Geld. Nein, das ganze.« Er ging zu seinem Sessel und nippte an seinem Glas. »Für die halbe Arbeit. Nervt mich.«

Die schwarze Frau setzte sich auf das Bett und zog ihre roten Schuhe an.

»Für einen Typen, der hier seit drei Tagen praktisch Party feiert, beklagst du dich aber ganz schön laut«, sagte Cogan.

»Ich hab schließlich dafür bezahlt«, sagte Mitch. »Ich hab

selber dafür bezahlt, ich kann mich beklagen, so viel ich will. Kennst du diese Polly?«

Die schwarze Frau stand auf und strich ihr Kleid glatt. Sie sah Mitch an. »Schätzchen?«

»Auf dem Schreibtisch«, sagte Mitch. Er trank einen Schluck. »Die Brieftasche liegt auf dem Schreibtisch.«

Sie ging mit wiegenden Hüften durch den Raum.

»Jeder kennt Polly«, sagte Cogan.

»Das hat die Braut, die du raufgeschickt hast, auch gesagt«, sagte Mitch.

Sie nahm die Brieftasche in die Hand.

»Da sind hundertdreiundsiebzig Dollar drin«, sagte Mitch. »Wenn ich sie einstecke, will ich da drin noch hundertachtundvierzig Dollar finden, klar?«

»O-*kay*«, sagte sie. Sie nahm ein paar Scheine heraus, zählte einige ab und steckte den Rest wieder hinein. Dann legte sie die Brieftasche auf den Tisch. Sie nahm ihre rote Lackledertasche vom Tisch, klappte sie auf und tat das Geld hinein. »Nichts extra, Schätzchen?«

»Nichts extra«, sagte Mitch.

»Denn das hier muss ich alles abliefern, Schätzchen, das weißt du, oder? Und eine Frau wie ich braucht auch mal was für sich selber.«

»Nichts extra«, sagte Mitch.

»Du bist wirklich ein Kavalier alter Schule«, sagte Cogan.

»Scheiß drauf«, sagte Mitch. »Es ist schließlich noch Nachmittag. Leicht verdientes Geld, stimmts, *Schätzchen*?«

»Besser als Nägel feilen«, sagte sie.

»Das kann ich nicht beurteilen«, sagte Mitch. »Hab ich noch nie gemacht.«

Sie ging zur Tür. »Na ja«, sagte sie, »manchmal ist es nicht *viel* besser als Nägel feilen. Meistens schon. Und manchmal erwischt man auch einen alten Knacker, dann gehts wenigstens schneller.« Sie öffnete die Tür.

»Weißt du was, Schätzchen?« sagte Mitch. »Wenn du solche Sachen sagst, könnte eines Tages so ein alter Knacker, den du gerade gemolken hast, auf die Idee kommen, seine Klinge an dir auszuprobieren. Na, wie wär das?«

»Ach du liebes bisschen«, sagte sie, »woher soll *ich* das wissen? Glaubst du, ich würde kommen?«

»Vielleicht – wenn du das könntest«, sagte Mitch. »Aber wohl eher nicht.«

»Fick dich doch«, sagte sie und schloss die Tür.

»Das war eigentlich genau das, was mir vorgeschwebt hat, als ich sie hab raufkommen lassen«, sagte Mitch. »Mann, ihr habt komische Bräute hier in Boston. Ich musste sie praktisch überreden. Und diese Polly da? Dasselbe. Nur französisch. ›Herrgott‹, hab ich gesagt, ›ich will einfach nur vögeln. Dafür bist du doch da, oder?‹«

»Nein, ist sie nicht«, sagte Cogan. »Das hätte dir jeder sagen können. *Ich* hätte es dir sagen können.«

»Hast du aber nicht«, sagte Mitch.

»Du hast mich ja nicht gefragt«, sagte Cogan. »Und ich hab sie dir auch nicht raufgeschickt. Die, die ich dir raufgeschickt hab, war in Ordnung, nehme ich an. Ihr Typ hat gesagt, sie wäre in Ordnung.«

»Aber nur so gerade eben«, sagte Mitch. »Ich konnte es gar nicht fassen. Ich hab gesagt: ›Was heißt da französisch? Ich steh zufällig auf Ficken. Wer sagt hier an?‹ Hat alles nichts genützt. Du darfst sie anfassen, du darfst ihr den Finger reinschieben, aber du darfst sie nicht ficken. Ich glaubs einfach nicht! Französisch!«

»Aber das kann sie angeblich erstklassig«, sagte Cogan.

»Wenn du ficken willst«, sagte Mitch, »willst du nicht erstklassig einen geblasen kriegen. Sie hat mir gesagt, es gibt Typen, die dafür zwei-, dreihundert Dollar die Nacht springen lassen. Stimmt das?«

»Könnte ich mir vorstellen«, sagte Cogan.

»Soll ich dir mal was sagen?« sagte Mitch. »Wenn ihr den Bräuten so was durchgehen lasst, seid ihr verrückt.«

»Angeblich hat sie Angst vor Tripper«, sagte Cogan.

»Kann ja sein«, sagte Mitch. »Obwohl ich finde, in ihrer Branche sollte man das nicht haben. Jedenfalls hatte ich bei ihr kein Glück. Hier ist weit und breit keiner, der sie gefickt hat. Wenn ihr die Zähne ausfallen, wird sie eine Weltsensation sein. Aber nicht für mich. Soll ich dir mal was sagen? Ich sag dir was.« Er trank sein Glas aus. »Ich hab seit Florida keinen anständigen Fick mehr gehabt.«

»Das war eine verdammt gut aussehende Braut, die du da hattest«, sagte Cogan.

»Sunny«, sagte Mitch, »das war Sunny. Ich schätze, als ich weg war, hast du sie auch gefickt.«

»Mitch«, sagte Cogan, »an dem Abend, als Dillon und ich gekommen sind, war sie mit dir da, und als wir wieder gefahren sind, warst du immer noch da und sie ebenfalls. Wie lange warst du noch da unten?«

»Drei Wochen«, sagte Mitch.

»Drei Wochen«, sagte Cogan. »Und ich fünf Tage, in der Mitte. Wie hätte ich das machen sollen?«

»Ich weiß nicht«, sagte Mitch. Er griff nach dem Glas. »Schon wieder leer.« Er stand auf. »Bist du sicher, dass du keinen willst?«

»Noch immer nicht spät genug«, sagte Cogan.

Mitch ging ins Badezimmer. Cogan hörte Eiswürfel ins

Glas fallen, aber kein Wasser. »Sammy hat sie geknallt«, sagte Mitch aus dem Badezimmer.

»Der Typ aus Detroit«, sagte Cogan. »So ein gut aussehender kleiner Itaker.«

»Sammy ist Jude«, sagte Mitch.

»Okay«, sagte Cogan. »War nicht so gemeint.«

»Kein Problem«, sagte Mitch. »Er sieht ja auch aus wie ein Itaker. Ich wollte, er wär einer. Aber er ist Jude. Wir kennen uns seit Jahren, und trotzdem hat er sie geknallt. Der Scheißkerl.«

Cogan hörte im Badezimmer das Wasser laufen. Mitch kam mit dem Glas voll Scotch und Wasser zurück. Er wischte sich mit dem linken Handrücken über den Mund. »Es war mein eigener beschissener Fehler«, sagte er. »Am Abend, bevor ich gefahren bin, sitzen wir beim Abendessen, und er kommt rüber an unseren Tisch, ich stelle die beiden einander vor, und das wars. Ich weiß auch gar nicht, warum mich das eigentlich stört, verstehst du?«

»Nein«, sagte Cogan.

Mitch setzte sich. Er stellte das Glas auf den Beistelltisch. »Ich meine, ich weiß, was mich stört. Wenn ich da bin, bin ich da, und sie gehört zu mir. Wenn ich nicht da bin, bist du da, und sie gehört zu dir.«

»Sie hat nicht zu mir gehört«, sagte Cogan.

»Ich meine nicht dich«, sagte Mitch. »Ich meine irgendeinen Typen. Sie gehört zu jedem, der gerade da ist. Wenn du fährst, gehört sie nicht mehr zu dir.«

»Tja«, sagte Cogan.

»Und das meine ich«, sagte Mitch. »Ich weiß das natürlich. Letztes Jahr war ich nur zwei Wochen da unten. Nein, drei. Wie viele Nächte sind das?«

»Einundzwanzig«, sagte Cogan.

»Nein«, sagte Mitch. »Ach, egal. Ich hatte sie jedenfalls für die ganze Zeit gebucht, und das waren vierzehn Nächte. Weißt du, was mich das gekostet hat? Dreitausend Dollar.«

»Das sollte ja wohl reichen«, sagte Cogan. »Ich würde einer Braut jedenfalls keine dreitausend Dollar für irgendwas zahlen, ganz gleich, was sie kann. Würde ich nicht.«

»Mir wars egal«, sagte Mitch. »Damals war ich noch bei der Gewerkschaft, und die Typen, die Jobs zu vergeben hatten, waren immer sehr nett zu mir. Damals gabs eben noch keine wilden Streiks, verstehst du? Mir wars egal. Dann war es eben viel Geld, na und? Ich bin in die nicht *verknallt*, okay? Ich bezahle sie nur für die Zeit, die ich da bin.«

»Sie ist trotzdem eine verdammt gut aussehende Frau«, sagte Cogan.

»Stimmt«, sagte Mitch. »Dieser Scheißsammy. Was hatte sie an dem Abend an, als du sie gesehen hast?«

»Um ehrlich zu sein«, sagte Cogan, »hab ich nicht so sehr auf das geachtet, was sie anhatte, sondern mehr auf das, was darunter war. Irgendwas Gelbes oder so. Man konnte eine Menge sehen.«

»Da gibts auch eine Menge zu sehen«, sagte Mitch. »An dem Abend, als Sammy rüberkam, hatte sie so ein graues Ding an. Es war grau und wie Seide, und es hatte keinen Rücken, und sie mit ihren Riesentitten – ich sage dir, das war ein Anblick. Ich hätte fünf Typen mit dem Ständer erschlagen können, den ich hatte, und ich hatte sie immerhin jede Nacht gevögelt. Sammy kam also rüber zu uns, und ich hab die beiden einander vorgestellt, und wir haben ein bisschen gequatscht, wie lange ich bleibe und wie lange er bleibt. Ich war nicht richtig bei der Sache – wir hatten ja auch schon Wein getrunken und so – und hab ihn gefragt, ob er sich nicht zu uns setzen will. Kurz darauf musste ich aufs Klo, und ich bin ziemlich lange weggeblieben, denn ich hatte ja diesen Riesenständer und musste praktisch einen Kopfstand machen, um in das Pissbecken zu pinkeln anstatt in meinen Mund, und außerdem musste ich vorsichtig mit dem Ding umgehen. Er war wirklich riesig. Ich glaube, ich hätte ihn nicht aus den Augen lassen dürfen. Er war schon ganz wund. Sunny ist gut, das kann sie richtig gut. Wenn einer bei ihr keinen hochkriegt, ist er wahrscheinlich tot. Aber es war mein letzter Abend, und sie brauchte sich nicht anzustrengen, ich war scharf wie ein Rasiermesser und konnte es gar nicht erwarten, dass das Abendessen endlich vorbei war. Du kannst sagen, was du willst, mein Freund, aber ich habe jede Art von Arsch gesehen, die es gibt.«

»Und zwar in dieser Woche«, sagte Cogan. »Du bist seit … was? drei Tagen hier, und nach dem, was ich so höre, hast du in dieser Zeit praktisch jeden Arsch in ganz Boston gesehen.«

»Mir gefällt das«, sagte Mitch. »Ja, ich muss sagen, mir gefällt das. Es ist so was wie ein Hobby. Zu Hause mache ich so was nie. Nie. Aber darum fahre ich ja auch zum Rennen. Einmal im Jahr fahre ich zum Rennen und ficke, was das Zeug hält. Dieses Jahr allerdings wahrscheinlich nicht.«

»Ich könnte das nicht«, sagte Cogan. »Ich wär bald ausgelutscht. Du bist wahrscheinlich einfach besser in Form, aber ich könnte das nicht, drei Tage lang ficken. Könnte ich einfach nicht.«

»Als ich so alt war wie du«, sagte Mitch, »gings mir genauso.«

»Ja«, sagte Cogan. »Ich hab eben zu tun.«

Mitch trank einen Schluck. »Das hab ich früher auch gedacht«, sagte er. »Aber dann, ich weiß nicht, *wann* es passiert ist, und ich weiß nicht, *warum* es passiert ist – jedenfalls hab ichs einfach gemacht. Ich bin da runtergefahren, das erste Mal, und hab die Suite genommen. Ich hatte schwere Zeiten mit Margie, und dann hat sie es auch noch rausgekriegt und mir auf alle möglichen Arten und Weisen die Hölle heißgemacht, und wenn du sie fragst, wird sie dir sagen, dass sie trinkt, weil ich da runterfahre. Tja, es war eine Frage von: sie oder ich? Aber, Junge, das sag ich dir: Wenn du was wirklich Scharfes willst, gibts auf der ganzen Welt nichts Besseres als eine junge jüdische Braut, die anschaffen geht.«

»Werd ich mir merken«, sagte Cogan.

»Diese Braut«, sagte Mitch, »die war in Oberlin, die war auf dem College, okay? Und hat das hingeschmissen. Was sagt man dazu?« Er trank.

»Bist du morgen oder übermorgen Abend wieder auf dem Posten?« fragte Cogan.

»Ich bin jetzt auch auf dem Posten«, sagte Mitch. »Mann, was soll das? Jedenfalls, sie hat das hingeschmissen. Und ist anschaffen gegangen. Und wenn eine Braut wie die so was macht, dann kniet sie sich richtig rein. Und dann dauerts nicht lange, und sie kennt sich wirklich aus. Diese Sunny war nicht mal halb so alt wie meine Frau und hatte Sachen drauf … wenn Margie so was draufgehabt hätte, wär sie zu den Bullen gegangen und hätte sich gestellt. Wirklich.

Nachdem ich also den Wein losgeworden bin, ohne mir ans Kinn zu pissen, komme ich zurück an den Tisch, und da sitzen die beiden, und Sammy ist sehr höflich und geht schließlich wieder, und dann sind wir fertig mit dem Essen. Ich dachte: Gott, ich könnte auf meinem Ständer rauf in unser Zimmer hoppeln wie ein Stabhochspringer, und dann waren wir endlich oben. Ich kann dir sagen: Dreitausend Dollar, das ist nicht billig, das ist sogar verdammt teuer, ganz gleich, ob man sie hat oder nicht, aber das war es wert. Ganz ehrlich, das war es wert. Ich hab ihr dreitausend für die ganze Zeit gegeben, aber die Nacht allein wars wert. *Ihr* hab ich das aber natürlich nicht gesagt.«

»Mitch«, sagte Cogan.

»Am nächsten Morgen«, sagte Mitch, »hatte ich bloß einen kleinen Quickie mit ihr, weil mein Flug um halb eins ging. Aber ein Quickie mit Sunny ist ungefähr neun Mal besser als eine ganze Nacht mit irgendeiner anderen Braut. Dann gehe ich runter, hol mir Bares und gehe wieder rauf, um ihr den Rest von den dreitausend zu geben. Die erste Hälfte kriegen sie nämlich am Anfang, die zweite dann bei der Abreise. Und ich sage ihr, dass es mich sehr gefreut hat und dass ich weiß, wie anstrengend das war, zwei Wochen am Stück. Und sie sagt, sie braucht jetzt erst mal eine Pause, aber es ist alles in Ordnung, kein Problem, und dann nimmt sie das Geld und geht. Und zwar zu Sammy, für zwei Wochen, und er hat ihr viertausend gegeben, der Schwanzlutscher.«

»Pass auf«, sagte Cogan, »nachher treffe ich einen, okay? Ich glaube, ich hab einen, der dich herumfahren kann und so.«

»Ich kann nicht raus«, sagte Mitch.

»Ich rede hier nicht vom Rumficken«, sagte Cogan. »Du bist hergekommen, um was zu erledigen. Dafür. Ich wollte mit dem Typen reden, und wenn ich den Eindruck gehabt hätte, dass er so was machen kann, ohne dass ihm sein Bruder die ganze Zeit das Händchen hält, hätte ich ihn raufgebracht und alles mit dir durchgesprochen.«

»Von mir aus können wirs so machen«, sagte Mitch.

»Oh«, sagte Cogan, »das freut mich zu hören. Aber von mir aus nicht. Weil du nämlich gar nicht imstande bist, es heute

Abend zu machen, und ich nicht will, dass der Typ zu viel Zeit zum Nachdenken hat, sonst erzählt er es noch seinem Bruder.«

»Na gut«, sagte Mitch, »dann schaff ihn doch her. Schaff ihn her, dann weisen wir ihn ein.«

»Und du«, sagte Cogan, »ich sag dir, was du jetzt machst: Du legst dich hin.«

»Ich bin nicht müde«, sagte Mitch.

»Du siehst aber verdammt müde aus«, sagte Cogan. »Du legst dich also hin. Es ist jetzt halb drei. Ich rufe dich um halb acht an, und dann hast du geschlafen, denn wenn nicht, kenne ich ein paar Bullen, die dich wieder da hinbringen, wo du hingehörst.«

»Ja«, sagte Mitch.

»Keine Weiber, kein Alkohol, gar nichts«, sagte Cogan. »Du gehst jetzt duschen und dann ins Bett. Um halb acht wecke ich dich und sage dir, was du zu tun hast, klar?«

»Du hast mir gar nichts zu befehlen«, sagte Mitch.

16

Der Fahrer stellte den Motor des silbergrauen Toronado ab und wartete auf Cogan, der die Straßenbahngleise hinter dem Cronin Park in Cambridge überquerte. Als Cogan eingestiegen war, sagte der Fahrer: »Weißt du, ich mach nicht gern Umstände, aber mein Leben wäre ein ganzes Stück leichter, wenn du dich ab und zu dazu bequemen könntest, ein Telefon zu benutzen, um was zu besprechen. Es gibt inzwischen Telefonzellen, und jeder darf sie benutzen. Ich glaube, ich könnte dir für Providence zwei, drei Nummern von Telefonzellen geben, und wenn du mit mir über irgendwas reden willst, rufst du mich einfach an und sagst mir, welche. Dieses Hin und Her jedes Mal, wenn einer ein Wehwehchen hat, geht mir auf die Nerven. Meine Frau ist krank, eins der Kinder ist krank, ich vernachlässige meine Kanzlei, aber das reicht dir anscheinend noch nicht. Heute ist einer der letzten schönen Samstage, und ich musste vom Golfplatz herkommen und mit dir reden. In letzter Zeit mache ich anscheinend nichts anderes, als irgendwelche Termine abzusagen und irgendwohin zu fahren, um mit dir zu reden.«

»Das solltest du mal mit ihm besprechen, Albert«, sagte Cogan. »Für mich klingt das nach einer Gehaltserhöhung. Sag ihm, er soll sich mit mir in Verbindung setzen. Ich leg ein gutes Wort für dich ein.«

»Wirklich zu nett«, sagte der Fahrer. »Okay, hier bin ich.

Wie sind die neuesten schlechten Nachrichten? Was ist jetzt wieder schiefgegangen?«

»Tja«, sagte Cogan, »wir haben anscheinend ein kleines Problem.«

»Wir sollten aber keine kleinen Probleme mehr haben«, sagte der Fahrer, »überhaupt keine kleinen Probleme mehr. Ich habe mit ihm gesprochen, und wir haben alles getan, worum du uns gebeten hast. Keine Probleme mehr, weder groß noch klein. Nenn mir einen einzigen Punkt, mit dem wir nicht einverstanden waren.«

»Es gab keinen«, sagte Cogan. »Aber es sind ein paar Sachen aufgetaucht, von denen ich nichts wusste.«

»Erzähl«, sagte der Fahrer.

»Mitch«, sagte Cogan. »Er kriegt es nicht hin. Ich hatte alles ganz gut geplant für heute Abend. Ich weiß, wo Amato sein wird, und ich schätze, dass ich bis dahin auch rausfinden kann, wo der Typ ist, bei dem ich mir sicher bin. Amato haben wir jedenfalls auf dem Schirm. Wenn alles gut geht, könnten wir einen Doppeljob hinlegen. Auf jeden Fall würden wir Squirrel erledigen, und der ist sowieso der größere Fisch. Aber Mitch kriegt das nicht hin.«

»Du wolltest ihn haben«, sagte der Fahrer. »Du und Dillon, ihr beide wolltet ihn haben. Du hast gesagt, du könntest es nicht, und Dillon kann es natürlich auch nicht. Wir haben dir besorgt, was du wolltest.«

»Er ist nicht das, was ich wollte«, sagte Cogan, »aber das wusste ich nicht. Ich wollte Mitch, wie er vor einem Jahr, vor ein paar Jahren war. Jetzt ist er zu nichts zu gebrauchen.«

»Was ist los mit ihm?« fragte der Fahrer.

»Das Erste, was er mir erzählt hat«, sagte Cogan, »war, dass er unten in Maryland was am Hals hat. Er glaubt, dass er dafür eine Weile in den Bau kommt, und das macht ihm Angst, weil er denkt, dass seine Frau ihm dann einen Arschtritt gibt. Was sie, wie er sagt, bestimmt tun wird, und auch wenn sie es nicht tut, hat er nicht das Gefühl, dass er die Zeit im Knast genießen wird.«

»Ich verstehe nicht, was das mit unserem Auftrag zu tun hat«, sagte der Fahrer.

»Sah anfangs auch nicht so aus«, sagte Cogan, »aber für alles außer Maryland braucht er eine gerichtliche Erlaubnis, und die hat er natürlich nicht eingeholt, als er hergekommen ist, darum hat er Angst rauszugehen und bleibt die ganze Zeit in seinem Hotelzimmer. Wenn rauskommt, dass er hier ist, geht er schon allein dafür in den Knast.

Jedenfalls bleibt er auf seinem Zimmer und fickt alles, was nicht bei drei auf dem Baum ist.«

»Als ich ihm gesagt habe, dass du Mitch willst«, sagte der Fahrer, »hat er gesagt, das geht in Ordnung, aber es wäre vielleicht am besten, wenn ihr eine Möglichkeit finden würdet, ihn im Badezimmer einzusperren, solange er hier ist. Also was ist mit ihm? Will er nicht rauskommen?«

»Er wird schon rauskommen, wenn wir es ihm sagen«, sagte Cogan. »Aber ich glaube, das sollten wir nicht. Als er gelandet war, sollte ich ihm eine Braut besorgen, und ich dachte: Scheiße, was geht mich das an? Aber ich hab einen Typen angerufen, und der hat ihm eine besorgt. Gut. Aber von der hat er sich dann die Namen von anderen Bräuten geben lassen, und das sind keine, die mal für eine Nacht aus Lawrence rüberkommen. Das sind welche, die viele Typen kennen und mit vielen Typen reden. Das heißt, inzwischen wissen alle, dass er in der Stadt ist, und das ist nicht günstig. Dem Typen, den ich angerufen hatte, hab ich gesagt, er soll eine Anfängerin raufschicken, die keinen kennt. Aber dann ist Mitch irgendwie an Polly geraten, und es gibt in der ganzen Stadt keinen, der Polly nicht kennt, und dieser gottverdammte Idiot musste unbedingt einen Streit mit ihr anfangen. Scheiße, die Braut redet mit Bullen.«

»Ist er verrückt geworden?« fragte der Fahrer.

»Ich glaube«, sagte Cogan, »es gibt eine bestimmte Menge Scheiße, die einer aushalten kann, und Mitch hat einfach zu viel erwischt. Als ich bei ihm war, hat er sich mit Whiskey zugeschüttet, und als ich eine Bemerkung darüber gemacht hab, hat er gesagt, dass er eine Scheißangst vor dem Fliegen hat und sich in der Nacht vorher irgendwas einwerfen muss, weil er sonst nicht schlafen kann. Okay, mir war irgendwie klar, dass er eine Menge Sorgen haben muss, und ich dachte: Soll er machen, was er will.

Tja, das war vor drei Tagen, und was er in den drei Tagen nicht flachgelegt hat, hat er getrunken. Als ich gegangen bin, hatte er mächtig getankt. Halb drei am Nachmittag, und er lag gerade im Clinch mit einer anderen Schnepfe, die er sich von Gott weiß wo hat kommen lassen. Stinkbesoffen, quatscht ununterbrochen, weiß nicht mehr, was wann war, und als ich ihn dann windschnittig gemacht hab, wollte er gleich in der Unterhose losziehen und den Job erledigen. Er hört einfach nicht auf zu quatschen.«

»Hast du mit Dillon gesprochen?« fragte der Fahrer. »Geht es Dillon so gut, dass man mit ihm reden kann?«

»Er hat mir gesagt, dass er gestern einen Spaziergang gemacht hat«, sagte Cogan. »Dass er sich schon viel besser fühlt. Gestern Abend hat er gut gegessen und ferngesehen. Ja. Dillon und ich sind einer Meinung. Wenn wir nicht was unternehmen, lässt dieser Typ die ganze Sache platzen. Er wird sich noch eine Braut und noch eine Flasche aufs Zimmer kommen lassen, und wenn die, die schon da waren, es nicht herumgequatscht haben, wirds die nächste tun. Der Typ muss schleunigst aus der Stadt verschwinden.«

»Na ja«, sagte der Fahrer, »du hast ihn eingeladen. Schick ihn nach Hause.«

»Er würde nicht gehen«, sagte Cogan. »Er braucht dringend Geld, das sagt er selber. Hat seinen Job verloren oder was auch immer. Er würde nicht gehen, wenn ich es ihm sagen würde. Ich glaube, er würde nichts von dem tun, was ich ihm sage, es sei denn, er ist so besoffen, dass ihm nichts anderes mehr einfällt. Was er inzwischen wahrscheinlich ist.«

»Ich kann heute nicht mit ihm sprechen«, sagte der Fahrer.

»Ich dachte eher an was anderes«, sagte Cogan. »Ich dachte, ich könnte ihn hochgehen lassen.«

»Die Bullen?« fragte der Fahrer. »Aber er wird reden.«

»Würde er vielleicht, wenn er wüsste, dass ich es war«, sagte Cogan. »Ich kenne einen, der eine an der Hand hat, die so was erstklassig kann. Sie fängt einen Streit an und veranstaltet ein derartiges Geschrei, dass die Typen ihre Zähne hergeben würden, um sie aus dem Zimmer zu kriegen, bevor die Bullen kommen. Ich hab gedacht, ich könnte sie ihm raufschicken. Ich hab ihm gesagt, keine Bräute mehr, es gibt einen Job zu erledigen, aber er ist so betrunken, dass er nicht mehr weiß, ob er sich eine bestellt hat oder nicht, und wenn nicht, würde er sie trotzdem nehmen. Die in dem Hotel passen zwar nicht gerade scharf auf, aber es hat einen guten Ruf, und ich schätze, die haben was gegen kreischende Huren. Die Bullen nehmen ihn fest, seine Kaution wird widerrufen, und er ist weg.«

»Irgendwie hart für ihn«, sagte der Fahrer.

»Eigentlich nicht«, sagte Cogan. »Eigentlich ist es das Beste, was ihm passieren kann. Wenn er so weitermacht, ist er bald tot. Im Knast kriegt er nicht genug Schwarzgebrannten, um sich umzubringen, und wenn er nicht in den Knast kommt, bringt er uns um.«

»Er sollte wahrscheinlich mit Mitchs Leuten sprechen«, sagte der Fahrer.

»Albert«, sagte Cogan, »woher sollten sie es denn erfahren?«

»Ah«, sagte der Fahrer. »Ich kann es ihm ja sagen.«

»Wenn du willst«, sagte Cogan. »Dann liegt es bei ihm.«

»Okay«, sagt der Fahrer. »Tu es. Bleibt noch Amato.«

»Ich glaube, mir ist was eingefallen«, sagte Cogan. »Ich glaube, ich kann ihn doch selber erledigen.«

»Ich denke, das geht nicht«, sagte der Fahrer. »Ich denke, er kennt dich.«

»Stimmt«, sagte Cogan. »Und er kennt den Jungspund. Er ist einer von den beiden, die das Ding für ihn durchgezogen haben. Und ich möchte wetten, dass dieser Jungspund weiß, wo Amato an den nächsten Abenden sein wird.«

»Wird er mitmachen?« fragte der Fahrer.

»Während ich auf dich gewartet hab«, sagte Cogan, »hab ich ein bisschen nachgedacht. Ja, ich glaube, ich weiß, wie ich ihn dazu bringen kann.«

»Wird er das hinkriegen?« sagte der Fahrer.

»Oh«, sagte Cogan, »das kann man nie wissen.«

»Aber es ist eine ernste Sache, oder?« sagte der Fahrer. »Es ist eine ernsthafte Frage.«

Cogan sah den Fahrer an. »Eine Zeit lang«, sagte er. »Nicht lange, aber eine Zeit lang. Sprich mit ihm.«

17

Es war später Nachmittag, und Frankie saß in der Kellerbar des Carnaby Street. Er lehnte sich auf dem Barhocker zurück und beäugte die Kellnerinnen, die noch nichts zu tun hatten und sich unterhielten.

Cogan hängte die Wildlederjacke an einen Haken, setzte sich neben Frankie und bestellte ein Bier.

»Heineken?« fragte der Barmann.

»Ja«, sagte Cogan.

»Flasche oder Fass?« fragte der Barmann.

»Mir scheißegal«, sagte Cogan. »Fass.«

»Das fragen sie einen immer«, sagte Frankie.

»Und das nervt«, sagte Cogan. »Wenn ich gewusst hätte, dass das hier so kompliziert ist, wäre ich nicht hergekommen.«

Der Barmann stellte einen beschlagenen Bierkrug vor Cogan ab.

»Ich schon«, sagte Frankie. »Der Typ hier, ich weiß nicht, wie er das macht, aber die Bedienungen sind die hübschesten Bräute in ganz Boston. Ich bin jeden Tag hier.«

»Ich weiß«, sagte Cogan.

Frankie sah ihn an. »Ich hab Sie hier noch nie gesehen«, sagte er. »Ich kenne Sie nicht.«

»Hab ich ja auch nicht behauptet«, sagte Cogan. »Mich kennen nur sehr wenige. Ich bin bloß so ein Typ. Noch nie im Leben hier gewesen.«

»Und wieso dann heute?« fragte Frankie.

»Ich hab dich gesucht«, sagte Cogan. »Ich hab dich gesucht, und einer hat mir gesagt, du hättest ihm gesagt, dass du um diese Uhrzeit oft hier bist und versuchst, den Mut aufzubringen, eine von denen anzusprechen. Also bin ich hergekommen. Ganz einfach, oder?«

»Wer hat Ihnen das gesagt?« sagte Frankie.

»Irgendein Typ«, sagte Cogan. »Ein Freund von dir. Er kennt dich ein bisschen und hat mir gesagt, wo ich dich finden kann. Er hats mir allerdings nicht selber gesagt. Er hats einem Typen gesagt, und der ist gekommen und hats mir gesagt. Weil ich diesen Typen, diesen Freund von dir gefragt hab.«

»Und wer ist dieser Freund?« sagte Frankie.

»China«, sagte Cogan.

»Den Namen hab ich noch nie gehört«, sagte Frankie. Er trank sein Bier aus und richtete sich auf. Cogan legte die Hand auf Frankies rechten Unterarm. »Da wird China sich aber wundern«, sagte er, »sehr wundern. Er macht sich Sorgen um dich, Frankie, deine Freunde machen sich Sorgen um dich, weißt du das eigentlich? Typen wie China. China war wirklich … also, er wollte, dass ich mit dir rede, er hat regelrecht darauf bestanden. Ich war mir nicht sicher, ob das wirklich nötig ist. Du hast ja schließlich eine Wohnung und so. ›Klingt doch ganz gut‹, hab ich gesagt, ›wozu soll ich hingehen und ihn nerven?‹ Du hast doch eine Wohnung, oder, Frankie?«

»Ja«, sagte Frankie.

»Bestimmt irgendwo am Südende von New Hampshire«, sagte Cogan.

»Genau«, sagte Frankie.

»In Norwood, um genau zu sein«, sagte Cogan. »Warum eigentlich da? Wo die ganze Zeit Lastwagen vorbeifahren?«

»Ich weiß nicht«, sagte Frankie.

»Entspann dich ein bisschen, Frankie, okay?« sagte Cogan. »Du weißt ja, wie das ist: Wenn ein Typ wie China will, dass du was tust, dann *musst* du es einfach tun. Er sitzt da unten, eingesperrt und so, und muss sich darauf verlassen können, dass seine Freunde das Richtige tun für die Leute, um die er sich Sorgen macht. Ich müsste mich vor ihm schämen, wenn er rauskriegen würde, dass ich mit einem Typen, mit dem ich reden sollte, gar nicht geredet hab. Du weißt ja, wie er ist.«

Frankie lehnte sich wieder zurück.

»Trink noch ein Bier«, sagte Cogan. »Sieh dir die Mädchen an. Mann, ich weiß nicht, wie du den Lärm da draußen aushältst. Na ja, du wirst schon deine Gründe haben, da zu wohnen. Soviel ich weiß, hast du auch einen Wagen.«

»Ja«, sagte Frankie.

»Darf ich dir einen Tipp geben?« fragte Cogan.

Frankie gab keine Antwort.

»Ich hatte auch mal so einen«, sagte Cogan. »Einen von den ersten, die sie gebaut haben. Da sind diese Lufteinlässe in der Kühlerhaube, nicht?« Frankie gab keine Antwort.

»Ach, komm schon«, sagte Cogan. »Du hast doch diesen grünen GTO mit den Lufteinlässen, oder nicht? Erzähl mir keinen Scheiß.«

Frankie nickte.

»In ein paar Monaten kriegst du Ärger damit«, sagte Cogan. »Im Januar, wenn es kalt wird. Dann läuft die Karre nicht. Sie springt an, aber sie läuft nicht. Du kannst machen, was du willst – sie läuft nicht. Und wenn es richtig kalt wird, mit zwanzig Grad minus und so, springt sie nicht mal mehr an.

Aber ich sag dir, was du tun musst. Du musst diese Lufteinlässe abdichten. Meiner hatte bloß einen, und der war in der Mitte geteilt. Deiner hat zwei, und ich wette, du wirst denselben Ärger damit haben, weil der Motor einfach nicht warm wird. Das liegt an den Lufteinlässen. Du musst sie abdichten, sonst kommt der Motor bei Kälte nicht auf Temperatur, es sei denn, du fährst vom Start weg hundertvierzig, und wenn du das machst, hast du bald verbogene Ventilstößel. Was ich gemacht hab, war: Ich hab den Lufteinlass mit Klebeband abgedichtet. Sieht scheiße aus, funktioniert aber prima. Kapiert? Klebeband.«

Frankie nickte.

»Du verstehst, was ich meine«, sagte Cogan.

»Äh, nein«, sagte Frankie. »Nein.«

»Deine Freunde«, sagte Cogan. »Deine Freunde machen sich Sorgen um dich. Verstehst du? Ich hab sogar gehört, dass du immer eine Kanone mit dir herumschleppst.«

»Scheiße, nein«, sagte Frankie.

»Gut«, sagte Cogan, »das ist gut. Mit so was muss man vorsichtig sein. Du bist jetzt seit einem Monat draußen?«

»Sechs Wochen«, sagte Frankie.

»Richtig«, sagte Cogan. »Raub, stimmts?«

»Ja«, sagte Frankie.

»Na bitte«, sagte Cogan. »Und darum ist es auch gut, dass du keine Kanone hast. Du weißt ja, wie die sind. Jedes Mal, wenn einer ein Ding abgezogen hat, das auch nur entfernte Ähnlichkeit mit dem hat, was du damals gemacht hast, kommen sie und vermessen deinen Schwanz. Glaubst du, die wissen nicht, dass du wieder draußen bist?«

»Nein«, sagte Frankie.

»Aber natürlich«, sagte Cogan, »haben die nichts gegen dich in der Hand, weil du ja nichts machst.«

»Ich trinke bloß ein Bier und sehe mir die Mädchen an«, sagte Frankie.

»Genau«, sagte Cogan, »und das ist nicht verboten. Aber selbst wenn du gar nichts gemacht hast und sie dich kontrollieren und eine Kanone finden, bist du gleich wieder drin.«

»Ich weiß«, sagte Frankie.

»Gut«, sagte Cogan, »das ist gut. Daran können deine besorgten Freunde erkennen, dass du seit damals ein bisschen erwachsener geworden bist.«

Frankie sah Cogan an. »Erwachsener geworden?« sagte er. »Die Zeit, die ich da drin war, hätte für ein ganzes Hundeleben gereicht.«

»Tja«, sagte Cogan, »da hast du recht. Aber vielleicht bist du sogar ein bisschen erwachsener geworden, seit du draußen bist.«

»Ich hab endlich mal gevögelt«, sagte Frankie.

»Gut«, sagte Cogan. »Wie wars?«

»Nicht so besonders«, sagte Frankie. »Ziemlich beschissen, ehrlich gesagt. Natürlich hab ich eine erwischt, die das schon macht, seit es erfunden worden ist, und natürlich hab ich mein Maul ganz schön weit aufgerissen, und als ich fertig war, hat sie gesagt, dass ich im Bett eine Niete bin. Aber ich bleib dran. Ich schätze, es kann nicht allzu schwer sein, den Bogen rauszukriegen, und es muss ja einen Grund haben, dass alle Leute herumrennen und es machen.«

»Das ist die richtige Einstellung«, sagte Cogan. Er schnalzte mit der Zunge. »Mann«, sagte er, »wirklich schade. Ich hätte dich früher kennenlernen sollen. Ich hätte mich gleich auf den Weg machen sollen, als ich das von China und den anderen gehört hab. Ich kannte einen, der hätte dir bestimmt helfen können. Der hatte immer Wahnsinnsbräute. Aber jetzt ist er tot.«

»Ach ja?« sagte Frankie.

»Ja«, sagte Cogan. »Wirklich ein Jammer. Vielleicht hast du

es in der Zeitung gelesen. Jemand hat ihn nachts umgelegt, vor ein paar Tagen. Markie Trattman. Netter Typ. Ein echt netter Typ, und was der nicht über Bräute wusste, wusste keiner.«

»Hat wahrscheinlich die Falsche flachgelegt«, sagte Frankie.

»Ja«, sagte Cogan, »entweder das oder was anderes. Er hat irgendeinen schwer sauer gemacht, so viel ist sicher. Ich glaube, so ist das mit den meisten Typen, die umgelegt werden. Die haben einen sauer gemacht, und dann passiert ihnen was. Man kann heutzutage nicht vorsichtig genug sein. Du machst irgendwas und denkst, das ist völlig korrekt, aber dann wird einer wegen gar nichts sauer, und du sitzt in der Scheiße. Sieh dir China an. Wie lange kennst du China schon?«

»China?« sagte Frankie. »Ungefähr zehn Jahre.«

»Na ja«, sagte Cogan, »das ist lange genug. Dann hast du bestimmt auch gehört, was sie vor einem Jahr oder so über ihn erzählt haben.«

»Hab ich«, sagte Frankie.

»Und wenn du China kennst«, sagte Cogan, »dann weißt du natürlich, dass das nicht stimmt. China würde eher Scheiße fressen als mit denen reden. Aber der Ärger ist: Irgendein Arschloch hat die fixe Idee, dass da irgendwas läuft oder so, und fängt an, komisches Zeug über China zu verbreiten, und natürlich stellt niemand irgendwelche Fragen oder macht sonst irgendwas Schlaues. Nein, alle quatschen und quatschen und quatschen, und ziemlich bald kriegt China alle möglichen Schwierigkeiten, und dabei hat er gar nichts getan.

Aber China ist ein schlauer Bursche. Er ist da unten, und er weiß, dass er mit jemand reden muss, und zwar bald. Also stellt er einen Antrag auf Haftprüfung oder so. Sie bringen ihn her, und er kann ein paar Leuten Bescheid geben, und einer kommt rein, und dem sagt er: ›Pass auf, wenn keiner dafür sorgt, dass dieses Scheißgequatsche aufhört, hab ich bald eine Klinge zwischen den Rippen, und da werd ich nicht drauf warten. Wenn ich meinen Arsch retten muss, bin ich gezwungen, mit jemand zu reden und dem was zu erzählen, und eigentlich will ich das nicht.‹ Und der Typ kommt wieder raus, es spricht sich herum, und China ist wieder einer von den Guten. Verstehst du, was ich meine? China ist ein schlauer Bursche und weiß, wie man sich schützt. Und Markie, tja, der hatte vielleicht Ahnung von Bräuten, aber er hat nicht gewusst, wie man sich schützt.«

»Ziemlich schwierig, sich zu schützen«, sagte Frankie, »wenn man nicht mal weiß, dass einer hinter einem her ist, weil man seinen Schwanz ins falsche Loch gesteckt hat. Ziemlich schwierig.«

»Ja«, sagte Cogan, »aber da gab es noch andere Gründe. Markie hatte eine Pokerrunde laufen, und die ist hochgenommen worden. Wusstest du das?«

»Ich glaube, ich hab davon gehört«, sagte Frankie.

»Ja«, sagte Cogan. Er trank sein Bier aus. Zum Barmann sagte er: »Ich nehm noch eins.« Und zu Frankie: »Du auch?«

»Ich hab noch«, sagte Frankie.

»Stimmt«, sagte Cogan. Er bekam sein Bier und trank einen Schluck. »Ahh«, sagte er und wischte sich über den Mund, »es geht doch nichts über ein kaltes Bier. Also, Trattman hatte diese Pokerrunde, okay? Seit Ewigkeiten. Und die war schon mal hochgenommen worden. Überfallen und ausgeraubt. Und weißt du was?« sagte Cogan. »Das war er selber. Er hat sie selber ausrauben lassen.«

»Vielleicht hat ers noch mal getan«, sagte Frankie.

»Es laufen eine Menge Dummschwätzer herum, die das sagen«, sagte Cogan. »Ich hab das auch gehört. Aber mich regt das auf. Markie war kein Freund von mir, verstehst du, ich glaube, ich habe in meinem ganzen Leben nicht mehr als ein-, zweimal mit ihm geredet. Wenn er Probleme hat, bin ich nicht derjenige, der ihm da raushilft. Wer bin ich denn? Bloß irgendein Typ, den er mal irgendwo gesehen hat. Warum sollte er auf mich hören? Aber seit das passiert ist, denke ich, ich hätte mit ihm reden sollen. Ich hätte wirklich mit ihm reden sollen. Weil an dem ganzen Gequatsche nämlich nichts dran war. Markie hätte das nicht noch mal gemacht. Dafür war er viel zu schlau. Aber siehst du: Das meine ich. Er hätte *wissen* müssen, was da über ihn herumgequatscht wurde, und als er davon erfahren hat, hätte er schlau genug sein müssen, was dagegen zu unternehmen. Er hätte es wie China machen müssen, verstehst du? Damit nicht irgendein Arsch auf die Idee kommt, dass er sich eine Menge Freunde macht, wenn er Trattman umlegt. Es ist schon eine scheißverrückte Welt.

Und siehst du, Frankie«, sagte Cogan und wandte sich ihm zu, »ich glaube, das ist es, woran China und deine anderen Freunde denken, die sich Sorgen um dich machen. Die wissen nicht, wie erwachsen du geworden bist, seit du draußen bist. Die glauben, dass du einen brauchst, der sich auskennt und dir einen Rat geben kann.«

»Ja«, sagte Frankie.

»Der dir beibringt, wie du dich schützen kannst«, sagte Cogan. »Wie gesagt: Es geht nicht so sehr darum, was du gemacht hast, sondern vielmehr darum, was die Leute *denken*, dass du gemacht hast. Darauf musst du achten, und wenn da was schiefgeht, musst du was tun.«

»Ja«, sagte Frankie.

»Also«, sagte Cogan mit leiserer Stimme, »wo wird er morgen Abend sein?«

»Wer?« fragte Frankie.

»Johnny Amato«, sagte Cogan. »Morgen Abend. Wo wird er morgen Abend sein?«

»Keine Ahnung«, sagte Frankie.

»Frank«, sagte Cogan, »vergiss nicht, was ich dir gesagt hab. Deine Freunde machen sich Sorgen um dich. Du willst endlich mal vögeln, und deine Freunde wollen, dass das klappt, wenn du verstehst, was ich meine. Und deine Freunde wollen wissen, wo Squirrel morgen Abend sein wird.«

»Ich hab Sie noch nie im Leben gesehen«, sagte Frankie.

»Neue Freunde sind die besten«, sagte Cogan. »Auf deinen anderen Freund kannst du dich nicht verlassen. Sieh dir an, was du davon gehabt hast. All die Jahre. Du hättest draußen sein und dir eine scharfe Braut besorgen können, anstatt da drin zu sitzen und dir einen runterzuholen und so.«

»Ich kenn Sie überhaupt nicht«, sagte Frankie.

»Mich kennen nur ganz wenige«, sagte Cogan. »China vielleicht und … ja, Dillon natürlich. Dillon kennt mich. Du machst auf mich einen ziemlich intelligenten Eindruck. Soll ich Dillon mal anrufen, damit er dir sagen kann, wer ich bin? Aber nur dass du es weißt: Über mich gibts nicht viel zu wissen. Trotzdem, du kannst mit ihm reden. Willst du?«

»Nein«, sagte Frankie.

»Okay«, sagte Cogan. »Also, wo wird er morgen Abend sein? Wenn du es jetzt nicht weißt, kannst du es rauskriegen, das weiß ich.«

»Ich hab keine Ahnung«, sagte Frankie. »Seit ich draußen bin, hab ich John vielleicht drei oder vier Mal gesehen. Ich weiß nicht, was er abends macht. Wahrscheinlich fährt er nach Hause.«

»Na gut«, sagte Cogan und trank sein Glas aus. »Wir sehen uns, mein Freund.« Er wollte von seinem Hocker aufstehen.

»Moment«, sagte Frankie.

»Es gibt Sachen«, sagte Cogan, »die können nicht warten. Du sagst, du weißt es nicht. Okay, akzeptiert. Aber ich hab was zu erledigen. Ich muss einen Typen finden, der es weiß.«

»Wo John morgen Abend sein wird«, sagte Frankie.

»Und dann muss ich auch noch was anderes wissen«, sagte Cogan. »Nämlich, wo du übermorgen Abend sein wirst. Wieder hier? Kommst du dann wieder so gegen halb vier hier rein, trinkst ungefähr vier Bier, hängst herum, isst was und gehst dann zu Pagliacci, wie immer, um zu sehen, was da an Bräuten herumläuft? Und dann, so gegen zwölf, ein Uhr, gehst du nach Hause? Sieht so ungefähr dein Programm für übermorgen Abend aus? Oder hast du vielleicht irgendwas anderes vor? Dann dauert es eben ein paar Tage länger. Macht nichts. Aber du könntest mir einen Haufen Zeit sparen.«

Frankie sagte nichts.

Cogan stand von seinem Hocker auf und legte den Unterarm auf die Lehne. »Hör zu«, sagte er, »du musst realistisch sein, okay? Wirklich. Ich kenne den Typen. Ich weiß auch, was dir gerade durch den Kopf geht. Du denkst, er ist ein Freund, stimmts? Du hast mit ihm zusammen wahrscheinlich schon was Neues im Auge, hab ich recht?«

Frankie gab keine Antwort.

»Macht nichts«, sagte Cogan. »Ich weiß, wie du dich fühlst. Ich wette, du hast gedacht, diese Trattman-Nummer würde funktionieren.«

Frankie gab keine Antwort.

»Ich will dir mal was sagen«, sagte Cogan. »Solche Sachen funktionieren nie. Typen mit Superideen, so wie Squirrel, die wissen alle, worauf es rausläuft, aber sie denken sich nicht was Gutes aus und arbeiten daran, bis es funktioniert und sich auszahlt, nein, die nicht. Er war schon immer so, immer auf der Suche nach dem schnellen Dollar. Typen wie der machen nichts als Ärger. Und zwar für alle.«

»Trattman ist umgelegt worden«, sagte Frankie.

»Für alle möglichen Sachen gibts alle möglichen Gründe«, sagte Cogan. »Die einen werden umgelegt, weil sie was gemacht haben, die anderen werden umgelegt, weil sie nichts gemacht haben. Darauf kommt es nicht an. Worauf es ankommt, ist, dass du nicht derjenige bist, der umgelegt wird. Das ist das Einzige.«

Frankie nickte.

»Und du«, sagte Cogan, »du bist einer von den wenigen, die das wissen, stimmts?«

»Ich weiß nicht«, sagte Frankie.

»Doch, du weißt es«, sagte Cogan. »Du weißt es ganz genau. Und du hast die Wahl. Du kannst einer von denen sein, die umgelegt werden, oder nicht. Du weißt es. Es ist jetzt nur noch eine Frage der Zeit, mein Freund. Nur eine Frage der Zeit. Zuerst er und dann du. So wird es laufen.«

Frankie gab keine Antwort.

»Nur dass du in einer Position bist«, sagte Cogan, »in die nur sehr wenige kommen. Du kannst etwas tun. Ich hab nur sehr wenige gekannt, die diese Möglichkeit hatten.«

Frankie gab keine Antwort.

»Frank«, sagte Cogan, »ich hoffe, du denkst nicht, dass ich dich verarsche.«

»Wer zum Teufel sind Sie denn überhaupt?« sagte Frankie. »Ich hab Sie noch nie gesehen, und auf einmal sind Sie da und erzählen mir all diesen Scheiß. Was weiß ich denn? Vielleicht sind Sie nicht mal wirklich da. Ich weiß nichts.«

»Junge«, sagte Cogan, »ich seh dich nicht gern so enden.

China sagt, du bist in Ordnung. Aber du lässt dich für nichts umlegen.«

»Ich …« sagte Frankie. »Scheiße, ich weiß nicht.«

»Eine Frage«, sagte Cogan. »Denk mal darüber nach, okay? Mal angenommen, ich würde nach Wollaston fahren, mal angenommen, ich würde jetzt gehen und zu ihm fahren und sagen: ›Hallo, Squirrel, du oder Frankie, was ist dir lieber?‹ Meinst du, der würde auch nur eine Sekunde nachdenken? Meinst du wirklich?«

»Ich weiß nicht«, sagte Frankie.

»Du bist ein Arschloch«, sagte Cogan. »Du bist ein solches Arschloch – kein Wunder, dass du im Knast warst. Du bist ein Scheißarschloch. Du hast kein bisschen Hirn im Kopf.«

»Moment«, sagte Frankie, »Warten Sie, ich –«

»Ich brauch nicht zu warten«, sagte Cogan. »Ich weiß doch, was läuft. Und ich weiß, was ich zu tun hab. Ich brauche nur noch einen, der mir ein bisschen hilft.«

Frankies Kiefer arbeiteten. Er sagte nichts.

»Und wenn ich den habe …« sagte Cogan. »Ich hab denen übrigens gesagt: ›Die Sache kann auf zwei Arten laufen: Entweder ich erledige beide, oder ich erledige nur den einen.‹ Dafür hab ich mir eine Menge Scheiße anhören müssen. Weißt du, wie ich sie dazu gebracht hab, ihr Okay zu geben? China. China sagt, du bist in Ordnung. Und ich hab China immer irgendwie gemocht, und wenn ich ihm einen Gefallen tun kann, dann tu ich das. China will nicht, dass du umgelegt wirst. Er ist da anscheinend auch ziemlich laut geworden. Er sagt, du bist ein guter Typ, ein Typ, den man gebrauchen kann. Okay. Aber du weißt ja, wo China ist. Er kann sich bloß für ein paar Tage hierher verlegen lassen und ein bisschen reden. Er kann eigentlich nichts für dich tun.«

»Ja«, sagte Frankie.

»Aber ich kann was für dich tun«, sagte Cogan. »Ich muss nicht, aber ich kann. Also suchs dir aus, Junge, und zwar sofort. Ich kann China einen Gefallen tun, oder ich kanns lassen. Ist mir eigentlich egal.«

»Ich muss nachdenken«, sagte Frankie.

»Nein«, sagte Cogan, »nicht nachdenken. Ja oder nein, und zwar jetzt. Ich muss los.«

Frankie seufzte tief. »Ich weiß nicht«, sagte er. »Ich weiß nicht, ob ich das kann.«

»Kannst du denn das andere?« fragte Cogan.

Frankie zögerte. »Nein«, sagte er dann.

»Tja«, sagte Cogan, »das sind die beiden Möglichkeiten. Ich schätze, dann weißt du, was du tun musst.«

»Was muss ich denn tun?« fragte Frankie.

»Du musst rausfinden, wo er sein wird«, sagte Cogan.

»Das weiß ich schon«, sagte Frankie. »Er hat mich gefragt, was ich vorhabe. Er will irgendwohin und mich dann anrufen oder so. Ich weiß, wo er hin will. Er hat da so eine Braut. Das hat er mir vorher erzählt. Ich hab ihm gesagt, ich bin zu Hause.«

»Wirst du aber nicht sein«, sagte Cogan.

»Nicht?« sagte Frankie.

»Nein«, sagte Cogan.

»Wo –« sagte Frankie.

»Du wirst bei mir sein«, sagte Cogan, »und wir werden da sein, wo er ist.«

»Mann«, sagte Frankie, »das kann ich nicht. Und wenn er mich sieht, ist es vorbei. Dann weiß er sofort, dass was nicht stimmt. Ich kann das nicht. Ich kann Ihnen sagen, wo er hin will. Das kann ich. Aber er ist ein Freund – ich kann das nicht.«

»Okay«, sagte Cogan, »okay. Das heißt, du wählst die andere Möglichkeit.«

Frankie starrte Cogan an. Cogan rührte sich nicht. Frankie sagte: »Muss ich das wirklich tun?«

Cogan nickte.

»Alles?« fragte Frankie.

Cogan nickte.

»Ich muss dabei sein und alles?«

Cogan nickte.

»Es ist ja nicht so«, sagte Frankie, »dass ich irgendwas tun könnte, was irgendein anderer nicht genauso gut tun könnte. So ist es ja nicht. Es muss doch Hunderte geben, die Ihnen helfen können. Sie brauchen mich doch gar nicht.«

»Irrtum«, sagte Cogan. Er legte Frankie die Hand auf die Schulter. »Frank«, sagte er, »ich verstehe ja, was dir durch den Kopf geht. Aber wir haben da ein Problem. Und das ist zum Teil deine Schuld. Du hast einen Fehler gemacht. Und den musst du jetzt wiedergutmachen. Du musst zeigen, dass du es kapiert hast: Du hast was falsch gemacht, und jetzt machst du es richtig. Sonst weiß man nur, dass du was falsch gemacht hast. Und dann will man, dass einer was unternimmt, wie bei Trattman. Der hat nie irgendwas richtig gemacht.«

Frankie nickte.

18

Frankie bog mit dem Gold Duster zügig durch den mit orangeroten Laternen geschmückten Torbogen zu den sanft geschwungenen Straßen von Stuart Manor ein. Die Gebäude waren zweistöckig und im Erdgeschoss mit senkrechten Redwoodplanken verkleidet, während die erste Etage als Fachwerk ausgeführt war. Auf den Parkplätzen standen Volkswagen, Camaros, Mustangs und Barracudas. Über jeder Haustür war eine orangerote Lampe.

»Mann«, sagte Cogan, »ich habs geschafft. Ich bin da, wo die reichen Leute sind.«

Die schmalen Reifen des Duster wimmerten, als Frankie durch die Kurven zur Rückseite des dritten Komplexes fuhr. »Hier wohnen lauter Singles«, sagte er. »Wenn man hier wohnt, hat man angeblich jede Menge Sex.«

»Ich müsste es schon ziemlich nötig haben, wenn ich zum Vögeln nach New Hampshire fahren würde«, sagte Cogan.

»Es ist gar nicht so weit«, sagte Frankie. »Früher dachte ich das auch, aber einmal hatte Johnny was zu tun, und ich musste sie rausfahren. Es ist gar nicht so weit.«

»Kommt mir aber weit vor«, sagte Cogan. »Und für mich ist das der Beweis, dass der Typ ein Arschloch ist.«

»Er kann doch nichts dafür, wo seine Bräute wohnen«, sagte Frankie. Er fuhr in eine Parklücke, stellte den Motor ab und schaltete die Scheinwerfer aus.

»Ja, genau«, sagte Cogan. »Er kann nichts dafür. Der Arme.«

»Jackie«, sagte Frankie, »er ist kein schlechter Typ. Er ist wirklich kein schlechter Typ.«

Cogan ließ sich tiefer in den Sitz sinken. Die Wildlederjacke schob sich in seinen Nacken. Er schloss die Augen. »Sind sie alle nicht. Alles nette Typen. Aber dann haben sie eine Superidee.«

»Zu mir war er immer korrekt«, sagte Frankie.

»Junge«, sagte Cogan, »wenn einer was macht, und er holt welche dazu, und die gehen dann dafür in den Knast, ist das seine Schuld. Das ist die Regel.«

»Es war nicht seine Schuld«, sagte Frankie.

»Dann ist das hier auch nicht deine Schuld«, sagte Cogan. »Wenn es nicht seine Schuld war, dann ist das hier nicht deine.«

»Er hat es nicht so gemeint«, sagte Frankie.

»Das spielt keine Rolle«, sagte Cogan. »Überhaupt keine.«

Ein blauer Rallye Nova fuhr hinter dem Duster vorbei.

»Sind sie das?« fragte Cogan.

»Nein«, sagte Frankie. »John hat einen Riviera.«

»Ich weiß, was für einen Wagen er hat«, sagte Cogan. »Ob sie es sind, will ich wissen.«

»Nein«, sagte Frankie. »Wenn sie es gewesen wären, hätte ich es gesagt. Du schätzt ihn falsch ein. Der Knast war für ihn schlimmer als für mich, wegen seiner Familie und so.«

»Er wird nicht noch mal reinmüssen«, sagte Cogan.

»Er hat nicht gequatscht«, sagte Frankie. »Er hätte es ja auch uns anhängen können.«

»Irgendwie hat er das ja auch«, sagte Cogan.

»Hat er nicht«, sagte Frankie. »Er hat keinen Ton gesagt.«

»Über euch vielleicht nicht«, sagte Cogan. »Aber er hat einen angerufen.«

»Warum?« fragte Frankie. »Und wen?«

»Er weiß, wie man so was regelt«, sagte Cogan. »Er weiß, wie das gemacht wird. Er weiß das.«

»Was weiß er?« fragte Frankie.

»Schon mal was vom Doctor gehört?« sagte Cogan.

»Ja, ja«, sagte Frankie. »Dillon sagt, er ist tot. Ich weiß.«

»Wann hast du mit Dillon gesprochen?« fragte Cogan.

»Hab ich ja gar nicht«, sagte Frankie. »Johnny hat mir das gesagt. Er hat gesagt, dass Dillon gesagt hat, der Doctor ist tot.«

»Er ist tot«, sagte Cogan.

»Okay«, sagte Frankie, »du und Johnny und Dillon, ihr alle sagt also, der Doctor ist tot. Na und?«

»Squirrel sagt, er ist tot«, sagte Cogan.

»Johnny hat gesagt, dass Dillon ihm gesagt hat, der Doctor ist tot«, sagte Frankie.

»Dieser Arsch«, sagte Cogan. »Dieser blöde Arsch.«

Ein brauner Maverick Grabber fuhr hinter dem Duster vorbei.

»Wieder nicht«, sagte Frankie. »Warum?«

»Weil er es selber weiß«, sagte Cogan. »Er weiß verdammt gut, dass der Doctor tot ist.«

»Woher soll er das wissen?« fragte Frankie.

»Weil er einen dafür bezahlt hat«, sagte Cogan. »Er hat fünf Riesen dafür ausgespuckt, dass der Doctor umgelegt wird.«

»Erzähl keinen Scheiß«, sagte Frankie.

»Wie heißt seine Frau noch mal?« sagte Cogan. »Soll ich sie dir beschreiben? Sie hatte immer diese großen goldenen Ohrringe. Connie.«

»Na und?« sagte Frankie.

»Das war die Braut, die das Geld überbracht hat«, sagte Cogan. »Für den Doctor. Meinst du, er hätte bezahlt, wenn er nicht gewusst hätte, dass der Job erledigt war?«

Frankie gab keine Antwort.

»Weißt du, warum er den Doctor hat umlegen lassen?« fragte Cogan.

»Ja«, sagte Frankie. »Ich weiß.«

»Ja«, sagte Cogan. »Der Doctor hat einen Fehler gemacht. Er hat was gemacht, was er nicht hätte machen sollen.«

»Okay«, sagte Frankie. »Dann hat er eben einen Fehler gemacht.«

»Eben«, sagte Cogan. »Genau wie er.«

»Das ist was anderes«, sagte Frankie. »Das ist was ganz anderes.«

Ein dunkelbrauner Monte Carlo fuhr hinter dem Duster vorbei.

»Das ist gar nichts anderes«, sagte Cogan. »Der Doctor ist erledigt worden, weil er alle in die Scheiße gebracht hat. Und das ist genau das, was ihr gemacht habt, du und er. Der einzige Unterschied ist, dass ihr gedacht habt, die Sache würde an Trattman hängen bleiben.«

Ein roter Capri fuhr hinter dem Duster vorbei.

»Und das meine ich«, sagte Cogan. »Mit so was kommt man nicht durch. Trattman war genauso. Der hat auch gedacht, dass er damit durchkommt.«

»Er ist ja mal damit durchgekommen«, sagte Frankie. »Einmal.«

»Das meine ich ja«, sagte Cogan. »Wenn es noch mal passiert, kommst du nicht mal einmal damit durch.«

Der bronzefarbene Riviera fuhr hinter dem Duster vorbei.

»Das ist er«, sagte Cogan.

»Ich bin mir nicht sicher«, sagte Frankie.

»Doch, bist du«, sagte Cogan. »Wenn nicht, bist du der erste Ganzkörperständer der Welt.« Er öffnete die Augen und sah dem Riviera nach. Der Wagen fuhr in eine Parklücke jenseits des Hintereingangs des Gebäudes.

»Wie lange dauert das?« fragte Cogan.

»Keine Ahnung«, sagte Frankie.

»Okay«, sagte Cogan. »Es sollte eine freundliche Frage sein. Also: Fickt er sie hier oder fickt er sie woanders?«

»Sie teilt sich die Wohnung mit einer Freundin«, sagte Frankie. »Und er kennt einen Typen, der in Haverhill ein Motel hat.«

»Na gut«, sagte Cogan. »Dann will er also nur höflich sein.« Er sah, wie die Tür des Riviera geöffnet wurde. Er sah, wie das lange weiße Bein der Frau sich aus dem Wagen streckte. Er sah, wie Amato aus dem Schatten des Gebäudes trat und um das Heck des Wagens herumging. Er sah, wie Amato der Frau aus dem Wagen half und die Tür zuschlug.

Cogan beugte sich vor und hob mit beiden Händen die fünfschüssige halb automatische Flinte hoch, die auf dem Boden des Duster lag. Er legte sie auf den Schoß und hielt sie mit der rechten Hand fest. Mit der linken zog er den Zündschlüssel aus dem Schloss.

»Heh«, sagte Frankie. »Ich meine, ich wollte schon mal den Motor starten, damit wir schneller abhauen können.«

»Ich weiß«, sagte Cogan, »aber hier wirds vermutlich gleich ziemlich laut, und ich hab es schon erlebt, dass einer vom vielen Lärm so nervös geworden ist, dass er zu schnell abgehauen ist. Und ein anderer stand dann da und konnte sich den Daumen in den Hintern stecken.«

Cogan sah, wie Amato die Frau zum Eingang begleitete.

Cogan öffnete die Beifahrertür des Duster, dessen Innenbeleuchtung er mit Paketband abgeklebt hatte, und glitt hinaus. Amato und die Frau standen fünfunddreißig Meter entfernt an der Haustür und umarmten einander. Cogan hockte neben dem Wagen. Der linke Ellbogen lag auf der Kühlerhaube des Duster, der Kolben der Flinte war gegen seine rechte Schulter gepresst.

Amato löste sich aus der Umarmung. Die Frau schloss die Tür auf. Amato wartete, bis sich die Tür wieder geschlossen hatte. Die Frau drehte sich um und winkte ihm mit den Fingerspitzen. Sie lächelte. Amato winkte auf dieselbe Art zurück. Er drehte sich um. Die Frau ging die Treppe hinauf.

Cogan drückte ab. Das Geschoss traf Amato im Bauch und ließ ihn rückwärts an die Wand taumeln. Cogan wartete, bis Amato sich aufrichtete, und feuerte den zweiten Schuss ab. Dieser traf ein Stück höher, links über dem Gürtel, ging durch den Körper hindurch und trat in einem Winkel aus, der das Projektil durch das Glas der Tür zu seiner Linken führte. Den dritten Schuss feuerte Cogan ab, als Amato an der Hauswand zusammensackte. Das Geschoss traf ihn mitten in die Brust, kurz unter der Halsgrube, und zerriss ihm den Brustkorb. Amato sank nach rechts in das niedrige Buschwerk.

Cogan stand rasch auf und stieg ein. Er legte die Flinte auf den Rücksitz und steckte den Schlüssel ins Zündschloss. »Jetzt kannst du schnell abhauen«, sagte er.

Der Duster schoss aus der Parklücke und jagte mit wimmernden Reifen durch die weit geschwungenen Kurven.

Nach fünf Kilometern sagte Cogan: »Du fährst zu schnell.«

»Mann«, sagte Frankie, »hier wirds von Bullen gleich nur so wimmeln.« Er fuhr hundertzehn auf der zweispurigen Landstraße.

»Und einer von denen wird uns anhalten«, sagte Cogan. »Fahr langsamer.«

»Ich kann nicht«, sagte Frankie.

»Hör zu«, sagte Cogan. »Du musst langsamer fahren. Hast du das verstanden?«

»Ich kann nicht«, sagte Frankie. »Ehrlich, ich kann nicht.«

»Mein Wagen steht in Massachusetts«, sagte Cogan. »Wir haben noch einen langen Weg vor uns, und ich will nicht angehalten werden.«

»Willst du fahren?« fragte Frankie.

»Ja«, sagte Cogan.

Frankie hielt auf dem Seitenstreifen der Route 64 an. Er schlüpfte zur Fahrertür hinaus und ging um das Heck des Wagens herum. Cogan rutschte auf den Fahrersitz, und Frankie stieg ein.

»Okay«, sagte Cogan und setzte den Wagen in Bewegung, »das heißt, dass du die Flinte versenken musst.«

»Okay«, sagte Frankie.

Auf der Brücke über den Shawsheen in Andover hielt Cogan an. Frankie kurbelte das Seitenfenster hinunter und warf die Flinte hinaus in die Finsternis. Er wollte das Fenster wieder schließen.

»Warte«, sagte Cogan.

Es klatschte.

»Gut«, sagte Cogan. Er gab Gas. »Gras und so weiter lässt keine Fingerabdrücke verschwinden«, sagte er. »Wasser schon.«

Cogan bog auf den Parkplatz der Northshore Plaza westlich von Salem ein. Hinter einem der Gebäude stand ein blauer LTD.

»Du weißt, was du zu tun hast«, sagte Cogan und fuhr auf den LTD zu.

»Ja«, sagte Frankie. »Ich fahre zu meinem Wagen, lasse den hier stehen und fahre nach Hause.«

»Du lässt ihn einfach stehen«, sagte Cogan.

»Nein«, sagte Frankie. »Vorher wische ich natürlich alles ab.«

»Und mit dir ist alles in Ordnung«, sagte Cogan.

»*Ja*«, sagte Frankie.

»Wo steht dein Wagen noch mal?« sagte Cogan.

»*Mann*«, sagte Frankie. »Auf einem Parkplatz in Auburndale.«

»Ich wollte nur auf Nummer sicher gehen«, sagte Cogan. »Eben noch konntest du nicht mal richtig fahren. Manchmal vergisst man was.«

Cogan parkte den Duster neben dem LTD. Der Parkplatz war beleuchtet, aber leer. Cogan öffnete die Fahrertür und stieg aus, während Frankie auf den Fahrersitz rutschte und die Hände auf das Lenkrad legte. Cogan hielt den Türgriff in der Linken. Mit der Rechten zog er einen Smith & Wesson .38er Police Special unter der Jacke hervor.

»Du wirst nichts vergessen«, sagte er und hielt den Revolver unterhalb des Fensters.

»Nein, nein«, sagte Frankie. »Ich stelle die verdammte Karre ab, setze mich in meinen Wagen und fahre schön langsam nach –«

Cogan hob den Revolver und schoss Frankie ins Gesicht. Frankie sackte zur Beifahrerseite. Cogan beugte sich durch das Fenster, setzte den Revolver auf Frankies Brust und drückte vier Mal ab. Das Mündungsfeuer versengte Frankies Jacke. Sein Körper zuckte bei jedem Schuss.

Cogan steckte den Revolver in die rechte Jackentasche und zog aus der linken ein Paar ungefütterte Lederhandschuhe und ein rotes Taschentuch. Dann begann er, den Duster abzuwischen.

19

Gegen drei Uhr nachmittags parkte Cogan seinen mit Flammen bemalten weißen El Camino Pick-up neben dem silbergrauen Toronado auf dem Parkplatz des Holiday Inn in South Attleboro, Massachusetts. Auf einem Schild neben dem Toronado stand: »Willkommen zur Tagung der South Jaycees.« Cogan ging hinein.

Der Fahrer saß an der Bar in der Lobby und nippte an einem großen Glas Ginger Ale. Cogan setzte sich auf den Hocker neben ihm.

»Du kommst zu spät«, sagte der Fahrer.

»Hat meine Mutter auch immer gesagt«, sagte Cogan. »›Du kommst noch mal zu spät zu deiner Beerdigung.‹ Ich wills hoffen.«

»Du hast dich ja ausgiebig vergnügt«, sagte der Fahrer.

»Man tut, was man kann«, sagte Cogan. Zum Barmann sagte er: »Ein Bier.«

Der Barmann füllte einen Krug mit Michelob.

»Ich nehme an, jetzt ist alles unter Kontrolle«, sagte der Fahrer. »Wurde ja auch Zeit.«

»Du bist reichlich anspruchsvoll für einen, dem ich einen Gefallen getan hab«, sagte Cogan. »Ich hätte dich ja auch nach Boston bestellen können. Ich komme jetzt gerade aus Framingham. Ich versuche nur, nett zu sein.«

»Was gibt es denn in Framingham?« sagte der Fahrer. »Ist da der Himmel eingestürzt oder so?«

»Nein«, sagte Cogan. »Stevie hatte keine King Size mehr, und da ich sowieso seinen Wagen hatte und er meinen, bin ich raufgefahren und hab ihm welche gebracht. Ich tu den Leuten gern mal einen Gefallen.«

»Dann tu mir auch einen«, sagte der Fahrer. »Nämlich, dass du mir nie einen Gefallen tust. Ich hab gesehen, wie du arbeitest.«

»Weißt du was?« sagte Cogan. »Gib mir einfach das Geld.«

Der Fahrer reichte ihm einen dicken weißen Umschlag.

»Entschuldige mich«, sagte Cogan und stand auf.

»Du willst *nachzählen*?« fragte der Fahrer.

»Ich muss mal pinkeln«, sagte Cogan. »Nerv mich nicht, okay. Du machst mich nervös, und wenn ich nervös werde, muss ich pinkeln. Trink noch ein bisschen Ginger Ale.«

Cogan ging zur Toilette. Cogan kehrte zurück.

»Gehts dir jetzt besser?« fragte der Fahrer.

»Nein«, sagte Cogan. »Da sind nur fünfzehn drin.«

»Drei Typen«, sagte der Fahrer. »Ich war mir nicht sicher. Ich musste ihn fragen, ob ich dir für den Jungspund auch was geben soll. Er hat Ja gesagt.«

»Und damit liegt er richtig«, sagte Cogan. »Das sind fünf für jeden.«

»Korrekt«, sagte der Fahrer. »Das ist das, was Mitch gekriegt hätte.«

»Ja«, sagte Cogan. »Aber nach dem, was ich so höre, hat Mitch sich mit einer Hure gestritten, der Vollidiot, und jetzt haben sie ihn einkassiert. Mitch kam also nicht infrage. Ich bin kurzfristig eingesprungen und hab euch die Kastanien aus dem Feuer geholt. Von jetzt an ist der Preis zehn.«

»Dillon verlangt aber nur fünf«, sagte der Fahrer. »Das hat er mir gesagt.«

»Jetzt nicht mehr«, sagte Cogan.

»Pass auf«, sagte der Fahrer. »Du vertrittst Dillon. Du kriegst, was Dillon kriegt. Keinen Cent mehr. Besprich das mit Dillon. Ich kann da nichts machen.«

»Stimmt, du kannst überhaupt nichts machen«, sagte Cogan. »Keiner von euch kann was machen. Wenn alles drunter und drüber geht und ihr einen braucht, der aufräumt – prima. Ich sage nur, dass es euch von jetzt an mehr kosten wird.«

»Sag das Dillon«, sagte der Fahrer. »Besprich das mit ihm.«

»Dillon ist tot«, sagte Cogan. »Er ist heute Morgen gestorben.«

Der Fahrer schwieg eine Weile. Dann sagte er: »Das wird ihm leidtun.«

»Nicht so leid wie mir«, sagte Cogan.

Der Fahrer nippte an seinem Ginger Ale. »Ich nehme an ...« sagte er. »Woran ist er gestorben?«

»Ich weiß nur, wie es heißt«, sagte Cogan. »Ich bin heute Morgen nach Hause gekommen. Meine Frau hatte mir einen Zettel hingelegt, auf dem stand, dass sie Dillon gegen Mitternacht ins Krankenhaus gebracht haben. Sie haben mir gesagt, was es war. Mehr weiß ich nicht.«

»Dann ist er also im Krankenhaus gestorben«, sagte der Fahrer.

»Wie gesagt: Ich weiß nicht, was es war«, sagte Cogan. »Ich weiß nur, was sie mir gesagt haben. ›Myocardialer Infarkt‹. Weißt du, was das ist? Ich schätze, es hat irgendwas mit dieser Herzgeschichte zu tun.«

»Ja, das war es also«, sagte der Fahrer. »Was sagt man dazu? Dillon ist tot. Der alte Scheißkerl«

»Er war eigentlich kein schlechter Typ«, sagte Cogan.

»Nein«, sagte der Fahrer, »war er wohl nicht. Er war kein schlechter Typ.«

»Er hat … er hat immer …« sagte Cogan. »Ich kannte Dillon ziemlich lange. Dillon hat mich eigentlich auf die Schiene gesetzt. Er hat immer gesagt, ich sollte auch noch was anderes machen, nicht immer bloß diese Aufträge, irgendwas Beständiges, verstehst du? Er war der Typ, der mir gezeigt hat, wie es läuft. Ich hab ihn lange gekannt.«

»Er hat ihn auch lange gekannt«, sagte der Fahrer. »Er hatte großen Respekt vor ihm.«

»Klar«, sagte Cogan. »Ich auch. Und weißt du, warum?«

»Weil du Angst vor ihm hattest?« sagte der Fahrer.

»Nein«, sagte Cogan und trank sein Bier aus. »Nein, das war es nicht. Es war eher … Er wusste, wie man etwas richtig erledigt, verstehst du?«

»Das habe ich auch gehört«, sagte der Fahrer.

»Und wenn es nicht richtig erledigt wurde«, sagte Cogan, »dann wusste er, was zu tun war.«

»Wie du«, sagte der Fahrer.

»Wie ich«, sagte Cogan.